生态环保铁军的家风故事

SHENGTAI
HUANBAO TIEJUN DE
JIAFENG GUSHI

中央纪委国家监委驻生态环境部纪检监察组 编

中国环境出版集团·北京

图书在版编目（CIP）数据

生态环保铁军的家风故事/中央纪委国家监委驻生态环境部
纪检监察组编. —北京：中国环境出版集团，2020.1（2020.4 重印）
ISBN 978-7-5111-4235-1

Ⅰ. ①生… Ⅱ. ①中… Ⅲ. ①散文集—中国—当代
Ⅳ. ①I267

中国版本图书馆 CIP 数据核字（2019）第 286878 号

出 版 人	武德凯
责任编辑	王　菲　赵楠婕
责任校对	任　丽
封面设计	彭　杉

出版发行	中国环境出版集团
	（100062　北京市东城区广渠门内大街 16 号）
	网　　址：http://www.cesp.com.cn
	电子邮箱：bjgl@cesp.com.cn
	联系电话：010-67112765（编辑管理部）
	010-67162011（第四分社）
	发行热线：010-67125803，010-67113405（传真）
印　　刷	北京中科印刷有限公司
经　　销	各地新华书店
版　　次	2020 年 1 月第 1 版
印　　次	2020 年 4 月第 2 次印刷
开　　本	787×960　1/16
印　　张	19.5
字　　数	260 千字
定　　价	68.00 元

序言

　　"家庭是人生的第一个课堂，家风是一个家庭的精神内核。"同志们分享的一个个温暖而感人的故事，让我深刻感悟了习近平总书记对家风建设的殷殷嘱托。

　　小王的爷爷参加过剿匪工作，父亲执行了抗美援老任务，爱党爱国的红色家风代代相传。对党的恩情、从小的家教，让如今从事生态环保工作的小王坚定不移听党话、跟党走，在治污一线，用担当和作为践行着对党和人民的忠诚。

　　小徐的父母响应支援三线建设号召，毅然带着他和两个月大的妹妹从上海来到海拔2000多米的云贵高原，一干就是十几年。经过耳濡目染，艰苦奋斗成了小徐的人生座右铭，成年后的他在核与辐射安全监督的岗位上吃苦奉献，挥洒汗水，体会着"奋斗者的幸福"。

　　老冯从环保战线退休了，他将爱党爱国、爱岗敬业等家风整理成家规，时时处处事事教诲下一代。现在，老冯的女儿也进入了生态环境部门，当遇到困难时，他总是说，孩子，打好污染防治攻坚战，家永远是你坚强的后盾。

　　"不要忘了自己从哪里来，带你睡窑洞、掰玉米，就是让你知道厚重的黄土地是我们的根，不要丢掉善良和本真。要清醒知道自己到哪里去，你刚经受升学挫折，要站起前行迎接彩虹。"督察人员小常每年出差200多天，家里、孩子都顾不上，这是孩子考试受挫时他从外地写给女儿的一封信，教育孩子学会坚强、学会自立、学会理解。

......

读完这些故事，我的眼前闪现出我的同事们在督察、执法、监测、科研等各个岗位上，拼搏奉献的身影，也让我看到了背后坚强支持他们的家庭。我相信，一代代生态环保人秉持着家国情怀、民族情怀、为民情怀、事业情怀，在污染防治攻坚中展现着良好的精神面貌和过硬的工作作风，离不开一个个家庭良好家风的培养。

家风自中国优秀传统文化中来。修身齐家治国平天下，修身首当其冲，而修身之源，便在家风。唯有良好的家风，能让人先善其身；唯有优秀的传承，能促人兼济天下。家风还在被赋予新的时代精神中传承下去。好家风不仅能让人"居贤德善俗"，更能凝骨气、正风气、振士气，让干事创业的人具有坚定的信念、高尚的品质、顽强的精神和优良的作风，成为事业奋进的精神支点，成为人生向上的力量源泉。

家风如春雨，润物细无声。在涵养干部作风方面，如果说法律法规、党内监督发挥的是"他律"作用，家风则发挥着潜移默化的"自律"作用。正如习近平总书记在中央和国家机关党的建设工作会议上所强调的，要抓好纪律教育、政德教育、家风教育，引导党员干部正确处理自律和他律、信任和监督、职权和特权、原则和感情的关系。

良好的家风既是锤炼品行的"磨刀石"，又是抵御贪腐的"防火墙"。把家风建设作为领导干部作风建设的重要内容，是党的十八大以来全面从严治党的一个突出特点。推进家风建设，是贯彻落实党的十九届四中全会精神，一体推进不敢腐、不能腐、不想腐体制机制的题中之义。家风连着党风、政风，家风正则党风端、政风清。当前，我们肩负着推进生态文明、建设美丽中国的历史重任。打好污染防治攻坚战进入收官之年，面临多重

挑战。越是急难险重、越是爬坡过坎，越要加快打造一支生态环保铁军。思考家风、探索家风、传承家风，将进一步砥砺我们的品行，涵养我们的作风，壮大生态环保铁军队伍，凝聚起打好污染防治攻坚战的磅礴力量。

　　天下之本在国，国之本在家，家之本在身。到 2035 年，生态环境根本好转，美丽中国目标基本实现；到 2050 年，把我国建成富强民主文明和谐美丽的社会主义现代化强国，是党的十九大作出的庄严承诺。美丽中国大家庭，需要我们一个个小家庭去建设、去呵护。生态环保铁军们，让我们从培养和传承良好家风做起，攻坚克难，砥砺前行，为推进生态文明、建设美丽中国作出新的更大贡献。

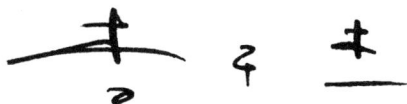

2020 年 1 月

目录

（按生态环境部机构序列排序）

第一部分　2018年获奖家风故事

做个诚实可信的人 ……………………………… 徐夕文　3

我的老兵爷爷 …………………………………… 李弘扬　4

一字蕴万言 ……………………………………… 杨静远　5

干粮 ……………………………………………… 郭晓平　7

紧紧跟党走 ……………………………………… 王昆鹏　8

母亲的制服 ……………………………………… 邱国盛　9

贫困中也要挺直脊梁骨 ………………………… 王丽丽　10

"憨人"老王 …………………………………… 朱　铭　11

修身养德，让家国情怀扎根心灵 ……………… 沃　飞　12

难忘父亲 ………………………………………… 赵浩明　14

我的"纪委老爸" ……………………………… 孙　雷　15

我的爷爷 ………………………………………… 吕高尚　16

自律，责任，担当 ……………………………… 王　伟　17

给女儿的信 ……………………………………… 常　龙　19

妈妈立下的规矩 ………………………………… 刘　蔚　20

外婆的叮嘱 ……………………………… 杨奕萍 22

家有素书，居无杂尘 …………………… 季苏园 24

良好家风是宝贵的财富 ………………… 王 菲 25

家风 ……………………………………… 高愈霄 27

一家四代是党员 ………………………… 罗建武 28

百善孝为先 ……………………………… 周志广 29

爱读书的父母 …………………………… 赵一玮 31

外公的鸡蛋糕 …………………………… 沈 杰 32

我的书香家风 …………………………… 商照荣 33

写给刚刚出生的你 ……………………… 李 亮 34

家和万事兴 ……………………………… 高贵梅 36

爱国，拥党 ……………………………… 聂忆黄 37

家和万事兴 ……………………………… 尚 屹 38

一位退休老干部的家风 ………………… 冯永仁 40

做人要有好习惯，做事就要用心 ……… 朱建军 41

给德才是真关心 ………………………… 元庆彦 43

堂哥托我找工作 ………………………… 赵顺平 44

万事勤为先 ……………………………… 赵继平 45

干出来的家风 …………………………… 赵建峰 47

做一个对人民有用的人 ………………… 王冠楠 49

以诚待事等于以诚待己 ………………… 王 欣 50

做人必须像人，做官不可像官 ………… 陈莉娅 51

静待花开 ………………………………… 张蓉芳 53

父亲与我 ………………………………… 田 忠 54

爷爷的"老三条" ……………………… 苑丹丹 55

伴我成长的座右铭 ……………………… 程晋波 57

爷爷和父亲的故事 ……………………… 沈钟明 58

父亲的诚信，母亲的善 ………………… 尚政伟 60

母亲的保护 ……………………………… 陈德泉 61

一张购物券引发的"家庭风波" ……… 刘贤春 63

春联墨香润家风 ………………………… 陈 佳 64

人，不能只为自己活着 ………………… 王德成 66

"老铁"父亲 ……………………………… 林文钦 68

家有纪检组长 …………………………… 陈文艺 70

代代书箱传，浓浓书香情 ……………… 沈 越 72

人要实心，火要空心 …………………… 邱在亮 74

父亲的言传身教 ………………………… 徐立文 75

家风让我赢得信任与尊重 ……………… 杨青林 77

学不可以已 ……………………………… 张旭鸿 78

恪尽己责 ………………………………… 王琳琳 80

家风伴我成长 …………………………… 孟丽英 81

窗前明月光 ……………………………… 曹国选 83

俭以养德 ………………………………… 刘小珍 85

守时 ……………………………………… 罗栋源 86

父亲的言传身教 ………………………… 吴美群 87

父亲叫万廉 ……………………………… 陈代红 89

公私一定要分明 ………………………… 张厚美 91

家，成长的沃土 ………………………… 代清东 92

坚守一生的村医 ………………………… 杨 宁 95

孝道 ……………………………………… 李 强 96

诚信与怜悯 ⋯⋯⋯⋯⋯⋯⋯⋯⋯⋯⋯⋯⋯ 江晓琼 98

有德者夜有光 ⋯⋯⋯⋯⋯⋯⋯⋯⋯⋯⋯ 陈家君 99

家有贤妻真是福 ⋯⋯⋯⋯⋯⋯⋯⋯⋯⋯ 沈胜学 101

第二部分　2019年获奖家风故事

家风靠言传更靠身教 ⋯⋯⋯⋯⋯⋯⋯⋯ 陈春江 105

不能沾公家的"光" ⋯⋯⋯⋯⋯⋯⋯⋯ 张利平 108

干工作不能讲条件 ⋯⋯⋯⋯⋯⋯⋯⋯⋯ 刘黎明 109

说说我家的小习惯 ⋯⋯⋯⋯⋯⋯⋯⋯⋯ 温英民 111

一台"新"彩电 ⋯⋯⋯⋯⋯⋯⋯⋯⋯⋯ 廖　媛 112

有您，家更暖 ⋯⋯⋯⋯⋯⋯⋯⋯⋯⋯⋯ 杨　柳 113

楹联与家风 ⋯⋯⋯⋯⋯⋯⋯⋯⋯⋯⋯⋯ 张　宝 115

节俭和整齐 ⋯⋯⋯⋯⋯⋯⋯⋯⋯⋯⋯⋯ 刘　杨 116

接过爸爸的接力棒 ⋯⋯⋯⋯⋯⋯⋯⋯⋯ 井　欣 117

家风与传承 ⋯⋯⋯⋯⋯⋯⋯⋯⋯⋯⋯⋯ 陆　谊 119

讲述家风故事，解开往事心结 ⋯⋯⋯⋯ 孙　桢 121

做人要像站军姿 ⋯⋯⋯⋯⋯⋯⋯⋯⋯⋯ 于　跃 122

两位王处长的故事 ⋯⋯⋯⋯⋯⋯⋯⋯⋯ 王　欣 123

把群众的事当成自己的事 ⋯⋯⋯⋯⋯⋯ 王德军 125

父爱的传承 ⋯⋯⋯⋯⋯⋯⋯⋯⋯⋯⋯⋯ 许前坤 127

做一个温暖的人 ⋯⋯⋯⋯⋯⋯⋯⋯⋯⋯ 夏祖义 128

"舍"与"为" ⋯⋯⋯⋯⋯⋯⋯⋯⋯⋯⋯ 刘　冰 130

家风，一种代代传承的力量 ⋯⋯⋯⋯⋯ 刘传伟 132

妈妈留给我的宝贵遗产 ⋯⋯⋯⋯⋯⋯⋯ 孙洪林 133

生而为人，务必善良 ……………………………… 刘　婕　135

做人如写字 ………………………………………… 谷静信　137

"刻蜡纸"的哲理 …………………………………… 毛玉如　138

在工作中发现和体悟良好家风 …………………… 彭德富　140

不要慢待任何一个人 ……………………………… 刘传义　141

父亲的嘱托 ………………………………………… 李东林　142

小故事背后的家风魅力 …………………………… 杨永岗　144

节俭的母亲 ………………………………………… 扈黎光　145

父亲的爱 …………………………………………… 马　桦　147

为了崇高的核事业 ………………………………… 沈力强　148

"奶奶生气了" ……………………………………… 孙兴见　150

难忘家风 …………………………………………… 宋翔翔　152

用朴素家风滋润涵养中华传统美德 ……………… 闫继锋　153

在那遥远的地方 …………………………………… 徐　挺　155

和风细雨，家风的力量 …………………………… 倪　响　156

温暖家风暖家庭 …………………………………… 张红涛　158

勤俭敬业，源远流长 ……………………………… 蔡兴钢　159

在岗一分钟，干好六十秒 ………………………… 陆　帆　161

吃亏是福 …………………………………………… 陈栋梁　163

读书乐 ……………………………………………… 沈　钢　164

气门芯的故事 ……………………………………… 罗建军　166

用了半个世纪的杯子 ……………………………… 李治国　167

祖孙分餐员 ………………………………………… 汪　洁　168

轻松与麻烦 ………………………………………… 饶春燕　169

自立与互助 ………………………………………… 李　丽　172

勇于担当，甘于奉献……………………………………谭　伟　174

书香家庭，代代传承……………………………………陈　磊　175

我的母亲…………………………………………………郭丽峰　177

你是"公家人"……………………………………………张长占　178

诗风孕家风，低碳绿色行………………………………尤建军　180

书墨传家风………………………………………………王一喆　182

传承陈氏优良家风………………………………………陈传忠　183

勤劳的爷爷带我长大……………………………………赵淑莉　185

守规矩——安身立事之底线……………………………马莉娟　187

脚踏实地是我家的传家宝………………………………陈善荣　188

传承读书上进的好家风…………………………………燕　娥　189

小小扇子传深情…………………………………………孙　莉　191

红色家风代代传…………………………………………梁经咸　192

平凡的母亲，非凡的生命力量…………………………邹静昭　194

人品一定要优秀…………………………………………陈　文　196

老妈的小习惯……………………………………………台桂花　197

凳子没有错………………………………………………黄婷婷　199

"一封家书"话责任………………………………………黄冀军　200

最好的教育是以身作则…………………………………王一博　201

父爱如山…………………………………………………王付瑜　203

写给宏儿的一封家书……………………………………曹　玮　204

身教最为贵………………………………………………赵茂才　206

年轻的爷爷………………………………………………王　京　207

温柔的力量………………………………………………倪　曼　209

尽己之心而厚重不迁……………………………………李红兵　210

用"对子"传承的家训 ……………………… 李维新 212

鳊鱼的味道 ……………………………………… 汪海洋 214

让孩子在良好的家风环境中成长 …………… 陈清华 216

母亲的传承 …………………………………… 牛浩博 217

做一个善良的人 ……………………………… 冯 燕 219

家风代代传 …………………………………… 刘伟生 220

小事讲风度，大事讲原则 …………………… 周 鹏 222

好家风为人生系好第一粒纽扣 ……………… 海 颖 223

一封家书 ……………………………………… 毛慧琴 224

相互成就，忠诚于家与国 …………………… 吴传庆 226

人生在勤 ……………………………………… 游代安 228

决不能以权谋私 ……………………………… 刘国正 230

父母是最好的老师 …………………………… 张嘉陵 231

爱国敬业，诗书传家 ………………………… 田丹宇 233

母亲的品质 …………………………………… 陈维江 234

父爱无声 ……………………………………… 李 彦 236

红色家风，薪火相传 ………………………… 刘志华 237

言传身教式的家风传承 ……………………… 张震宇 240

乡村里的天·地·人 ………………………… 马晓博 241

让好家风成为无言的教诲 …………………… 张 悦 243

爱岗敬业有担当，环保工作家风扬 ………… 郇 环 244

言必信，行必果 ……………………………… 史晨曦 246

忠厚俭约 ……………………………………… 陈永梅 247

爱岗敬业 ……………………………………… 牛 珂 248

家风家教需要代代传承 ……………………… 王 蕊 249

不争 ……………………………… 张 赟 251

我的父亲是党员 ……………………… 夏睿宏 252

多干累不死，吃亏也是福 …………… 陈 伟 255

父亲的"微官之道" ………………… 孙贵东 257

就该这样做 …………………………… 陈广存 258

润物细无声 …………………………… 睢晓康 259

附 录

2018 年"家风故事第一季"征文作品名单 …………………… 262

2019 年"家风故事第二季"征文作品名单 …………………… 274

后 记

…………………… 296

第一部分 · 2018年

获奖家风故事

做个诚实可信的人

中央纪委国家监委驻生态环境部纪检监察组　徐夕文

我出生在一个农村家庭，父母都是地道的农民，我在家排行老四，上面有 3 个姐姐。小时候，父母除种地外，还做点蔬菜小买卖贴补家用。

由于父母没有时间管我，我就跟着姐姐一起去学校。自上学开始，我的数学成绩一直不错，语文成绩一般，语文一直没有考过三姐。三年级时，有一次语文考试我考了 81 分，老师在班上只报了考试成绩排在前三名的学生，没有我们姐弟俩。

那时学校没有家访也没有通信工具，信息完全不畅通，我"灵机一动"，就去买了支红笔，81 分改成了 87 分。晚上回家后，我把试卷交给爸爸，他表扬了我，觉得我的语文终于能考过三姐了。

第二天晚上，我从外面玩回家，爸爸就把我叫到身边，一脸严肃问我："语文到底考了多少分？"我说，就 87 分啊。

父亲让我不要再狡辩，原来三姐第二天到学校后就去语文老师那里看到了我考了多少分。

父亲说，诚实品格关系到一个人的学习、生活、工作，比什么都重要，一旦失去，将失去一切，在社会上不能立足。

"为什么咱家的蔬菜总是比别人家的蔬菜卖得快？因为咱家从来没有缺斤短两过，邻居和邻村的人总是喜欢买。"

父亲用行动教导我怎样做人，我铭记父亲的教诲，做一个诚实可信的人，做一个可以在社会上立足的人。

我的老兵爷爷

中央纪委国家监委驻生态环境部纪检监察组　李弘扬

说起爷爷，在我的心里，既是大英雄，也是老"顽固"。说他是大英雄，是因为近百年为中国带来重大变革的战役，几乎都有他和他的战友们冲锋陷阵的身影，平津战役、辽沈战役、解放海南岛战役、朝鲜战争，他都是亲历者。

他曾告诉我，解放天津的战斗异常惨烈，敌人火力凶猛加上扼高城为要冲，战友们一次次冲锋，却一个排一个排地倒下，爷爷所在的部队踏着无数战友的尸体，冲进了天津城。在城内激烈的战斗中，他也因为没有躲开敌人的手榴弹，大腿后侧全部被炸掉。正是千千万万战士怀着这种正义必胜的信念，才铸造了一支坚无不摧的人民军队。

爷爷在战场上吃过不少苦。在朝鲜卧雪侦查、在湖南不慎坠崖、行军路上痢疾缠身，多少次都与死神擦肩而过，却总能谈笑风生地告诉我那时候的天有多蓝，即使打起仗来也一点都没污染；行军的路有多长，天津出发南阳卸甲，麦子已经从发芽到了收割的时候。这样乐观与豁达的精神也时刻感染着我们全家，要着眼长远，对生活保持乐观的精神。

说他是老"顽固"，是因为他对正气的追求、对节俭的执着、对低调的诠释，都已经到了后辈真心佩服却又难以理解的地步。家里聚会上如果有人说起某些不公的社会现象，他就会义正词严地告诉我们凡事要看主流，要始终相信党和国家能解决好当下的问题与困难。

爷爷一辈子的生活都是节俭的，为了节约用水，他会把自来水拧成只有绿豆直径的小水柱。对他的赫赫战功，奶奶经常调侃他说，"说来你去朝鲜打仗还俘虏过美国高级军官，要是我在鸭绿江边站一会，都觉得背挺得笔直、话讲得响亮，你得了那么多军功章，倒是见谁也不声张。"爷爷总说，"功勋都是人民给的，荣光都是党和国家的，现在我有衣穿、有饭吃、有屋子住，比起我的战友们，我太幸福了。"

爷爷总是告诫我们要严于律己、宽以待人。他从不严厉地责骂子孙们，却用一身的正气、一生的行动，教育着我们持身正派、勤劳节约、低调克己、知足感恩。

一字蕴万言

生态环境部行政体制与人事司　杨静远

爷爷的书桌上一直摆放着一个楷书的"正"字。那是太爷爷留下的笔迹，也是我家的家风精神所在。

1928 年，太爷爷成为西北工农革命军游击队的地下联络员。全面抗战时期，日军一度进逼西北，作为一名共产党员，太爷爷义无反顾地协助八路军开展地下工作，当时年幼的爷爷也参与其中。

抗战胜利前夕，爷爷进入陕甘宁边区第二师范学习。他积极响应号召，跟随西北野战军参加战役，冒着枪林弹雨救治伤员、运送物资、开展战地宣传，直至最后随部队南下渡江取得胜利。

"文化大革命"时期，太爷爷和爷爷蒙冤成为反革命分子。面对不公正的指责，太爷爷写了一个"正"字送给爷爷。

"人这一辈子，只要能做到这个'正'字，就问心无愧。"当年太爷爷的这句话，支撑爷爷渡过了艰难时期，更传给了父亲。

在工作岗位上，父亲身体力行地坚持行得正、作风正，从未拉关系、找路子，更不会利用手中的职权牟取私利。他从"淡泊明志，宁静致远"一句中为我取名，希望我不追求名利、不虚伪待人。工作后，他常常教育我："做人讲究的就是刚直不阿、光明磊落，人品有问题的人，从来走不远。"

"正"者，守一而止也。有坚守，才会有底线。我的父辈们以实际行动赋予"正"字独特的阐述，太爷爷的正义、爷爷的正气、父亲的正直，这些家风传承给我的是满满的正能量，这种潜移默化的影响如雨润无声，似茶余味长。

在我迷惘徘徊之际、随波逐流之时，一个"正"字便能为我的人生之路指明方向，使我每一步的前行踏踏实实、坦坦荡荡。

干　粮

生态环境部自然生态保护司　郭晓平

　　姥姥家在临县。去姥姥家，先走 3 里土路，然后走 30 里柏油路，剩下的是 10 里山沟沟。返回时，姥姥会准备一大包干粮：一早上煮熟的十几个鸡蛋、几块刚从咸菜缸捞出并切好的咸菜疙瘩，让大舅帮我绑在自行车后架上。我有些不解：中午就可以到家，为什么还带干粮，还带那么多？心里总是冒出这样的想法：干粮就是负担。柏油路上骑行畅快，路上的风景很快让我忘记了身后的干粮。30 里，20 里，10 里，5 里，家越来越近，才发现自己越来越饿。终于，还是骑不动了，停车到路边。这时候，我注意到车架上的干粮，依然绑得结结实实。多年后，我带女儿回老家。临行，我们的背包被父母塞得满满的，重得女儿直嚷嚷。

　　火车上，我们打开背包：切好的肉片、削好的水果、剥皮的鸡蛋……"这么多好吃的，奶奶真好。"女儿不禁感慨。"是的，和太姥一样。"我回答。

　　我想起姥姥，想起我的父母。姥姥的爱，影响了我的一生。他们让我在牵挂和关爱所围织的温暖中成长，在这样的环境中，让我对身边的所有人都报以真情，对同事、对工作也是如此。我希望，女儿在将来也能够把这份温暖继续传承下去。

紧紧跟党走

　　我的爷爷曾参与过中国共产党领导的剿匪工作，与时任豫西区党委工作团书记兼中共鲁山县委副书记、伏牛山剿匪指挥部党工委副书记的纪登奎同志一起战斗在伏牛山区。他没有文化，却在战斗中深深体会到了共产党救人民于水火之中、为人民无私奉献的伟大精神，所以他教育父亲要紧紧跟党走，要为国为民做点好事。他唯一的儿子——我的父亲长大成人之后，爷爷毅然决然地让他参加了中国人民解放军。

　　我的父亲参军之后，执行了抗美援老的任务。在战场上，他和美军的飞机斗智斗勇，有惊无险；退伍以后，在砖瓦厂的工作中出汗出力，年年获得优秀称号。他身体力行，看不得别人的苦，路上看见个走路吃力的行人，也会主动骑车送人回家；田里看见收拾庄稼辛苦的人，他也鼎力相助；帮人挑水、为人修房，房前屋后收拾得干干净净，是左邻右舍交口称赞的老好人。他常常教育我们兄妹，要永远记住党的好，紧紧跟党走。要不怕吃亏、不怕吃苦，做个好人、多做好事。现在，他也时常教育我们和我们的子女，吃水不忘打井人，要永远跟党走。

　　我的很多关于党史和国家近代史的知识都是童年时在父亲那里学到的，这使我对党有着与生俱来的深厚感情。父亲的教诲也使我很早就习惯于做好人好事。学生时代，我积极为大家辅导功课，主动将学习笔记与他人分享；工作之后，努力拼搏、积极上进，几乎年年被评为优秀；生活上，力所能及帮助别人，提个行李、撑把雨伞、抓个小偷等，我和我的兄妹们一直在默默践行父亲的教诲，践行一名共产党员的责任和使命，我们也从中感到踏实、快乐。

如今，我们这一代也有了自己的子女。虽然他们还小，但我也教育他们，要多为他人着想，多做好人好事。好的家风会给人力量，会让子女受益无穷，好的家风更要做好传承。因为即便留给子女万贯家财，终有散尽之时；留给他们最好的礼物，就是好的家风，给他们以无尽的力量。

母亲的制服

生态环境部核设施安全监管司　邱国盛

母亲是一个念旧的人。掉漆的五斗柜搬家 3 次也不舍得换，旧被单足足用了 25 年，而她最念旧的证明便是工商制服。

上小学时，母亲在县工商局工作，常常加班，我只能跟着在办公室写作业。有一次我问她："别人周末加班要么穿得随便，要么穿得漂亮，为什么你总穿着制服？"她停下工作对我说："穿这身制服，是为了时刻提醒自己要客观公正、细心谨慎。"穿上制服，是为了看得清自己，守得住初心。

上初中时，母亲因工作调整成为基层工商执法人员，天天早出晚归，没法回家做午饭，我中午也只能跟着一起吃盒饭、查摊子。六月的南方像蒸笼一样，母亲和同事顶着烈日执法检查，穿长制服，扎红领带，戴厚帽子。我问："天气这么热，大家为什么还用制服裹得这么严实？"她说："工商执法关系着生意人的生计，关系着工商人的形象，是一件非常严肃的事情。只有把这身制服穿正、穿好，说话才有底气，做事才能硬气，大家才会服气。"穿好制服，是为了让别人更好地看清你、支持你。

母亲那套小心叠放在衣柜里的旧制服，告诫我知谦卑、慎言行、怀热忱。如今，污染防治攻坚深入推进。我不禁在想，会有多少生态环境执法人员有着同样的制服情怀，又将有多少生态环保铁军在为建设美丽中国奉献自己的热情。

贫困中也要挺直脊梁骨

生态环境部机关服务中心　王丽丽

奶奶是家风的重要传承者，经常说的一句话是：做人要清白，对得起良心，上孝父母，下爱子女，不让人戳脊梁骨。

奶奶没读过书，18 岁时嫁给爷爷，经历了家族从繁盛到衰败的过程，承担起养家糊口、养育后代的重任。她坚韧、正直、善良，即使生活在最底层，也要保持尊严。

对儿孙，她经常教育我们不许说谎、不许说脏话，甚至对别人家的好东西不许多看多问。

别人给什么，要得到家长的允许才可以收下。

小时候，我觉得奶奶很苛刻，什么都要管。

有一次聚餐，奶奶做了很多菜，其中一盘是西红柿炒鸡蛋，我只挑着鸡蛋吃，剩下一大盘西红柿。饭后，奶奶问："鸡蛋好吃吗？"我说："当然好吃了。不过我纳闷怎么没人吃呢？"

奶奶说："其实大家都爱吃鸡蛋，因为你最小，大家让着你，并不是不爱吃，你要识礼数、懂谦让。"

姑姑们虽然年轻时经历过贫困，住在低矮嘈杂的房子里，却都受到了良好的教育，勤恳地工作和生活。她们从不口出脏言、占小便宜，永远把自己和家里收拾得干净清爽。

我想，我的家风就是做正直、善良且有用的人，在贫困中也骄傲地挺直脊梁。

"憨人"老王

生态环境部华东督察局　朱铭

"憨"，在字典里有两种解释，一是痴呆、傻气，二是天真、淳朴。在我出生的那个江南小镇，更倾向于第一种解释，而我的外公，就是乡亲们嘴里地地道道的"憨人"，人称老王。

老王 19 岁加入中国共产党，做过大队书记，做过村书记。要说老王的"憨"，有一样不得不提的东西：一个小本子。在买啥都需要凭票的年代，老王这个村书记有权决定村里的票如何分配，上门托关系办事的人也就多了。于是老王在自家门口挂了一个小本子，哪天谁上门，为啥事上门，带了啥东西，记得一清二楚，等他回家再一一给人送回去。

老王只有一个女儿，就是我妈。在我七八岁的时候，我爸因为身体原因一直在家养病，家里没了主要收入。妈妈为了补贴家用，除了白天上班，晚上还兼职一份临工，凌晨两三点骑着自行车去离家很远的蔬菜批发市场统计当日菜价，一个冬天下来脸上长满冻疮。

我曾问妈妈为什么外公不给她安排个轻松的工作，妈妈总是摸摸我的头，告诉我"外公是党员"。

后来我也步入社会，慢慢懂了那句"外公是党员"意味着什么。老王是个"憨人"，他的"憨"在于舍小家为大家，他的"憨"在于不忘初心，他的"憨"在于廉洁自律。经历得越多，越能体会到老王的"憨"是多么可贵。"憨"一次两次可能很容易，"憨"一辈子却很难。

修身养德，让家国情怀扎根心灵

生态环境部华东督察局　沃飞

在儿子没有出生的时候，我为他精心准备了一个礼物，准备在合适的时候送给他。这个礼物是我托朋友写的"修身养德"四字条幅，出于诸葛亮《诫子书》："静以修身，俭以养德"，希望他成长为一个德才兼备的人。

不知不觉，小家伙已经四岁多了，而我也在环保岗位上工作十多年了。孩子大了，该有一个属于自己的房间，在给他布置房间的时候，我把这幅字挂在了他的床头。也许是第一次见到，也或许是与他房间的布置风格明

显不一样，儿子顿时来了兴趣，拉着我问东问西。我告诉他："很久以前，有一个父亲为了自己的国家和人民，平时工作非常忙，没有时间陪伴自己的孩子，就写下一篇《诫子书》，教育他的孩子要修养身心，培养品德，成为一个对社会、对国家有用的人。所以说，成才必须先学会做人，做人最重要的是品德。修身养德是一生一世的修行，在你成长的过程中，会遇到很多事情，没有标准答案，也没人替你做决定，能依靠的只有自己的品德修养。"

"那他是和爸爸一样忙，经常出差吗？"儿子忽然又问我。怀着愧疚的心情，我继续和他说："爸爸忙工作，不是为了赚大钱，也不是为了出名，而是为了山更青，水更绿，天更蓝，让许多像你一样的小朋友们，都有一个美好的生活环境，能够健康快乐地长大。虽然不能经常陪着你，但是爸爸所做的，全是对你和我们这个家的爱，对社会和这个国家的爱。以后，无论你在什么地方，干什么工作，也要像我一样，始终爱家爱国。"最后，我指着字幅告诉他："热爱自己的祖国，将来为国为民，正是修身养德这四个字的根本所在。"

《孟子》有言："天下之本在国，国之本在家，家之本在身。"修身养德，为国为民，这既是一个父亲对孩子的殷切期盼，也是一个环保人的家国情怀。虽然孩子现在还小，还不完全明白其中的含义，但我知道，我们之间的对话，已经在他心灵里埋下了家国情怀的种子，以后这颗种子将逐渐发芽成长。

难忘父亲

生态环境部西北督察局　赵浩明

2017年8月26日，我亲爱的父亲去世了。回想起父亲生前对儿女们的要求，很多往事至今仍记忆犹新、历历在目。

小时候我们一家六口生活在一起，奶奶、父亲、母亲和我们姐弟三人。父母都是医务工作者，当时收入都不是很高。记得小时候，我总是看到妈妈给科室的人还钱，等长大一点了才明白，因为生活拮据，经常是"拆东墙补西墙"。

我穿的衣服、鞋很多都是在兰州的姥姥用一针一线手工缝制的，个子长了，妈妈就再给接一节我继续穿着，再小了就让弟弟穿。

父亲每天骑着自行车上班，早出晚归。每天早晨上班前，将前一天的剩饭盛在一个铝饭盒里作为午饭，主要是面食，以汤面为主，偶尔有点肉。在家吃馒头时，父亲总是要我用手护着，怕馍馍渣掉下去了。有时候我满不在乎，父亲就会很生气，给我"一巴掌"，"让你长点记性"。

父亲去世后，我们在整理他的衣物时，看到他穿过的秋裤膝盖上还留着补丁，当时我们姐弟都哭了，这就是我们的父亲。父亲一生的节俭，给我们留下了宝贵的传统和家风。

我的"纪委老爸"

生态环境部华北核与辐射安全监督站　孙雷

"风云三尺剑，社稷一戎衣。"作为军人的后代，童年的我既骄傲，又孤独。骄傲的是我可以展示别人羡慕的军用书包、绿水壶，孤独的是老爸经常在外，我在部队大院里度过了漫长的童年。

后来，老爸转业到东北一个城市的监察局工作。那时监察局刚成立，还没有和纪委合署办公，没人愿意来这里干得罪人的活儿。

局里的人员工作时也大多畏首畏尾，各方面的工作条件和保障也不健全，查处案件特别困难，家里门缝甚至被塞进过吓唬我们的小纸条。但老爸始终以一身正气兢兢业业工作，彰显着纪检监察干部和老党员的风骨。

去年除夕，我和老爸吃着酸菜，喝着小酒。我问："纪检监察工作是得罪人的活，您为什么从来不怕啊？"老爸顿了一下，说："现在不是流行一部电影《芳华》吗？我们当时参加过对越反击战，一寸山河一寸血，在那个时代绝非虚言。经历过战争的人，更懂得党的伟大，更珍惜来之不易的安定环境。血雨腥风我们都经历过，还怕什么？"我给老爸斟满了酒。

家风无言，浸润心田。这就是我的纪委老爸，这就是我家无言的家训，既有"执戈卫国、血性一生"，又有"一身正气、清风传世"。我，就是在这军人气魄和纪律风范中长大的孩子。每个人都是一本书，父母就是我们这本书的出版社。

和平年代，没有了硝烟，但远处还有雾霾，生态环保铁军一直在战场、一直在前线。是的，我也在！

我的爷爷

生态环境部华北核与辐射安全监督站　吕高尚

我的爷爷出生于 20 世纪 20 年代，读过几年私塾，受过正统的中国传统文化教育，但爷爷具有开明的思想，积极要求进步，很早就加入了中国共产党。在新中国成立初期还被推举为贫下中农代表，管理过中小学和医院，是家里的顶梁柱、主心骨。我是家里的长孙，被爷爷视为掌上明珠，走到哪里都带着我，总是在潜移默化中对我进行教育，他的廉洁思想深深影响了我的一生。

20 世纪 80 年代，我还在上小学。有一天爷爷钓鱼回来，提着一兜子鱼，高兴地对我说："别着急做作业，快压盆水把鱼护上，别让它死了，好吃个新鲜。"我放下作业本，跑到院中的压水井上就压了起来，压了十几下也不见出水，我着急了，"爷爷，压水井坏了，压不出来。""你加引水了吗？"正在屋里换衣服的爷爷问。"啥引水？"我不明白。爷爷过来，舀了一瓢水倒进了压水井，"快压。"我赶紧压了几下，压水井"呼哧呼哧"喷了几口粗气后，"哗哗"地吐出了清凉的水，鱼儿喝到了新鲜的水，在大盆中快乐地翻滚着。

爷爷笑着问我："你知道压水井喝一瓢水给咱吐一大盆水的道理吗？"

看着我不解的眼神，爷爷继续说："是毁了一个'贪'字上。它喝咱一瓢，想让它吐多少就得吐多少，只要你不停地压，它就得给咱吐，不吐也不行，由不得它了。"我恍然大悟，对于压水井来说，因为一个"贪"，做了个赔大本的买卖。

爷爷又指着盆中的鱼对我说："一会这鱼就会进了咱们的肚里，你知道它们是怎么死的不？"我想了想笑着说："它上你的钩了，它精不过爷爷。"爷爷笑着说："它们也是死在一个'贪'字上，光看见蚯蚓看不到钩，它不死谁死？你将来上了大学，毕业后吃了国家供应（在爷爷眼里，吃国家供应相当于当官了），千万不要贪，该咱拿的咱拿，不该拿的千万不能拿。拿就要拿得光明正大，心里踏实，吃得香、睡得甜，身体就好。你看古往今来那些贪官污吏，一见钱就捞，觉得不捞白不捞，单等戴上镣铐，哭爹叫娘，啥都晚了。咱可不能跟他们学，可不能给咱老祖宗丢人现眼，让老百姓骂。"

我工作多年了，爷爷也去世多年了，但爷爷的叮嘱还时不时在耳边如警钟般回响。安息吧，爷爷，您的孙子早已经长大，您的谆谆教导和良苦用心，我已经刻骨铭心，终生难忘。

自律，责任，担当

生态环境部华东核与辐射安全监督站　王伟

我的爷爷曾是曲阜师范大学的一名木工，做事情兢兢业业、精益求精。

有一年，上小学的我跑去爷爷工作的地方玩。爷爷打了几件三角尺，我拿着东量西量，不小心摔坏了，我害怕极了，没敢告诉爷爷。爷爷没有怪我，默默收了起来。过了几天才知道，爷爷花了好些功夫才修复。我内疚地告诉爷爷，是我摔坏的。爷爷说："如果损坏了公家的东西不上报，和贪污公家的东西没什么差别。孔子说过'主忠信，过则勿惮改'。忠信是做事情的基础，有了错要不怕改正。"在爷爷这里，我懂得了自律。

1997年，父亲响应国家号召驻村对口扶贫，村子位于比较偏远的董庄乡，一周才能回家一次。有一天，我在报纸上看到参与扶贫的一名成员因雷暴雨，骑摩托车在驻村点疏导村民时不幸牺牲。母亲很担心，希望父亲申请调动回来，父亲说，士不可以不弘毅，任重而道远。如果人人都不去，扶贫工作怎么开展？在父亲这里，我懂得了担当。

工作后，我从事核与辐射安全监督工作，愈加清醒地认识到，这份工作事关人民群众人身财产安全，需要让"老者安之，朋友信之，少者怀之"。在工作中，我懂得了责任。

作为生态环境系统一员，不但要有清廉自律的作风、有为人民服务的担当，还要时刻牢记自己肩上的责任，这是家风传承给我的一笔宝贵的精神财富。

给女儿的信

生态环境部西北督察局 常龙

亲爱的女儿：

见字如面。爸爸的工作每年出差要 200 天以上，父女当面交流的机会其实少之又少。

我们是第一次用这样的方式"见面"。仿佛是一转眼，你就不再是那个总是伸着手要我抱的小女孩了，站在我身边马尾辫荡漾，笑意吟吟望着我的你，好像是个大人了。在你即将踏入中学校门之际，我以父亲和朋友的身份、以对待成年人的方式和你谈谈关于我对你成长的一些理解，希望用这样对你来说有些特别的方式可以引起你阅读的兴趣并引发你的思考。

——不要忘了自己从哪里来。还记得小时候你每次把米饭弄到桌子上我都让你捡起吃掉吗？我告诉你不能浪费粮食，因为我的爷爷就是农民，粮食就是如他一样的人辛苦种出来的。我带你回老家睡窑洞、掰玉米、刨土豆，就是想让你知道我们从哪里来。是啊，厚重的黄土地就是我们的根。从我的爷爷到我的父亲，从我的父亲到我再到你，既是血脉的延续又是老老实实做人的观念传承。无论世事如何变迁，无论将来身处何处，无论面对什么样的诱惑或是压迫，坚守做人良知的底线，永不丢掉你的善良和本真，这是我对你最大的期望。

——始终清醒自己要到哪里去。我知道你刚经受了升学的压力和挫折，我还要告诉你随着年龄的增长，你要承受的压力会越来越大，可能经历的挫折也会越来越多。这就是我们所处的时代，你不能要求这个时代适应你，你只能适应这个时代。家给予你的，永远是包容、宽松、温暖，永远是爱，希望你不管经历多大的风雨，都不放弃对美好的追逐，不迷失前行的方向，用爱的光保护自己、照亮前路，云淡风轻地从挫折中站起前行，迎接风雨过后的彩虹。当然，实现目标都要付诸努力，对此我有两个建议，建议你有意识地增强自己的毅力和坚持力，蜻蜓点水、浅尝辄止或是遇到困难就退缩不前，会错失最美的风景；建议你努力培养独立思考的能力，在纷繁复杂中不要随波逐流、人云亦云，那样会丢失了自己。可以从读一本你觉得艰深难懂的书开始，强迫自己静下心来去读、去思考、去理解，而不要在简单的感官冲击的速食文化中逐渐消磨掉意志。

最后，如果你愿意，欢迎你用任何方式和我进行任何内容的交流。

永远爱你的爸爸

2018 年 7 月 25 日

妈妈立下的规矩

中国环境报社　刘蔚

和朋友聚餐，上了一盘肉馅饺子，我没有动筷子。细心的朋友问为什么不吃？我说我不吃肉馅饺子。恰巧服务员端上一盘素馅饺子，朋友说，这盘放你这里吧。我说："不行，必须放在中间大家一起吃。这是规矩。"

是的，这是规矩。是妈妈从小给我立的规矩。

我家有 4 个兄弟姐妹，我最小。妈妈和家里人都最疼我。我小的时候吃肉伤了食，不吃肉馅饺子。每次家里做饺子时，妈妈都特意给我包些素馅的饺子。但是，端上桌子时，绝不允许放在我一个人面前，而必须放在中间让大家一起吃。

小的时候不懂事，问妈妈："不是因为我爱吃素馅您才包的素馅饺子吗？他们都爱吃肉馅，为什么要把素馅饺子放到中间给大家一起吃？"

妈妈说："包素馅饺子主要是为了给你吃，但别人也有可能想尝尝，所以不能把饺子放在你一个人旁边不让其他人吃。不能吃独食，这是规矩。"

这样的规矩我始终记得。再爱吃的东西，再好吃的东西，我也会和家人、朋友、同事分享。当我长大成人走上工作岗位后，发现习惯分享，可以带来更多快乐，更有助于团队合作。特别是在参加环保督查巡查工作时，每个团队都是由不同单位人员组成。这样的团队需要互相分享经验，互相配合协作，才能更好地完成督查巡查工作。而如果过于强调自我的存在，就会忽略其他队员的才智和经验。不独尊，尊重他人的感受，才能更好地进行团队合作。"三个臭皮匠顶个诸葛亮"，团队的力量要远远超过个人的努力。

而实际上，妈妈立的规矩、教给我的东西还不止这些。

记得我刚刚走上工作岗位，妈妈就告诉我："即使再困再累，也不许趴到办公桌上睡觉。"当时年轻，不明白其中含义，只是遵从妈妈的教诲，再累再困也从来没在办公桌上趴过。现在，有了多年的工作经验和阅历，我才深刻领会了妈妈的教诲。她是希望我能严守工作纪律，保持振奋的工作状态。

妈妈一直告诉我，做每项工作都一定要尽自己最大的努力。妈妈还告诉我，做人一定要做清白正直的人，要对得起工作、对得起家人，更对得起自己。

　　环保工作当前任务重、压力大。打好污染防治攻坚战是一场大仗、硬仗、苦仗。为了打赢这场硬仗，环保人必须振作精神，不懈怠、不萎靡。妈妈当年的教诲让我在当前环保工作中信心倍增，精神饱满。

　　妈妈从小生活在一个贫穷的大家庭里，很小就开始帮父母干活儿，懂事早。17岁进纺织厂工作，19岁就入了党。从工厂到后来进入饭店、商店等服务业工作，她向来都是工作积极上进，为人处事善良周到。她经常用自己的言行教育儿女，做人要正直善良，工作要兢兢业业。

　　在我家，爸爸才华横溢，从小带我看名著，教我写文章。而对孩子们的教导，妈妈立下的规矩更多。一般来说，家风通常由父系传承。其实，妈妈的言传身教，对于家庭的影响更深刻。

　　说家风，让我想起妈妈。即使她远离我很多年，我的所言所行，依然会遵从她的教导。这是妈妈树立的家风，这是她留下的影子。

外婆的叮嘱

中国环境报社　　杨奕萍

　　善良正直，心存大爱，是我对外婆最深刻的印象。

　　外公走得早，8个儿女，最小的才6岁，外婆硬是一个人扛起了生活的重担，千辛万苦把儿女们拉扯大。幸运的是，儿女们长大了，个个都孝顺贤达，生活幸福。外婆是一个独立要强、行事利落、注重体面的女子。她

读过私塾，上过女子学校，在同辈女子中算得上是文化人。她管教孩子，严中带慈；邻里往来，随和大气。

母亲是家里的大女儿，为了减轻外婆的负担，年仅 16 岁的母亲惜别校园，前往偏远的山区银行工作。整个银行代办点就她一个工作人员。白天母亲一个人收缴款项，晚上独自守夜，看守着晃悠的橱子里锁着的钱。那时还没有电灯，点着蜡烛，山风吹过，门被吹得呼呼作响，寂静的夜显得那么漫长。好不容易等到休息回城，母亲拽着外婆的胳膊委屈地哭，不想回山区，想回城工作。

外婆虽心疼女儿，却语重心长地对母亲说："秀儿呀，你不去山区工作，那别人就要去，总有一个人要替你去。既然是国家分配的工作，个人就要服从国家的安排，无论在哪儿都要把工作做好，吃苦咱不怕，就怕没苦给咱吃，做一个对国家和社会无用的人。"就这样，母亲在山区银行一待多年，潜心钻研业务，热情对待山区的老百姓，年年被评为先进工作者，后来因业务在全省比赛中获奖，作为人才调回市里工作。

20 世纪 80 年代，还要用粮票、布票买东西，外婆从居委会接了个活儿，记录当天买的蔬菜粮油价格，到月底把记录本上交，从居委会拿到小额补贴。外婆每天一买完东西就带上老花镜记在本子上。儿女们觉得，为了这么少的钱，没必要时时记录，可以晚上一次性记录。外婆认真地说："做事不能以钱多钱少来决定态度，钱再少，做事也不能马虎，必须认真。更何况是政府交给我们的任务，要认真完成，不能有一丝侥幸欺瞒。白天买东西，等到晚上再记，有时只能记个大概，难免会有偏差。随时记，可以一分一厘都不差。"

我有幸从小在外婆身边长大，有机会感受到她的人格魅力与作风修养，让长大后的我一直认真做事，心存大爱，不计较得失，这是外婆留给我的精神财富。

家有素书，居无杂尘

中国环境出版集团　季苏园

　　我幼年时因父母支援三线建设，被留在北京与姥爷、表哥涛子一起生活。姥爷家在西四某条小胡同里，客厅正中的墙上挂着一副对联，上联是"家有素书可传世"，下联是"居无杂尘能静心"。

　　三个人每日上午 7 点起床洗漱吃过早饭后，要整理房间，洒扫庭除。姥爷常说，衣服能旧但不能脏，家里能穷但不能乱。窗明几净、人也收拾得干干净净后将近 10 点时，爷仨就能出门了。

　　我们的目的地不是公园就是书店，去书店对我和哥哥来说更具诱惑。20 世纪 80 年代初，北京的书店主要就是新华书店和中国书店。我们常去的是西四新华书店和西单中国书店，隔一阵子还会去琉璃厂，那里有好多旧书店。逛书店最美的事当然是买书，姥爷一般都会买一两本书，也总会给我俩买一两本小人书。

　　对两个孩子而言，小人书的归属权总有争议。哥哥会写自己的名字。我不会写"园"字，于是在每本书扉页上都画上两个大圆圈，表示是园园。有一天，哥哥看到书被画得乱七八糟，爬到房顶上大哭。这时候姥爷说，喜欢书是好事，但是看书的目的是要明白道理，你们看过的书一定教过你们，碰到喜欢的东西应该怎么处理。当然啦，我们可是读过孔融让梨、懂道理的小孩子。最终，争端以小人书我俩共有、哥哥负责管理、园园不要

24

乱画而圆满解决。

一晃 30 多年过去了，姥爷也走了有 20 多年。而今，我有了自己的家，哥哥仍住在西四的老屋，我们都尽力把各自的家收拾干净，家里书都不算多，但也触手可及。仔细想想，"家有素书，居无杂尘"就是我们的家风吧。

良好家风是宝贵的财富

中国环境出版集团　　王菲

家风正则民风淳，家风好则政风清。家庭是社会的细胞，凡是社会上普遍存在的现象，在家庭里也都能找到它的基因，反腐倡廉也是如此。家庭是拒腐防变的一道重要防线，家风连着党风，家风的好坏与党风和社会风气的好坏息息相关。

廉洁气正的家风有助于每个家庭成员树立正确的价值观，是每个人的宝贵财富，更是整个社会的宝贵财富。

很幸运，我便生活在这样一个风清气正的家庭中。父母均是普通的员工，在平凡的岗位坚守着自己的信念。虽然不会天天给我讲大道理，但却用自己的言行告诉了我什么该做、什么不该做，无形中做到了"以德治家、以俭持家、以廉保家"。

小时候，每个学期初发新书对我来说是一件大事。拿到崭新的课本，闻着淡淡的油墨香，仔仔细细包上报纸作为书皮，然后郑重地放进书包，这象征着新学期开始了，一切都有了一个新的开始。

一般报纸就会用我上个学期订阅的学习报。但有一年，非常不巧，开学第一天开开心心把新书背回家，发现家里没有报纸了！而没有书皮的书对我来说是极难接受的，我一想到第二天上课的时候，同学们都包上了齐齐整整的书皮，我的书外面却大刺刺的什么也没有，就觉得自己实在太不爱护书了，怎么担得起"好学生"的称号呢？

我忽然想起来，父亲有把单位订阅的报纸带回家阅读的习惯，我可以借用一下这些报纸啊！想到此我便开心起来，等着父亲回家。父亲回来，果然带着报纸。我跟父亲说了一下这个情况，却被父亲拒绝了！父亲说，这是单位的报纸，明天还要带回单位，不能私自给我包书皮用。我冲父亲撒娇，我就用一次嘛，少一天的报纸别人也不会注意到。

父亲正色道，万万不可以有这种想法，单位的东西就是单位的东西，少一张纸、一支笔都是不可以的；我们需要，可以想别的办法。

小时候的我还不懂得这些，只知道父亲明明有报纸却不让我用，委屈地大哭，觉得父亲是个"坏爸爸"。正在做饭的母亲听到我哭，连忙从厨房出来看我怎么了。于是我添油加醋地跟母亲说了，本以为母亲会站到我这一边，可母亲听完却说父亲是正确的，确实不能用！我更委屈了。母亲见状，安慰我说，等会儿给你更漂亮的纸包书皮。

我将信将疑。吃完晚饭，母亲掏出她的"百宝箱"，翻腾一会儿，在我期待的目光下，拿出了一张彩纸！好漂亮的彩纸啊。

原来是小姨结婚时不用的彩纸，被母亲仔细地收了起来。本来当时以为就是一张没用的废纸，母亲怎么连这么一张废纸还留着，没想到今天却派上了用场。

母亲说，没有没用的东西，持家过日子就要节俭，能重复利用的就重复利用。最后，母亲和我一起给新书包上了彩纸书皮，真漂亮呀，第二天还引来了好多同学的围观。我也因此更爱惜书本了。

长大了才能理解父母的做法。公私分明，不分东西大小，应该是印在思想里的深深烙印。而母亲的勤俭持家，也给我留下了深刻的印象。工作后，我也严格要求自己，廉洁奉公，公私分明。

现在，我也组成了自己的小家，父母营造的良好的家风又被我传承下来。希望我的孩子也能生活在家风优良的环境中，未来也成为一个廉洁、勤俭的人。

这是我们一家的宝贵财富。如果每个小家都有风清气正的家风，那就是我们整个社会的巨大财富。

家　风

中国环境监测总站　高愈霄

"家风"又称门风，指的是家庭或家族世代相传的风尚、生活作风，即一个家庭当中的风气。家风，是一个家族代代相传沿袭下来的体现家族成员精神风貌、道德品质、审美格调和整体气质的家族文化风格，不仅是后人树立的价值准则，更是建立在中华文化之根上的集体认同，是每个个体成长的精神足印。

回忆儿时，祖辈们没有写过一行行条文，也没有订立成文的规矩，只是在一些日常的细碎生活中一遍遍地嘱咐，"吃饭一定要吃干净，因为粒粒皆辛苦"，"待人接物要热情诚恳，以礼相待"，"遇事要做最大的努力，做最坏的准备"，"吃亏是福"……

这些话语，没有雄壮威武气吞山河的气势，却将最积极、乐观、谨慎、豁达的精神，潜移默化地教诲于我。

时间流逝，自己也已为人父，在孩子的教育中更领会到，父母是孩子最好的老师，而家风则更是教育孩子的无形中的老师，这种无形的教育力量，通过家长的行为举止、思想情趣与道德观念，综合影响孩子在学习与人格塑造等多方面的发展。

有人说，孩子是父母的一面镜子，只有父母没有问题，孩子才会朝着你希望的方向发展。

因此，身为父母的我们也要不断地传承祖辈的品格，学习和发扬大家的家风，学习《颜氏家训》《朱子家训》《曾国藩家书》《钱氏家训》等优良家风的教诲，以身作则，为子榜样。

一家四代是党员

中国环境科学研究院 罗建武

我出生在河北南部小县城。现在，我家已是一个四世同堂的大家庭。去年春节回老家，我说被选为党支部委员了，爷爷欣慰地说："咱家四代人都是光荣的共产党员。"

我的老爷爷 1943 年入党，他在村委会工作了 20 多年，因工作积极主动，多次被选为模范干部和先进个人，为我村建设贡献了自己的力量。

我的爷爷 25 岁入党，已是拥有 61 年党龄的老党员了，他先后在我们县乡镇的供销社和棉站系统工作，先后任供销社支部书记兼供销社主任、码头棉站支部书记兼主任。

我的爸爸出生于 1955 年，20 岁入党，现在有 43 年党龄了，做了近 20 年村干部。1976 年前后，他当民兵连长时，向地区水利局提出农田水利工程规划建议，带领全村民兵、村民修建 4 条南北路、5 条东西路，并沿路修建了灌溉渠，还种植了一排排的树，用卖树的钱购置了农用汽车等。1983 年前后，他邀请农业专家传授知识，农业生产搞得有声有色。现在爸爸 63 岁，虽然早不是村干部，还在为村里发展操心。

我于 1979 年出生，2008 年正式成为一名党员。十几年的工作虽然没有较大建树，但能较好地完成本职工作。女儿今年 7 岁，等她长大了，我也会建议她入党，把党的火炬传递下去。

百善孝为先

中日友好环境保护中心　周志广

我出生于一个普通的家庭，父母都是普通的劳动者，他们用朴实的家训教育着我如何做人。

尊敬长辈是我从父母那里学到的第一个做人的道理。由于爷爷去世早，奶奶独自生活，父亲每天不管多晚都要去奶奶那里看一下。奶奶有什么要求，父亲总是尽量满足。当时上小学的我，总觉得不解，就问父亲："您这样做累不累？"父亲反问道："从十月怀胎到成家立业，父母一直默默无私地奉献，他们说过累吗？"我顿时怔住了。父亲接着说："百善孝为先，孝敬无底线，我们怎么做都不为过。"

母亲也用自己的行动给我上了生动的一课。初中时，姥姥身患重病，母亲没日没夜地在病床前伺候老人，直到姥姥去世。虽然那段时间，没人给我做饭，但是我并没有怨言，因为我始终记得父亲的话"百善孝为先，孝敬无底线"。

除了孝顺老人，父母还教育我要和善待人。要尽力帮助别人，多站在对方的立场上想问题。有人吵架时，父母会以此为例给我分析，假如我遇到类似情况，要怎样去思考和解决问题。

经历了20世纪五六十年代那个物资匮乏的时期，父母也常常告诫我要勤俭节约。记得小时候，我夏天常穿塑料凉鞋，这种鞋一开始光鲜亮丽，但是时间长了就会老化断裂。母亲便在灶火里面，烧红一个铁钩，在断裂的地方放一片旧塑料，一烫就粘住了，这样粘粘补补，一夏天就过去了。

虽然现在生活水平提高了，但我还是保持着儿时的习惯，比如吃饭尽量要吃光，洗澡搓香皂时要关掉水龙头，收集洗脸水冲洗厕所等。这些习惯，也慢慢地变成了我女儿的习惯。

家庭是圃，孩子是苗。家风如细雨，它随风入夜，润物无声，让小苗健康成长。感谢父母给我的家训，我也会一直用它浇灌我的小苗，营造属于我们的家风。

爱读书的父母

中日友好环境保护中心　赵一玮

我的父亲是一位环保工作者，母亲是一位医生。小时候，我的父母工作都极为繁忙，经常加班，但他们在家的时候，必定会抓紧时间看书。

我家有一个半面墙的大书柜，其中摆满了各种环保类、医学类等书籍。父母常对我说：业精于勤荒于嬉，业精之法在于专。

在家里常能看见母亲坐在书桌前奋笔疾书，或者父亲坐在沙发上认真研读书籍的身影。父母的言传身教让我明白，应该多读书、勤读书。因此，开始识字后，我也开始喜欢读书。虽然父母很忙，但总是抽出时间教我礼仪规矩、处世准则。父母的教导，再加上读书中的体悟，才有了我现在的人生观、世界观和价值观。

家庭的教育，帮助我在参加工作后很快成为一个有理想、有信念的职业人，这也印证着家风对个人工作态度、工作作风的影响。在工作之初，因为缺乏工作经验，面对领导交代的任务，我会想到父母告诫的工作态度"努力、认真、严谨"，常常加班到深夜。

在工作过程中，为了快速进步，我会秉持"谦虚、谨慎"的态度向周围的人学习，利用业余时间钻研学习专业技术知识，或总结工作经验。

在工作不顺利或压力极大的时候，我会记起父母说过的"坚韧、勇敢"的品质，迎难而上，不断给自己鼓励，不气馁的精神支撑我继续前行。

工作中与同事起摩擦时，我会认真反思自己，是否做到父母要求的"胸怀宽广、正直"，处事对事不对人，保持宽容的态度尊重他人选择，摒弃私心，努力实现共享与合作。

可以说，我个人的成长，离不开父母的谆谆教导，离不开我的家风。

将来，我不会满足于现在取得的一点成就，在工作过程中将努力发现自己的不足，提高工作效率和业务水平，给自己设定一个又一个更为高远的奋斗目标，让自己一步一个脚印，努力成长。

外公的鸡蛋糕

生态环境部核与辐射安全中心　　沈杰

岁月悠然，外公已辞世多年。外公家是典型的江南乡村小楼，红墙黑瓦，怡然坐落田地间。每每登门，都会想起外公奖励我的鸡蛋糕。

1998年，那个清凉的夏天被一场洪水冲走了往年嬉水的欢乐，但鸡蛋糕的香气充斥着整个集市。那时，外公在一家小型五孔板厂做帮工，五孔板制作完成后，工人们会将两头的粗铁丝修剪齐整，剪下的废料随地散落。我和表弟打探到废铁收购价8毛钱一斤，要有十几斤便能换回不少鸡蛋糕，于是趁工人们午休去捡地上的废铁丝。快完工时，外公发现了我们。"两个小鬼头在干什么？"远远地，他就大声问。

"外公，这些废料扔了太可惜了，我们卖了买鸡蛋糕吃。"我和表弟一脸调皮相。

外公听完脸色一沉，说："那你们接着捡吧，不过要等我一起卖。"说完走向了厂领导办公室。出来后，外公领着我们卖掉了废铁。正当我们拿着 16 块钱的"巨款"欢呼雀跃时，外公问："这 16 块钱，是公家的钱，还是私人的钱呢？"我和表弟面面相觑。我们从没细想过，废角料虽小，却也是公家的财产呀。

外公让我们去厂领导办公室。我们忐忑地敲门进去，里面的叔叔起身迎接，微笑着问："两位小朋友有什么事吗？""叔叔你好，这是我们卖了废铁丝挣的 16 元钱，现在来还给你们。"叔叔拿过钱说："真乖！"没过多久，外公推门进来，手里拎着鸡蛋糕，说是对我们知错就改的奖励。带着感动，我们狼吞虎咽地吃起来，那是世界上最好吃的鸡蛋糕。

我的书香家风

生态环境部核与辐射安全中心　　商照荣

即使工作再忙再累，我每天也要抽出一些时间读书、看报，这是我从小受家风影响形成的一个良好习惯。

2018 年"十一"期间回家探望老父亲，发现 95 岁高龄的老人家依旧保持每天看报的习惯。每次我回家，他都饶有兴致地与我分析交流国内外形势。读书、看报，是父母从小给我培养的习惯，也是我们的家风。这样的家风，培养了我们家庭成员爱党爱国敬业的人生观和世界观。

父亲是一个老党员、老干部，出于职业习惯，他的公文包里装满了书籍和报纸。每天下了班，忙完必要的家务，他就坐在家里读书、看报，往往一坐就是一两个小时，家里充满了书香氛围。而我也从小就爱和爸爸一起读书、看报，听爸爸讲人生道理。

小时候家里没有电视，更没有游戏机。父亲见我喜欢读书、看报，特别地鼓励我、支持我。每到假期，他就从图书馆里借来很多经过他筛选的小说和杂志。这些书不仅教会我很多知识，也让我学到很多人生哲理：要正直善良、刚正不阿、大公无私。

对书报的选择，父母有着严格要求，不该看的一定不能看。其中，红色革命故事，对我一生都产生了深远的影响。热血沸腾的《钢铁是怎样炼成的》，让我确立了为人民服务、党的利益至高无上的人生观；体悟生活艰辛的《高玉宝》，使我下定决心今后要在本职岗位上艰苦创业、廉洁奉公；置身解放东北峥嵘岁月的《林海雪原》，使我下定决心跟党走。

读万卷书行万里路。年少时养成的喜爱读书、看报的良好习惯，使我有了深厚的知识积累和个人涵养，为将来的工作和发展奠定了基础，同时也让我在青少年时期就树立了良好的人生观、世界观和价值观。我庆幸自己拥有难得的书香家风，感恩父母对我潜移默化的影响。

写给刚刚出生的你

生态环境部核与辐射安全中心　李亮

宝贝，你已经出生 3 天了。每次抱着你的时候，感觉身上多了一份责任，总希望倾我所有，将最好的习惯、最好的家风传承给你，希望你将来能做一个健康、快乐，对家庭、对社会有益的人。我相信好的习惯、好的家风是可以传承的。

记得小时候，我和爷爷在一起生活。母亲是街里邻坊眼中的好儿媳，孝敬长辈、懂得分享。她很少向我讲做人做事的大道理，但是却用实际行动，潜移默化地教会我如何孝敬长辈、与人分享。

记忆最深的，是每次吃饭的时候，母亲总是要求我先去叫爷爷来吃饭，待爷爷坐好并开始吃饭的时候，我才能开始吃饭。而且每餐最好的饭菜，一定要先给爷爷吃。那时的我很小，不明白其中的道理，有时看到好吃的菜就想放在离自己最近的地方，但母亲非常严格，我只好不情愿地照做。

就这样，一餐餐、一天天、一年年，我由原来的不情愿，变成了习惯。直到我在外求学、参加工作、步入社会、有了家庭，渐渐地明白了其中的道理。正是这些习惯，让我在生活中知道了如何孝敬长辈、尊重师长，让我在工作中知道了如何与人为善、懂得分享。

我想，以后我也会这样严格要求你。也许你可能不理解，但是我相信有一天你终将明白。也许时代不同了、物质条件不同了、生活格局发生了变化，但是我想这些做人的基本要求是不变的。要懂得做一个孝顺、谦卑、善良的人，这是你立世之本，也是我能给你最好的财富。

家和万事兴

生态环境部卫星环境应用中心　高贵梅

　　说起我的家风，虽然没有像"孟母三迁"那样的感人故事，更没有岳母刺字那样的伟大情怀，却是我前行的动力、人生路上的明灯。

　　小时候，我每次上学之前，父母总是叮嘱我："一定要听老师的话，好好学习，对老师和同学要有礼貌。"

　　参加工作后，父母叮嘱我："到工作单位要尊敬领导，团结同事，尽职尽责做好自己的工作。"结婚后，父母叮嘱我："结婚后要善待婆婆，妯娌和睦，夫妻互帮互助。"父亲对党忠诚、爱岗敬业，母亲尊老爱幼、爱家顾家，都潜移默化地影响着我，让我工作上进，家庭和睦。

　　结婚24年来，婆婆和我始终住在一起。一天下班后，做好可口的饭菜，让女儿去喊婆婆吃饭。女儿突然喊道："妈妈快来，奶奶脚疼不能走路了。"我赶紧跑到卧室，看见婆婆一步也走不了，才知道是把脚给崴了。

　　当时丈夫在外地，孩子还小，我用全身力气背起婆婆，一步一步走下楼梯，把婆婆送到医院。

　　如今，我也将家风传承给了我的双胞胎女儿，她们都很优秀，在校期间都光荣地加入中国共产党。

　　2012年，我家荣获环境保护部直属机关"五好家庭"称号。2018年，我荣获生态环境部直属机关优秀党务工作者称号。仔细想想，这些都与家风有着不可分割的关系。

爱国，拥党

生态环境部卫星环境应用中心　聂忆黄

在那个动乱混沌的年代，父母被迫出走蒙古国。我们姊妹仨都出生在那里。当时，中苏敌对导致蒙古国内仇华现象严重，丑化、污蔑中国的宣传铺天盖地，对我们家的歧视和不公平对待司空见惯，甚至小朋友们也会经常合伙儿欺负我们。我和姐妹在奋力反击的同时，心中仅存的信念和温暖，就是父母口中的祖国：那里有很多爱我们的亲人，有美丽的河川，还有各种可口的美食，那里才是我们的家。心中的祖国很模糊，但足以支撑我们坚强地生活下去。

回到国内，正值改革开放，祖国日新月异，虽然生活条件远不如国外，但充满温馨和活力，似乎每天生活在节日里。那时，在资产阶级自由化思潮影响下，时有消极思想和错误言论，使青春期的我们感到迷茫和彷徨。记忆里，每当谈起这些，父亲常说"21世纪将是中国的世纪""我们的祖国一定会越来越强盛、越来越美好"，还会引经据典佐证自己的观点，充满自信，满怀希望，让我们浮躁的心逐渐沉淀下来。

2018年，我要到国家贫困县挂职锻炼，母亲虽然担心我可能因工作关系有碍健康，但仍支持和鼓励我：到基层，了解基层，为基层做点实事，挂职是个机会。听到部领导已批准我的申请，母亲又从遥远的新加坡，发来了大段大段的微信文字，嘱咐我"到新地方，要多问、多记、多想"，提醒我要"不管做什么工作都要认真做！多为普通百姓利益着想，做事问心无愧，心里踏实"，告诫我要"配合正职把该做的工作做好，争取能做成些好事实事"，更是严肃地指出"咱们是最基层出来的，生活不求高，做事对得起国、对得起民、对得起良心！踏踏实实安心过日子，不贪财！不图官！"。

我的父母不是共产党员，甚至在动乱的年代遭受过迫害，但他们赤诚的爱国之心、坚定的拥党之志，是我们家的立家之本，使我们此生受用不尽。

家和万事兴

生态环境部信息中心　尚屹

中国是拥有五千年辉煌历史的礼仪之邦，一直以来都非常重视家教，所谓"修身、齐家、治国、平天下""家门和顺，虽饔飧不继，亦有余欢"，家训、家风、家庭氛围对一个人的成长、一个国家的进步具有重要意义。

我的姥姥是中国质朴的农民，我有幸和她生活在一起直到成年。她教会了我如何仁和谦让，如何宽宥待人。她19岁时嫁给了我的姥爷。姥爷有三个姐妹常住家中，但是做饭、带孩子、洗衣服、打扫卫生、喂猪喂鸡等家务活只有她一个人干。每天早上她都是第一个起床，晚上最后一个入睡。那时候条件不好，每天有一碗白米饭都是给老人吃，每次吃饭她都是最后一个上桌。我曾问姥姥："天天这样过日子，你不生气吗？"姥姥说："虽然心中也有时会不满，但想想老人年纪大了，孝顺照顾是儿媳的职责，小姑们各有自己的烦恼，有的家境比较困难，娘家支持一些也是可以理解的。这么想着也就不生气了。"姥姥用她的实际行动赢得了家里所有人的尊重，赢得了十里八乡人们的赞誉，家里的日子也越过越好。姥姥常说："说话前先想想，做事前想想，家里人都好，我也好。"这样质朴的话说出了家庭生活的最真艺术："家和万事兴！"

2005 年我的儿子出生，婆婆从东北老家过来帮我带孩子，至今已经 13 年了。我一直在实践着"说话前先想想，遇事先想想"，以和为贵。经过短暂的"火星撞地球"的磨合过程，我们相处和谐，互相尊重，互相关爱。近几年，我的工作日益繁重，婆婆成为我的坚强后盾。每当我精疲力竭回到家中的时候，那一锅热腾腾的饭菜，让我感受了家的温馨幸福。每当我遇到烦恼、压力、困惑无法开解的时候，孩子的天真笑颜让我释然，重新有了前行的动力。在这样的家庭中，孩子得到了良好的熏陶和教育，在思想品德和行为规范上都得到了正向的激励和引导，懂得孝顺，懂得感恩，健康成长。

老子说，"治大国如烹小鲜"。如何待人接物，言谈举止，提高自身修养，并用自身的言行去潜移默化地影响孩子，实现中华民族传统美德的现代传承，是我们的责任，也是社会发展的需要。习主席指出："国无德不兴，民无德不立。家风是国家发展、民族进步、社会和谐的重要基点。"家庭是社会的基础单元，如果每个家庭都能团结和睦，整个社会就会健康发展。国家的兴盛，家庭的兴旺，需要一种传承的力量，这就是家风！

一位退休老干部的家风

全国环境保护职工疗养院　冯永仁

家风，是一个家庭精神面貌、价值观念、行为习惯的综合体现。优良的家风，是中华民族传统美德的凝结和传承，是家庭成员立身做人的行为准则。我的父辈传承下来的精神让我明白，无论做什么，都要干一行爱一行。

我已到耄耋之年，一辈子经历过多次工作调动，但每到一个单位，我都尽职尽责将工作干好。我于1950年参加工作，为朝鲜战场输送物资，之后到锦州市政府房地产管理部门、锦州市环境保护局工作，后被调到兴城环境管理研究中心工作直到退休。

每到一个新的工作岗位，一切都是从头做起。特别是到环保部门工作之后，为了将这份工作做好，我认真学习和钻研相关业务知识。在工作中，我始终谨记父辈的教诲，勤勤恳恳工作，老老实实做人，多次被评为"模范干部""先进工作者""优秀共产党员"。

好的家风需要不断传承，也要与时俱进，适应新时代的发展需要。为了让下一代人受到良好家风的熏陶，结合新时代精神文明建设需要，我将父辈传承下来的家风进行梳理，制定出我家的家规，共96字，其中包括爱党爱国、爱岗创业、思想进步、积极工作、服从组织、团结同志、勤奋学习、钻研业务、遵纪守法、廉洁奉公、敬老爱幼、孝顺父母等。

干一行爱一行，干一行就要干好一行。我在环保部门工作了十几年，从环保部门退休。虽然现在早已不在环保一线奋斗，但仍心系家乡的环境保护问题。2015年，通过媒体组织的活动，我针对锦州的环境问题、两河治理等提出了相关建议。因为多年从事环保工作，我将对环保事业的热爱带入生活中，亲身践行并教导子女要"低碳环保从我做起"。

如今，我的女儿也在环保部门工作，当遇到困难时，我对她说，孩子，打好污染防治攻坚战，家永远是你坚强的后盾。我希望她能将这份事业传承下去，能将良好家风化为实际行动，为国家环保事业作出自己的贡献。

做人要有好习惯，做事就要用心

河北省廊坊市生态环境局　朱建军

初春的一天，早上7：00整，环境保护局大门口，门卫早已进入工作状态。值班室老大爷透过窗子，见我由远而近向门口走来，他总是先冲我一笑，点一下头，算是打过招呼，然后轻触升降杆开关。及至近前，老大爷再招呼一声"早上好"。"早上好"，我响亮而礼貌地回一句。老大爷微笑着冲我补一句："很准时，不管春夏秋冬，也无论刮风下雨，上班时间总是这个点。""是吗？"我波澜不惊地回答着。这习惯是爷爷传承并培养的，于我而言是习惯，也是规矩。

我的爷爷是一位老军人，曾参加过抗美援朝，吃过苦，受过累，遭过饿，历过险，九死一生活下来，个人经历的艰难困苦铸就了他在困难面前意志坚定、勇敢顽强的可贵品质。工作中养成了工作第一、集体至上，不怕困难、不惧苦累，身先示范、严于律己的工作作风。由于他常年的坚守和示范，也深深影响和带动了我们全家，个人的工作作风也变成了我们的家风。

爷爷是村中的生产队长，不但每天操持着全队的劳动分配任务，也掌管着一家十几口人的饮食起居。但他对外秉承"克己奉公，工作第一"的理念，做人做事处处"身先示范，严于律己，一招一式，有板有眼"。他工作认真，要求严格，不管大人孩子，做事达不到他的要求，他严厉地要求重做。他的时代，里里外外都安排得井井有条。他总是天蒙蒙亮就起床，到外面的田地里转一圈后，再到自家小院看一看，然后盘算着一天的工作安排。他时常教育全家，"一年之计在于春，一日之计在于晨"。每天要在工作前提前打算好，只有想不到，没有做不到，为此他从不睡懒觉，也决不允许家人睡懒觉。那年冬天，星期日早上，我因贪恋被窝的暖和，多躺了一会儿，没有及时起床，爷爷走到我的床前，严肃地说："天亮就起床，天经地义，这是天之规律，既是责任，也是规矩，习惯就会成为自然，就不会成为个人包袱。"

"上班前就计划好每天的工作，只有想不到，没有做不到。"它像一粒种子，在我的脑海中生根发芽。不管时间如何流逝，不管走到哪里，也无论从事何种工作，它会时刻警醒着我，只要肯动脑筋，就没有克服不了的困难。

近年来，随着经济的发展，环境污染形势日益严峻，作为环保部门中的一员，污染防治的担子不断加重，压力不断加大，打好污染防治攻坚战，硬仗一仗接一仗，仗仗都是摸着石头过河，从无到有，都是难啃的"硬骨头"。但每遇到困难时，我就会便想起爷爷的话，从而增加勇气和力量，定会信心倍增，精神饱满。

给德才是真关心

河北省邢台市生态环境局沙河市分局　元庆彦

我的童年是和母亲一起在乡村中度过的，那时母亲在一个离县城一百多里外的乡政府工作。

20 世纪七八十年代，乡村生活是非常单调的，并不像现在一样丰富多彩。一天的劳作之后，大人们最多的活动就是聊天、打扑克，小孩们则是捉迷藏、踢毽子、跳皮筋。一个乡镇十几个自然村只有一台电视机，并且收到的频道也就一两个。

那一年夏季，正热播一部电视剧，由于天气炎热，电视就从屋内移到屋外，放在一个大木头架子上，人们围坐在院子里看。渐渐地，附近村里许多孩子吃完饭后也跑到公社来看电视，来的人多了，孩子们常常会为了一个好位置而发生争执。

有一次，我的好位置也被别人抢了。我与抢位置的孩子大打出手，并要他以后不准再来看电视。这时，母亲把我拉到一边，狠狠地批评了我。她说："电视是公共财物，你有什么权力不让别人看？记住，任何时候都不能仗势欺人。"

后来我参加工作时，母亲又跟我提到这件事。她说："我当时是乡干部，在群众眼里是公家人，有权力。如果你欺负别的孩子，就可能在群众中造成不好的影响。"

从上学开始，我在农村同学的眼里，头上就顶着吃"商品粮"的光环，不用种地。但在母亲这里，并没有让我感到任何特殊待遇。每到夏收秋收，她总要把我带回老家去帮工，同大伯一家一起给祖父种地，让我在广阔的田地间接受劳动教育，感受劳动后收获的快乐。

为了教育我，母亲专门找人用正楷写了一幅《宋庆龄教子经》挂在了正对门的地方，每天回到家，一抬头看见的就是那幅字，其中一句"给钱不算父母心，给德才是真关心"我一直牢记心头。

母亲长期在纪检监察战线工作，兢兢业业，廉洁奉公，曾获得河北省纪检监察系统先进个人称号。如今，我也奋斗在纪检监察岗位，时常会想起母亲当年工作的场景。母亲的形象在心里也越来越明亮，她是我心中那盏不灭的明灯，照亮我前行的路。

堂哥托我找工作

刚调到区原环境保护局任纪检组长时间不长，乡里的堂哥就找到我办公室。堂哥有些犹豫，喝了口水慢吞吞地告诉我，"希望二兄弟能帮忙找个工作"。

我一听大概，心下了然。继续问道："那二哥你是想去哪里做事？""村里人说县工业园区有个四方化工，兄弟你能帮忙打个招呼就最好不过了。"

我听后，给堂哥讲了个故事："我父亲以前是村里小学校长，有一次学校校舍要修缮，我做泥瓦工的舅舅主动要揽这个活，结果我爸却拒绝了。爸爸解释说，我们是亲戚，这个活给你做，你修得再好、工钱再少也会有人说你不好，以后我们俩都要被人戳脊梁，正所谓'为人做事不能仗势'啊。"

"我们单位现在正在对化工园区进行环境污染专项整治，这家企业因为偷排废水、气味扰民等问题正在被立案查处。我介绍你去，老板如果让我放他一马，怎么办？"

堂哥是个老实淳朴的农民，一听这话就生气地说："是这样啊！看来我们这里的黑水、臭气全是他们造成的，那我不去了，我去了也要被村里人骂的。"

后来，看着堂哥离开的背影，我深刻地体会到"为人做事不仗势"这一家风、家训的应有之义。每位领导干部及公职人员手中都有一定的权力，作为领导干部和机关公职人员，一定要谨记"权为民所用"的要求，要懂得遵章守规的要义。严肃纪律不仅是对国家、对社会负责，更是对自己、对老百姓负责。

万事勤为先

江苏省环境保护宣教中心　赵继平

当年，爷爷娶我奶奶的时候，村里不少人都羡慕不已，说奶奶是地主家庭，会给爷爷带来财富。谁曾想，爷爷没有沾上一点光，好好的贫下中农与地主的名号联系在了一起。爷爷认了，起誓要自立自强。

每到冬季农闲的时候，爷爷都要上山狩猎，卖成钱贴补家用。他用自己的肩膀箍起了两孔窑洞，箍窑的每块石头都是自己背回来的。爷爷这辈子没有遗憾，只是担心父亲子女太多，怕在教育上顾不过来，在他临终前告诉了父亲一句话：万事都是勤为先。

父亲把爷爷的遗嘱当作家训，好在他的子女们都谨记祖辈之言。父亲从小就看好我，鼓励我好好读书。对于父亲的嘱托我始终不敢懈怠，勤奋读书成为我追梦的基石。

长大后我走上工作岗位，再次回味家训，觉得很有哲理。无论是爷爷还是父亲，其实说的都是一个道理：做好自己应该做的事情。15 年前，我从部队转业到地方工作后，对这句话的理解更为深刻。刚刚到省环保厅工作时，组织上把我安排在纪检监察岗位，我无条件服从。工作生活环境反差很大，一切都是从头学起，甚至于为了练习打字，家里从床头到厨房、卫生间，凡是我出入的地方都贴满了五笔字根。

年幼的女儿经常问我："爸爸，你是教导员（部队职务），为什么还要背这些东西？"我告诉她，爸爸已经换了岗位，在新的工作环境必须要有新的姿态。没有多久，我就能够独立办公了。

后来，我认真研究纪检监察工作特点，每天很晚才回家，工作能力很快得到了领导认可，尤其是围绕教育、制度、监督撰写的党风廉政"333 工程"方案得到了比较好的评价，并在全国环保系统推广经验。工作上有了新的突破，使我信心倍增，在纪检监察岗位一干就是 10 年。一个偶然的机会，组织上提拔我到领导岗位。工作岗位可以变，但人生信条不会变。

如今，我也年近半百。闲暇之余，和年过八旬的母亲聊天，谈起父辈上的往事，母亲讲得最多的就是人活着无论是为自己，还是为社会，都来不得半点虚妄。

46

干出来的家风

江苏省南通市生态环境局　赵建峰

很长一段时间，我都没有觉察出母亲给我传承了一段良好的家风。事实上，我一度觉得"家风"离我很远。父母都是农民，父亲常年在外打工，一年中相处的日子几乎不足半月，母亲在忙于农事耕种的同时还要照料两个儿子的生活。

童年的生活中，既没有父母的循循善诱，也没有谆谆教诲。父母给我和弟弟留下的印象，似乎就是永不停歇地工作。然而，直到如今我才发觉，这恰恰是父母传承给我和弟弟的最好家风。

母亲在照料我和弟弟的同时，还要负责耕种家中五亩多的地。与如今的机械化不同，当时的农活，播种、打药、除草、收割、脱粒，全部依靠人力。童年的印象中，地里的活似乎永远干不完。然而，我从来没有听过母亲的抱怨。

虽然没有种地指标的考核，没有种地好差的评比，年终也没有"最佳农民"的评选，但母亲在种地这件事上丝毫没有偷过懒。与周围的邻居相比，家里的垄拉得最齐整，草除得最干净，收成也一直是周围邻居中最好的。这一切，应该说与母亲的"忙碌"是分不开的。

虽然母亲很少对我们有言辞的教诲，但她"忙碌"的身影的确深深地影响了我和弟弟。虽然多年以后，我回忆起当年的情形，仍然会觉得有"干不完"的农活。但母亲似乎从来没有过这样的想法,她总是把当天能干的活在当天干完。为了提高土地收成,母亲总是掐着季节插着空地种植各种农作物。

玉米的种植让我印象尤为深刻。除了像一般作物需要施肥、除草以外,玉米的收割尤为费事。除了要将玉米掰回来外,还要撕苞叶。在村里跳闸还很普遍的童年,母亲常常依靠着一盏"洋油灯"、一根蜡烛,熬夜将摘下的几百斤玉米棒撕好。等到第二天,新摘的玉米早已摊在场地上晾晒。而母亲则早已又投入了地里的农活中。

很长一段时间,我认为母亲的辛苦是没办法。因为家里负担太重,母亲不得不通过自己的辛勤劳动来改变家庭的状况。毕业后,我们给母亲交了社保,母亲也过上了她从未想过的拿退休工资的日子。我和弟弟也早已在不同的城市安家立业。

然而,母亲却从未改变她勤劳的习惯。除了继续耕种原先的土地外,母亲在我们念大学后就一直在村里的工厂里打工,常常一天工作十四五个小时。尽管如此,母亲却始终没有提过辛苦,更没有过抱怨。相反,她却总是叮嘱我们多休息。

在我们劝说母亲多休息的时候,她总是笑着说"农村人,哪儿有天天不干活在家休息的。能干的时候要多干,不干活干什么呢。"母亲似乎认为作为农民就应该一直干下去。而事实上,很多农民都是这样。外婆80岁的时候,还背着喷雾器在家门口打农药。她们从未停下干活的脚步。

只有小学文化的母亲从来没有向我传授过任何人生格言,但她勤劳肯干、任劳任怨的生活习惯却从未停止过对我的影响。

尽管,母亲从没有得过任何荣誉,也没有获得过任何的社会肯定或表彰,甚至从未正儿八经地享受过休假,她的生活里似乎只有工作日而没有休息日,但母亲从未抱怨过生活,从未停止过对美好生活的努力。"幸福是

奋斗出来的"。或许，母亲永远说不出如此启发人生的格言，但她却用实际行动向我们传承了这美好的家风。

做一个对人民有用的人

江苏省苏州市生态环境局　　王冠楠

　　我的母亲是一位人民教师。教师以教书育人、诲人不倦为天职，虽然在学校里母亲没有直接教过我，但在生活中，她的言传身教对于我的成长起到了不可替代的作用。母亲令我印象最深的教诲是：人的价值不在于挣大钱、当大官，而是在于对他人、对社会要有所贡献，让我以后一定要做一个对人民有用的人。

　　我的家乡是山东省济宁市，也是孔子和孟子的故乡。小时候母亲带着我去孔府、孟府参观游览，教育我说："虽然孔子、孟子当时不是权倾朝野的大官，也没享受多少荣华富贵，但是他们的思想很伟大，影响了中国社会两千多年。"

　　我就读的小学门口是一条市区主干道，车来车往比较繁忙。为确保学生们的安全，公安局专门派了一位民警负责指挥上下学时间段的交通，带学生们过马路，一做就是好多年。母亲曾组织青少年宫的小记者们去采访他，回来以后把采访的内容讲给我听，对我说："这份工作尽管并不复杂，但是能够每天兢兢业业、踏踏实实做好，保学生安全、让家长安心，也很了不起，对得起这身警服。人就是要从眼前做起、从小事做起，才能充分发挥自己的才干，为社会做贡献。"这件小事和母亲说的话，对我影响很深。

后来，我成为一名光荣的共产党员和环保工作者，回想起母亲教育我的点点滴滴，体会更加深刻。共产党人的初心和使命，在于为中国人民谋幸福、为中华民族谋复兴。共产党人的一生，不图名利，不贪富贵，只求用自己的奉献，换来人民群众的美好生活。即便身处在平凡普通的岗位上，只要努力发光发热，实现自己的价值，也能做出不平凡的业绩。

保护好生态环境，给亿万人民带来蓝天白云、绿水青山，是一项无比崇高的事业。当前，污染防治攻坚任务繁重艰巨，基层生态环保人加班加点也是家常便饭，但是一想到自己做的事情很有意义，对社会有用，再苦再累也都值得。

以诚待事等于以诚待己

江苏省苏州市生态环境局　王欣

祖父不善言谈，他健在时，教导我最多的一句话是："以诚待事等于以诚待己，无论遇到啥事，诚实对待，坏事儿可能会变成好事儿，要不然迟早会害人害己哟！"当时，我对这句话的含义虽然一知半解，但已牢记于心。

此后，随着年龄增长，对其理解也更加深刻了，不知不觉中，这句训导竟逐渐融入了我的血脉中，成为性格的一部分。记得我在部队当排长时，那年初冬，在皖北的大山深处，我曾带领战士们翻山越岭野外拉练。那天晚上冷风呼啸，大家身上又满是泥巴，为了能让大伙痛快地洗一次热水澡，也解解乏，我下令砍了两棵碗口粗细的松树烧热水。

没想到，次日我们刚回到驻训集中点，护林员就紧跟着找上了门。当时，我和 3 名班长的心里都打起了鼓，擅自砍伐林木是要追究责任的。他们私下跟我商量：山上那么多树，多一棵少一棵又何妨？况且那两棵已近枯死，这事儿坚决不能承认，反正护林员也拿不出足够的证据。然而，想起祖父的教导，我还是毫无保留地向团里坦诚了错误。

违反纪律必然会受到组织处理，在全团干部大会上，我做了书面检讨。也许是我的诚实和担当赢得了战士的尊敬与认可，后来，不管是军事演练还是技能比武，战士们都铆足干劲，刻苦训练，敢打敢拼。尤其是一年后的实弹演习，全师唯独我们排百发百中，为此我们排荣立集体三等功，我提前晋升为连队副指导员。祖父曾说过，诚实可能会吃小亏，但不诚实肯定会吃大亏！想想，确实有道理。

多年来，以最诚实的态度待人接物，不管吃了亏还是占了便宜，我都默默坚守着，因为这是祖父留给我的最宝贵的遗产。

做人必须像人，做官不可像官

江苏省泰州市生态环境局　陈莉娅

不记得从什么时候起，家里客厅的墙上裱挂着一幅字——"做人必须像人，做官不可像官"，这也是家父的人生信条，是我家的家风。

父母养育了我和哥哥两个孩子，小时候生活条件不好，时常还要接济条件更差的亲戚，一家四口挤在三十平方米的房子里，生活拮据得很。记事起，就老有人上门来找爸爸帮忙，咨询专业上的问题，请客送礼的也是不少，但是爸妈都婉转地拒绝了，能帮的照帮，不能帮的说得明明白白，从没有利用职务之便为自己谋取丝毫利益。父母生活都很简朴，袜子内衣总是补了又补，妈妈至今还总是说到，小时候哥哥生病了想吃苹果，她只能去买点白萝卜拌着白糖糊弄一下。

后来生活条件逐渐好转了，但是他们仍然保留着勤俭朴素的作风。爸爸经常说的一句话是"能修好的东西就不要买，能自己做的东西尽量自己做"。就像他说的一样，我和哥哥小时候的玩具、花灯基本都是纯手工打造。现在，我也有了孩子，他最心爱的玩具木头枪也是父亲亲自设计打磨，安全又环保。

从小，父亲就教育我们，"人"字，一撇一捺，写起来简单，做起来难。"人"字就像座山，高耸的是脊梁，是做人的气节。一直以来，父母也用他们的实际行动告诉我们，人要有气节，不能有傲气，但是要有傲骨，再苦再累再穷不能拿别人一分一毫，一撇一捺踏踏实实写成"人"，人生可以没有充足的物质，却不能缺少向上的精神。为官一阵子，做人一辈子；一撇一捺写成人，一生一世学做人。

我的家风，如同一个人的气质、一个国家的性格一样，这种看不见的精神风貌，摸不着的风尚习气，以一种隐性的形态，存在于我家的日常生活之中，并且将伴随着我的一生。

静待花开

江苏省泰州市靖江生态环境局　张蓉芳

我的父亲是教师，他每本教案的首页都有个"静"字，父亲说这是他的座右铭，要静心教学，潜心育人。

静下心来研究教学内容，才能写出好的教案；静下心来倾听学生的心声，才能增进师生感情；静下心来认真做自己，才能淡泊名利。于是，"静"字在我们家埋下了根，是父亲教学的座右铭，也是我们的家风，为我的人生扣好了第一粒扣子。

有一年，父亲种了一株昙花，说："昙花很美，一年只开一次，她集聚了整整一年的精气都绽放在一瞬间。"于是，我们三姐弟都很期待昙花的开放。那年中秋前后，有一天晚上，我们三姐弟早早搬了小凳坐在昙花面前，恭恭敬敬地等待昙花的开放。可是没过多久，我们就不耐烦了，不停问父亲昙花还要多长时间才开。

父亲说："你们这么急躁，是看不到美丽的花朵的，要静下心来耐心等待。"父亲又为我们介绍了昙花的习性、昙花花神的故事。

后来，我们终于看到了昙花绽放，父亲说："昙花静静等待一年，绽放她的美丽；我们静静等待两小时，看到美丽的花。人生也是这样，要坐得住、静得下。"

"静"在我家被赋予了更多意义。学习中遇到难题，我会静下心耐心分

析找寻答案；工作中遇到挫折，我会坚持不懈，想方设法去战胜；生活中遇到不如意，我会与人和善，耐心解决。

我坚信，静能生慧，静能悟道。人生长长的路，要慢慢地走，静静地享受，终会绽放出美丽的花朵。

父亲与我

江苏省泰州市兴化生态环境局　田忠

父亲好酒。他当了一辈子邮递员，也喝了一辈子的酒。母亲免不了数落："喝了一世的酒，怎就喝不够？"父亲不理她。喝到兴浓处，父亲也会回敬几句："我喝酒误过事吗？我喝过不该喝的酒吗？我拿自己的钱买酒喝，我怕啥？"母亲不再吱声。

幼年时，我最喜欢坐在那辆大大的绿色自行车上，随着父亲去邻近的村庄送信。清脆的车铃声响了一路，庄户人家的母鸡也就跟着跑了一路。

庄户人家对身着绿色制服的父亲都很尊重，满脸是笑地接过父亲递上的信件，总要热情地发出邀约："信送了别忙走，来喝一杯。"

父亲笑眯眯地拍拍那大大的邮袋："还有信要送呢。"

不过，也有见着父亲没有笑脸的时候。有的村干部几次请父亲喝酒，父亲都没去。

原来，他曾拜托过父亲，村里有寄往公安局、检察院等各类机关的信件，一定要截留下来。父亲想也没想就拒绝了。

他说，人家有通信自由。所以，村干部特意准备的好酒，父亲一次也没有去喝过。

"人呐，要管住自己。什么酒能喝，什么酒不能喝，能喝的酒喝多少，全要心里有数。"这是父亲时常唠叨的话。

和父亲一样，也有人常常请我喝酒。环境执法工作完成后，一些企业主说："厂里有好酒，一定要喝一杯。"

而我，总是扬一扬手里的公文包："还有工作要做，不能喝。"

爷爷的"老三条"

江苏省盐城市生态环境局　苑丹丹

华夏五千年文明，孕育了灿烂文化，传承着家规家训。谈及家风，我想讲讲我的爷爷。爷爷是一名普通的退伍老兵，他没有轰轰烈烈的事迹，没有流传后代的家书，却总能在平凡生活中通过点滴小事，特别是"老三条"教导、感染着我，影响着我，更温暖着我。

我成长在一个特殊家庭，爸爸在我六岁时就去世了，当时弟弟刚满一周岁，妈妈是一位普通的农村妇女，只能通过务农维持生活。爷爷奶奶忍着丧痛，与妈妈一起挑起家庭生活的重担。爷爷虽然工资不高，但总是能克勤克俭地在生活上资助我们，为我们姐弟俩创造优厚的学习条件。正是有长辈们无微不至的关爱，才让我童年的天空充满阳光。

从我记事以来，爷爷就在工业局工作，身处实权岗位，经常有找爷爷办事的人会为我们姐弟俩捎上八宝粥、娃哈哈之类的零食，每次都让我垂涎欲滴，但却都以失望告终，因为爷爷每每都严词拒绝让人带回，他总是不忘告诉我们这叫原则。我到盐城工作后，离家远了，弟弟也远赴湖北服兵役，每次和爷爷打电话，爷爷基本都会是以"老三条"作为结束语：第一条是听从领导指挥；第二条是年轻人要勤快多干，不要怕吃苦；第三条是不要放松学习。三条平凡朴素接近刻板的教诲，藏着对孙女深深的牵挂，诠释着他对工作的忠诚和热爱。

爷爷有一个干女儿，小时候我管她叫姑姑，这门亲戚是爷爷积的善果。当年爷爷才工作时，看到一个十几岁的小姑娘蹲在路边哭泣，忙上前问清缘由，原来是女孩为了给家人治病，拉着一车的麦秸走了几十里路来卖，但因为厂里已经停止收购了，没有钱抓药回家。爷爷连忙跟厂里领导求情收购，自己又掏出刚发的工资，以解燃眉之急。后来，女孩感恩，认了这门干亲，经常来探望爷爷奶奶。

爷爷退休之后，捡了多年前的兴趣爱好——牛角雕刻。他买来电钻等工具，对着水牛角忙得不亦乐乎。爷爷雕刻的牛角梳、痒痒耙成了亲戚邻居争相讨要的宝贝，他也是毫不吝啬，大方赠送。

从小到大，爷爷传递给我的是他对家庭的关爱、对事业的忠诚和对生活的热爱。两年前爷爷因病离开了我，我感到无比的悲恸和思念。直到有一天，看到懵懂的儿子学着我的样子搓自己的小袜子，瞬间让我在极度悲伤中渐渐平复，虽然爷爷离我远去，但他的"老三条"却像永不熄灭的火种，燃烧在我的心里，融化在我的行动里，我也会将这良好的立身做人的行为准则传递给我的孩子，延续这世代相传的精神谱系。

伴我成长的座右铭

江苏省张家港市生态环境局　程晋波

　　从参军入伍离开家乡到现在已 20 多年了，如今的我正奋进在生态环保事业的征程中。虽然和父母没有生活在一起，但父母谆谆的教诲一直萦绕在我耳边，使我能直面工作中的困难，为环境质量改善做出自己最大的努力。

　　学生时代让我养成了勤奋的习惯。记得 6 岁报名入学那一天，父亲郑重地对我说："今天你就正式上学了，一定要遵守好学校的作息时间，听老师的话，好好学习。"之后的十几年学习生涯中，母亲总是早早把饭做好，父亲每次都不厌其烦地叮嘱我早出家门、提前到校。为此，我从不敢怠慢，从没有旷过一堂课。

　　干农活让我学会了吃苦。每年 6 月中旬到 7 月上旬是农忙季节，又正值学校放暑假。记得那些日子，为了抢收小麦，天不亮父母亲就叫我起床、吃饭，有时脸都顾不上洗就得匆匆忙忙往地里赶，午饭由奶奶送到田间。吃完午饭后，稍微休息一下就接着干，直到太阳下山。那时的我叫苦不迭，这时，父亲就会说："一点苦都不能吃，长大了还能干什么。"一旁的母亲则会不停地鼓劲加油，让我坚持下去。渐渐地，我懂得了如何正确看待吃苦，又该如何去克服困难。

　　父母亲的"抠门"，让我传承了节俭的作风。一粥一饭，当思来之不易；

半丝半缕，恒念物力维艰。吃饭时，父母亲要求我吃多少盛多少，不允许我浪费一点儿粮食，穿的也是旧衣服。慢慢地，节俭的种子在我心中扎下了根。

家庭留下的烙印，让我受益匪浅。在部队期间，凭着自己过硬的政治素质、优秀的军事技能，先后当上了班长、立了功、提了干。2015 年，转业分配到了环境保护局，经过几年时间的磨砺，我已完全融入了环保这个光荣的集体。当前，生态文明建设和生态环境保护进入了新时代，作为一名新时代的环保人，我在工作中一直秉持着勤奋、吃苦、节俭的习惯，不仅在污染防治攻坚战中高标准完成好本职工作和上级交给的各项任务，同时也时刻保持心底的警觉和定力，当好律己的"规矩人"。

爷爷和父亲的故事

浙江省嘉兴市经济技术开发区生态环境局　沈钟明

这是爷爷和父亲的故事。

爷爷没有读过书，生平没有什么特别值得书写的事迹，一生务农的他，更没有特别的才华，但他们那一辈人却有着朴素而坚固的价值观。

事情发生在父亲小学的时候，那时的村小学是以前的庙宇改建的，简陋得很，教室里的桌子、凳子都是村里自制的，坏了就请木匠修修补补，实在不能修了就扔在教室角落里。

有一天父亲看到教室角落里的一条三腿凳子还不算太破，于是放学时就顺手带回了家，他想，能补条腿就用用，不能补就当柴火烧。父亲回到家时，爷爷还在田里干活，那破凳子就被父亲扔在屋前的柴火堆上。过了几天，爷爷忽然发现了柴火堆上的破凳子，脸色一下子变了，他跨进屋把父亲拖到柴火堆前，指着躺在上面那破凳子，嚷道："这是你拿的？"父亲不服气地说："反正学校里不用了，拿来当柴火烧，不是蛮好的吗？""让你做贼！""让你做贼！"

爷爷不听父亲任何分辩，把他按在地上，狠狠打了一顿。

那时，父亲很不理解，很不服气。

……

我很晚才知道这故事的，记得在高中时，一个偶然的机会，父亲笑着跟我讲了这件事。当时我就觉得爷爷的做法，很值得细细品味，用一个成语来形容的话，那就是"防微杜渐"。我考上公务员后，父亲经常跟我说："不要拿公家东西！不要拿别人东西！"我听过很多类似的话，但父亲的这两句是最直击我心的。

父亲所告诉我的，就是爷爷打我父亲所要表达的，父亲"不要拿公家东西！不要拿别人东西！"的告诫就是爷爷那顿"打"最生动的注解。

是的，爷爷那朴素而坚固的价值观，父亲和我都领悟了，并且奉行了、传承了……

父亲的诚信，母亲的善

浙江省宁波市环境保护科学研究设计院　尚政伟

　　传承人生道德的第一棒，就是我们的家风。每个人都能从家风的道德基因里寻找到我们为人处世、安身立命的心灵起点。溯古及今，家风对我们的影响从未减弱过。北宋名相司马光由于教子有方，司马光之子，个个谦恭有礼，人生有成，以致世人有"途之人见容止，虽不识，皆知司马氏子也"的评述。对于我这种普通家庭而言，家风不足以如司马家那样传颂千古，却也在父母的身影中传递着朴素的价值观与做人准则。

　　我家在北方一个偏僻农村，父亲在村里建筑队做泥瓦匠，母亲在家侍弄些农活和照顾年迈的祖父祖母以及全家人的生活。父亲有一副热心肠，而且很有信用。村里谁家的屋顶漏了或是要垒个鸡窝之类的，他能帮助邻里的时候从不推辞。邻里们也很信任父亲，他虽只有初中文化，却被村民推举为村支书。父亲当了村干部，第一件事是想给村里修条水泥路。往年村里的桃子成熟后，用拖拉机往城里运输的过程中，泥泞的土路颠簸碰坏了很多熟透的桃子，走到城里基本上就只能是便宜处理了。乡里财政困难，只能拨付一半资金，但是村里怎么也凑不齐剩下的钱，父亲愁得对着土墙抽了整宿的旱烟。第二天，他掂起铁锹，一家一户地号召青壮劳力参与修路，硬是省下大部分工钱把路给修了起来。县里得知父亲的事迹，还专门派了记者来采访。父亲面对镜头很不好意思，"修这条路关乎村里脱贫的大事，我身为党员就得管。

这都答应好乡亲们修条好路，现在就是累死也不能失信于人"。

诚信的父亲一直是我人生的榜样，而母亲在我心中地位也毫不逊色。母亲话不多，却是个极其心善的人，也很会打理生活。父亲在村里做事或去建筑队垒砖，家里家外都要母亲操持，母亲从未抱怨过一句。母亲对祖父祖母很好，家里相对明亮宽敞的正房一直给祖父祖母住，她和父亲住在偏房中，祖父祖母身上的衣服都是母亲一针一线缝出来的。因为家里孩子多，祖父祖母曾极力要求住到偏房去，都被她一次次的推辞，最后不得已祖父祖母提出让孩子晚上跟着他们睡母亲才答应。母亲常说，老人过得舒服，家里能聚福气。

父亲母亲或许不知道书本上的"首孝悌，次谨信"的格言，也没有丰富的知识储备教会我们古今诗词歌赋，陶冶我们情操，但是父亲的诚信、母亲的善，给我们上了最好的道德教育课。这就像五千年来的民族文化传承独有的默契：一个人即使不能识文断字，也得诚信孝重、通情达理。正是这样朴实无华的家风家训，以润物细无声的方式，潜移默化地将诚实的品格、善的教养根植于我们的潜意识里，这必将成为伴随我们一生的强大精神力量。

母亲的保护

浙江省台州市生态环境局温岭分局　陈德泉

母亲节前的晚上，我又梦见了我的母亲。

5年前，68岁的母亲拖着一身的重病永远地走了。

母亲生前用尽一切保护自己的儿子，让儿子在环保战线上永葆初心，实现人生价值。

　　2008 年春节前的一天，隔壁村的一个小老板提着一箱海鲜，找到了我的老家，刚进门，没等那人开口，母亲二话没说，直接连人带物把人推出了家门，郑重地说，"你别害了我在环保执法线上工作的儿子。"邻居们不解，问我母亲，你平时省吃俭用，难得有上档次的海鲜吃，为什么回绝了。母亲没作答，只是笑笑进了家门。

　　母亲生前身体硬朗，家里大小事务均由母亲操持。由于家境贫困，母亲长年四处奔波忙于生计，含辛茹苦把几个孩子拉扯大，最终劳累过度倒在病床上。临走前，母亲拉着我的手说，"儿子呀，其实我早知道已经得了重病，你知道我为什么不告诉你，我这病已到晚期，起码得花几十上百万，因为我们家经济条件不好，你的工资收入也不高，如果早说出我的病情，你会不惜一切代价花巨资医治，这样会给我们这个家背负巨额债务，你带着债务去做工作，难免一时糊涂，为了还债而毁了一生。娘不求你当啥官，只希望你做一个正直、俭朴的人。"我瞬间泪崩，母亲直到临走前仍在保护自己的儿子，她用生命保护着自己的孩子，我恨自己是一个无能之辈，我拿什么来报答我的母亲！

　　母亲走后没多久，我调整到了党风廉政建设工作岗位，我没有辜负母亲的希望，我将让正直、俭朴的家风永传下去！

一张购物券引发的"家庭风波"

安徽省合肥市肥西县生态环境分局　刘贤春

狗年春节前夕，我的家庭发生了一场"风波"，"导演者"是本人。这场"风波"对我的家风家训传承是一次检验，结果令人欣慰。

引发"风波"的是一张购物券。

那天下午，单位宣布了春节放假，我收拾停当准备回家，一位在某厂任职的亲戚一脚踏进办公室，掏出一张购物券，塞到我手，转身跑了。之后发来一条短信："在你指导下咱厂企业环境信用评价获得了很高的评价，你没吃没喝又拒收辛苦费，受老总之托，送上小心意，祝春节快乐！"还调侃："这不是向你行贿喽，这点小事办不成要招老总骂的。"再打电话回去，他已经关了机。

无耐之下，我瞟了一眼券，上有一行小字："限期提货，过期作废"，我灵机一动，"计"上心来。

晚饭后，我请家人悉数到场，掏出这张购物券，在大家眼前晃了晃，故作漫不经心道："今天，一个企业送我一张海产品提货券，想听听意见……"

"你怎能这样犯糊涂！平时咱们是怎样教育孩子们的？赶快给退回去！"未等我话完，爱人抢先发言。

我不动声色顾作辩解："我纪律、原则、规定对送券人讲了一箩筐，人家人家不听呀！放下就走，现在关机了，人放假，咋退？再说，不就 300 块的提货券吗，又不是我卡要……"

"那也不中！"爱人不依不饶，"你平时一个劲念叨八项规定，今天咋犯傻了？要知道有今天这个好家风是多么不容易呀！"

"是啊，老爸，我不是帮妈妈说您，我一嫁进这个家门您就给我讲'穷有志，道为本，俭持家，族自兴，心向善，乐助人……'的家风，我相信您不会做傻事的。"媳妇委婉表达态度。

儿子似乎有所察觉，说："爸爸一向清醒，经常询问我下企业执法情况，嘱咐我遵守环境监察'六不准'，为避嫌，他戒酒几十年，这是在给我们下套呢！"

我狡黠一笑，一旁爱人也恍然大悟，捶胸蹬足："老头子，你是在考咱们娘几个？！"

"你们都及格了！"我竖起拇指点赞。一阵爽朗笑声随即飘出屋外。

春联墨香润家风

安徽省黄山市休宁县生态环境局　陈佳

父亲喜欢写春联，这一习惯已延续了几十年，即便到现在也未改变。

父亲是个地道的农民，最高学历仅是小学，但这不影响他爱好诗词，且写得一手好字。对于联语，父亲很慎重。他不喜那些招财进宝之类的话，说勤劳方能致富，就算门上贴满斗大的"财"字，你躺床上不动也还是要

受穷的。

1996 年，父母承包了 10 亩（1 亩≈666.667 平方米）地，养了 50 头猪，辛勤劳作加上风调雨顺，获得了大丰收。年底前，我们一家搬进了新建的小楼房，并购置 21 寸大彩电等电器。心情大好的父亲一口气写下了 10 多副春联，就连牛栏、谷仓也贴上了。而让他最为得意的是大门上的那副"劳动门第春光好，耕读人家景色新"，左邻右舍见了都说好，一看就懂。

2009 年春节前，我通过竞争上岗考试，被提拔为某乡镇的纪委书记。过年时，父亲慎重地写下了"谦虚不骄做人做事天地方圆，谨慎不躁修德修业心平气和"的联句。"我们家祖辈都是农民，到你这两代才跳出农门，不求你飞黄腾达，但至少为人处事要对得起良心，对得起这份工作。"贴春联时，父亲语重心长地说。之后的几年间，尽管岗位多次调整，但父亲的教诲始终让我铭记于心，不敢有怠。

父亲写春联时，我喜欢打下手。后来，小儿渐渐长大，也喜乐颠颠地在一旁磨墨裁纸。父亲的字体多变，但柳体是他的偏爱，他还对我的小儿说："草书太随意，做人哪有这么多洒脱自在的时候，远不如柳体那样笔力遒劲有风骨，做人也当如是。"

父亲说，他会一直写下去。我知道，那里有他的家国梦想，有他的气节操守，有他的礼仪教化，有他的无限乐趣。更重要的是，在那些平平仄仄的长短句中，家风也将随着缕缕墨香代代相传。

人，不能只为自己活着

"别人夸我人品好的那一天，你露出了从未有过的笑脸，你多么快乐与自豪，父亲啊，因为你我才有堂堂正正的这一天。"

喜欢赞颂父亲的歌。对韩再芬演唱的《父亲》，有一种特别的感触，总是被那份深情所渲染、所感动。

1月21日，"致敬2017最美基层环保人"活动结束后，我打电话告诉父亲，作为"最美基层环保人"，我一直没有忘记他的叮嘱，一直在努力用实际行动回报社会。

父亲是个平凡而朴实的农民，但在我心中，却给了我无穷的力量，是我永远的榜样。

"我们出生在苦难的家庭，是在好心人的帮助中成长的，今后无论走到哪里，都要心中装有别人，遇到人家需要帮助的时候，能帮人一把，就尽力拉人一把。"小时候的记忆里，每年春节年饭时，父亲总是这样叮嘱我们兄妹。

我家在村里是独姓，全村只有我们一家姓王。爷爷是新中国成立前逃避国民党抓壮丁躲到天柱山下大长冲山里的，为了生存，爷爷成为佃农，山里野猪时常糟蹋田里的庄稼，交租后几乎没有余粮。1948年，爷爷再也无力养活奶奶、大姑、父亲和小姑一家5口，只好外出要饭，从此便杳无音信。

年少的父亲一直在村民的关爱中成长，后来入赘留在了现在的山村。1953 年农村成立互助组，年仅 16 岁的父亲被村民推举担任组长。1956 年成立初级社，父亲被推举为社委。1957 年到 2002 年，父亲一直担任村民组长，所以，家乡的父老们都习惯称他为"王队长"。

父亲是 1959 年入党的老共产党员，虽然没当过官，可在家乡父老的心中就是老百姓的官。为了带领村民过上好日子，父亲尝试过多种经营，带领乡亲们自建土窑厂烧青砖、小瓦，种植桑树、天麻、蘑菇、茯苓。

"人，不能只为自己活着。"在我离开家走进军营以后，父亲的叮嘱一直萦绕在我的耳边，也根植在我的心中。

入伍前，我在村小学代课两年，受父亲的教诲，我对待学生像亲人一样。离家入伍那天，父老乡亲和同学们步行十多里山路送我的情景，至今还深深印在我的心里。

2012 年，我患直肠癌，做第 4 次化疗后，回老家休养，家乡的父老乡亲都来看望，让我十分感动。特别让我感到意外的是村里最年长的 86 岁老人，拄着木棍来回走了 3 个多小时来看我，在交谈中，老人家始终记着那两年雨雪天气我将她孙子送回家的事。其实那个时候，我觉得只是做了自己应该做的，28 年后却收到了如此厚重的回报，这也使我更加坚信了父亲的叮嘱。

"人，不能只为自己活着。"帮助了别人，快乐了自己，奉献给社会，收获了幸福。

受父亲的影响，哥哥在担任村主任期间，1990 年，和班子一道带领村民修通了出村的第一条公路，实现了多少年来父老乡亲的梦想。父亲带头出资出力，不计回报。那年，我刚从军校毕业，月工资只有一百零几元，我一次性捐款 1200 元，也就是一年的工资，之后我应邀回村参加了通车典礼。

这些年，我始终告诫自己，我是农民的儿子。从部队到地方，无论在哪个地方，无论在哪个岗位，我始终牢记：人，不能只为自己活着。

在环保岗位上工作 20 余年，我先后获得了 30 多项表彰，舒城好人、六安好人、最美基层环保人，当我一次次手捧荣誉证书，听到那真诚的掌声，当我每次回到家乡听到乡亲们一如当年的夸赞，我感觉到，父亲，您那露出笑容苍老的脸，已经忘记了所有的辛劳。

如今，孩子也走上了工作岗位，成为直接为群众服务的一线工作人员，我时常告诉孩子，要用心服务，努力工作，不能忘记长辈的教诲：人，不能只为自己活着。

"老铁"父亲

福建省宁德市鹤峰路市环保服务中心　林文钦

有一个身影，他曾数十年如一日奔忙于山野田畴间，奋战在生产服务一线。他就是我的父亲，一名退伍多年的老兵。如今已是退休职工的他，却依然保持着"一二一"的严谨作风，目光还是那样灼灼有神。

作为 1964 年入伍的铁道兵，父亲说得最顺溜的一句口头禅是："当年，我可是一名'老铁'！"那年 4 月，南京铁道兵部队来县上征兵，这是父亲人生中的第一次重大选择。面对单位书记的政策宣贯，父亲毅然选择了从军，在他年轻的心目中，当兵是件光荣而又神圣的事情。当他穿着绿军装踏出县城的那一刻，就从未为这个选择后悔过。

在铁道兵的"大学校"里，父亲完成了彻底的蜕变。从一开始觉得可以快意地吃上饱饭就是件幸福的事，到成长为一名忠诚于党、忠诚于组织的合格铁道兵，思想上经历了质的升华。20 世纪 60 年代的条件异常艰苦，开山凿路、填方架桥，许多作业都缺机械装备，全凭人背肩扛。修建来福铁路时，为抢工期，父亲曾在隧道里三天三夜没出洞；烈日下，推着小土车来回奔波，也曾让他晒得后背脱皮。但他从未觉得苦，那份为国家筑路事业献身的壮志让他激情四射，他心中只有一个念想：让祖国的交通大动脉四通八达，让铁路延伸、延伸……

小时就听母亲说，父亲十分珍惜在部队获得的荣誉，从当兵到退休得过的奖状不少，但他格外珍惜其中一张——"五好战士"。我见过那张奖状，发黄了，和五角星、红肩章一起，放在一个军用的挎包里。

一个军用水壶，一件军大衣，从绿到黄，伴随着父亲的四年军旅生涯。1968 年，父亲脱下了那身橄榄绿，从一名铁道兵转变成了电力企业的一分子，开始了新的征程。

父亲不善表达自己，从他入伍到退休的整整的 32 年，他自我认可最多的是"单位事从没掉过链子"。说来，这其实已很不平凡。从业 32 年中，他一直都那么平凡，用他的话说——"不起眼儿"。在企业里，运行工、抄表工、配电工，每个岗位的"手艺"，他都不折不扣地钻研透彻。在同事们的眼里，他是个"干一行专一行"的人。

在单位领导眼中，父亲十分讲原则，从不做哪怕是沾一丁点公家便宜的事。20 世纪 90 年代后，在一切以经济为中心的社会趋势下，许多人改变了自己的初心，也有人迷失了方向。但父亲在铁道兵这大熔炉里锤炼了一副"铁"的性子，经受住了市场大潮的考验，始终坚守着自己的阵地和立场。那时，父亲当着城区配电班长，在旁人看来是个"肥差"。而在每次参加电力工程验收时，他却都是铁面无私地把着红线。曾有电力施工队包工头掖着红包"走后门"，恳求父亲"放"过他质量不过关的工程，父亲连钱带人轰出了门。之后，还有人以各种诱惑来"开导"他："趁着手中有点权，能捞点就捞点。"对此，父亲总是严正回绝："我是一名老铁道兵，是组织培育了我，再生如同父母，我能做对不起父母昧良心的事么？！"而今，一提起这些往事，母亲就对我摇头苦笑："你爸这人，从来就是一副铁打的死脑筋呀，从不拿公事来变通……"

从小到大，其实我心里挺怕父亲的，特别是那双"铁"的眼睛。凡涉及作业不认真、做事不守时等不良习惯，他都会狠盯我痛批一通。随着年龄的增长，父亲的"铁"作风潜移默化影响着我，促动我学好做人的道理和处事的原则。如今，我虽当了政府部门的一个"芝麻官"，耳边仍反复响着父亲"铁"的教诲："记住了，做公家的事，无论如何不能掉链子呀！"

当然，正在老去的父亲也有不"铁"的时候。那是前年的一个夏日，他戴着老花镜端详我获得的"优秀共产党员"荣誉证书，那目光竟变得那么柔和。阳光下，他面露慈爱的微笑，口中念叨着："老铁哟老铁，你儿子终于长大成人了，竟然也铁得有模有样呀！"

家有纪检组长

福建省南安市环境监测站　陈文艺

家有一老，如有一宝。两年前老父亲逝去后，82 岁的老母亲成了家中唯一的"宝"。说她是宝，并不是因她掌管着老父遗产以及自己省吃俭用积攒下的合计 3 万多大洋的"巨款"，也不是因为她有丰厚的退休金（农村养老金每月 200 元）可以让儿女们占点便宜，而是因为，"娘在哪，家在哪"。老娘健在，弟兄姐妹会偶尔相约回家聚聚。尽管相聚时光短暂，却亲情浓浓，其乐融融，不但可以有效地缓解工作、生活压力，而且在家长里短的闲谈中，老娘有意无意地唠叨和叮嘱，在让你感受到家人对你的期待、关心的同时，也让你所有触动并时常反省，避免在生活、工作、思想上受到负能量的侵袭，走上邪路。

"君子爱财，取之有道""珍惜眼前，平安是福"，老母亲大字不识几个，是不会说出这么有哲理的话的。这是我从老母亲絮絮叨叨、反复叮嘱中总结出的中心思想。

乡里乡亲个别人因不务正业、偷鸡摸狗、坑蒙拐骗而锒铛入狱时，老母亲围绕这个中心思想不停地絮叨过；在电视上看到某些人身居高位却违法乱纪、以身试法，最终落个以白发苍苍之年纪、一脸憔悴之容颜出现在全国人民面前，接受人民的审讯和法律的制裁时，老母亲也这么絮叨。

老娘经常跟她的儿女们说，"还记得小时候，不管是寒冬腊月还是烈日酷暑，一到节假日，就把你们拉到田间地头干活的事吗？不是不心疼你们，也不是地里的活多得干不完。拉你们下地，一是让你们知道，学习再辛苦，也比在地里干活轻松。没有轻轻松松就可以得到的东西。二是把你们带在身边，我随时看得到、管得着，放心，免得你们到处乱跑，跟着别人学坏了。"

老娘经常跟我说，"当年你大学刚毕业，工作还未着落，经常酗酒到半夜才回，而我总是在村口大榕树下等你，直到你平安回来。尽管那时你也是二十好几的大人了，要是没上学，早也是当爹的人了。但你不归，我睡不着。现在眼看着你也快五十了，头发和你爸一样白，儿子也和你当年刚毕业时一样大了。应好好珍惜眼前的家庭和幸福，认真工作，照顾好自己身体，认真担当起做父亲、儿子、丈夫的职责，给儿子树立个好榜样，给家人一个温暖、可靠的家。再也不能做让家人担惊受怕甚至丢脸的事了。"

"儿是娘的心头肉，半夜不归母担忧。"为了不再让老娘担忧，为了给家人一个温暖可靠的家，我得好好干活去了。

代代书箱传，浓浓书香情

江西省生态环境厅　沈越

小时候，我跟随父母经历了从乡下到集镇、从集镇到县城、从老城到新城、从小屋到大屋的多次搬迁，扔掉了很多破旧物品。可是，不管搬到哪里，一只 14 英寸的旧得泛白的书箱，父亲不仅舍不得扔掉，还要小心翼翼地把它安置在家里最稳妥、最显眼的地方。

我曾一度对父亲这种不顾家里摆设风格的行为，非常不理解。后来，几经了解，才深深懂得对于一件传世珍宝来说，无论它存在的形式多么的普通和简易，都丝毫无损于它的珍贵和厚重。它承载了几代人的故事，封存着一个家近百年的传说。

我家从我爷爷辈上溯，世代务农。20 世纪 30 年代，我爷爷是书箱的第一个主人，但刚进私塾不久，就因家境贫寒辍学了。深谙知识的重要，爷爷毅然挑起了家里重担，把书箱腾给小十多岁的叔公。1947 年春，在县城公立中学读书的叔公却被国民党抓走，从此杳无音讯，老祖母抱着书箱哭瞎了双眼，也没能呼唤到他的归来。

星移斗转，时光飞逝，书箱静静地摆放在老家阁楼的角落里，一晃就是多年。爷爷经常在抚擦那只书箱时向孩子们讲述叔公的往事，日子一久，书箱越发触动父亲的好奇，箱子里的稀缺书籍更让父亲完全沉迷进去。世上没有不透风的墙，在"文化大革命"时期，有人举报我家那只书箱装的全是"封资修"，逼爷爷销毁，爷爷为了保住书箱，挨受无休止的批斗，直至含冤去世。

奶奶遵循爷爷的遗愿，东借西凑地将父亲送到学校读书，父亲成了书箱的第三位主人。人生茫然岁月稠，父亲伏箱而读，不弃不离。机会总是留给有准备的人，1977 年冬，国家拨乱反正恢复了高考，父亲成了全乡第一个走进高校的学生。那只书箱，也形影不离地相伴他左右，不论是求学还是走上工作岗位。

父亲从教后，就把书箱送给了星，星是父亲资助的学生之一，也是家境最贫困、身世最可怜的孩子。读完初中后，星未能如愿考上中专，他决定弃学打工，父亲几经周折都没法联系到他。事过半年后，爸突然接到了星的电话，原来星看到父亲送他的书箱，惆怅万分，难以割舍那份向学之心。

在父亲的努力下，星又重新回到了高中课堂，凭着一腔求学热情，星顺利考上了大学，入学之前他把书箱物归原主，他说书箱已经植入他的心里。的确，星毕业后又以优异的成绩考取了公务员，现在成了一级党委政府主要领导。

国运昌则家园幸，1988 年两岸开通，离别 40 年的叔公突然出现。春风依旧，故人难觅，他捧着那只书箱哭诉着对过世亲人的思念之情，当时的场面令人动容。之后叔公倾其所有，为家乡助学扶困几十万元。

我读大学时，叔公经常长途跋涉来看我，他说，晚辈有出息实乃家庭大幸。10 年前，父亲把书箱还给了叔公，让它陪伴叔公安度晚年。前年，我们全家接到急讯赶回老家，叔公已经奄奄一息，他耗尽最后力气叮嘱我们要保管好书箱。

积学以储宝，酌理以富才。伴着书香故事而成长，父亲也将我的学习成绩单、获奖作品、荣誉证书等珍藏到书箱里。

我想，还有什么能比这个书箱更能带来精神世界的富足、人生境界的提高呢？现在离家工作了，时常会魂牵梦萦那只书箱，会想起它带来的落寂、欢乐、亲情，但更多的是它赋予的责任和鼓励，我已做好了接过接力棒的准备，并将以"书箱"之形，传"书香"之味，立"书香"之家。

人要实心，火要空心

江西省上饶市纪委市监委驻市生态环境局纪检监察组　邱在亮

奶奶早在多年前就离开了我们。一座坟茔，连接着两个世界，连接着奶奶和我。

奶奶是一个平平常常的家庭妇女，目不识丁，不到 40 便守寡，含辛茹苦地抚养着 4 个儿女，日子过得十分清苦。生活的重任挤压着奶奶的双肩，却难以压垮她的意志。

在我们眼里，奶奶的一生是乐观的一生，无论什么时候，都是笑容灿烂，不管遇到多大的难事，都会冷静对待，从容化之。

读小学时，有一段时间，我由于自己的成绩好，骄傲情绪空前高涨，对一些成绩落后的同学瞧不上眼。奶奶知道后，特地选了一个煮饭的时间，她在灶台做饭，让我在灶口烧火。

但我总是烧不好，弄得烟雾弥漫，呛得眼泪直流。奶奶等我呛得差不多时，把我叫起，让我站在旁边，自己坐在灶口烧起火来，三下两下，就把灶火烧得旺旺的。

这时，奶奶说，孩子，做人跟烧火的道理刚好相反，火要空心，人要实心。烧火不能把灶口填满，而做人却要实实在在，不能有坏心眼儿。从那以后，我始终记得奶奶的话，实实在在为人，诚诚恳恳待人，无论在哪里生活工作，我都善待周边的人。

如今，奶奶虽然已不在身边，但她教育的每一句话、每一个细节，都历历在目。虽然只是普普通通的话，但对我来说却是受益一生的良言。

父亲的言传身教

山东省日照市五莲县生态环境局　徐立文

父亲是位新中国成立前的老共产党员。父亲入党时，家乡鲁南地区正笼罩着白色恐怖。尽管父亲当年没有"扒铁路、炸碉堡"的壮举，但也曾冒着生命危险向解放区护送过子弟兵伤员，还曾多次为莱芜战役、孟良崮战役、淮海战役支过前。

新中国成立后，父亲当过村里的生产队长。那时的父亲总是生产队里起得最早、干得最多的人。有人劝父亲：你是生产队长，大小是个官儿，平时不用那么卖力，吆喝吆喝就行了。父亲却说："那不行，我得对得起共产党员这个称号。"

后来，村里的生产队解散了，实行了"大包干"，但父亲对乡亲们却没有"大撒手"。乡亲们只要有困难找上门，他总是来者不拒。一次，邻居家大叔患了急病需住院就医，当时恰逢雨后春耕，大家都忙得不可开交，但父亲得知消息后，自己找了几个村民帮工，放着自己家的地不种，第一个就给邻居大叔家的几亩小麦种上了，就连吃饭也管了。

父亲从来不占公家的便宜，在这方面对我们几个儿女一向管教很严。记得一次我跟着小伙伴去村里的苹果园偷了几个苹果，结果被父亲好好教训了一顿，并交了罚款。从那时起，我就深深地理解了"任何时候都不能贪占集体便宜"的道理。

有时我感到在工作中受了委屈，回家向父亲诉苦。父亲会说："当年我们那些人入党时命都可以搭上，现在你受点委屈算什么，别忘了你是党员。"

有时在工作中取得点成绩，迫不及待同父亲分享。父亲却不忘给我"泼冷水"："可不能有点成绩就翘尾巴，你可是个党员啊。"

父亲没有多少文化，也说不出什么大道理，但用他的一言一行始终践行着对党的热爱和忠诚，并且他的言传身教，使我们这些儿女从小就接受了党的熏陶。现在，尽管父亲已经去世了，可是他的言传身教将永远铭记在我的心里，让我誓将共产党人"不忘初心、牢记使命"本色传承到底。

家风让我赢得信任与尊重

辽宁省大连市生态环境局沙河口分局　杨青林

父母都是地地道道的农民，他们通过日常生活的点点滴滴，潜移默化地影响着我的心灵。在我的记忆中，他们生活的几个片段对我的影响和熏陶至关重要，使我赢得了别人的信任和尊重。

第一片段：人穷志不短，肯于吃苦耐劳，肯定会有美好生活——父母创业篇

父亲与母亲刚成家时，只有一张床，两间破瓦房，厨房边上就是猪圈。父亲利用会打铁的手艺，给村里人打造农具，母亲在生产队挣工分。

1992 年，家里在全村第一个盖起了小洋楼。他们吃苦耐劳的精神始终影响着我，不管在任何时候，面对任何艰难困苦，我都保持着昂扬向上的精神状态。

第二片段：堂堂正正做人，清清白白做事——父母为人篇

从我记事时起，感觉到的最大的幸福就是每天来家里串门的人特别多，当有客人在家吃饭时，还可以蹭着些油荤。

长大后，从叔伯们的言语中，我对父母的品行有了更多的了解，他们说："你父母这一辈子，吃了不少苦，但不管在任何时候，都是堂堂正正做人，清清白白做事，与人为善，有难先帮。"

第三片段：亲是亲，邻是邻，钱财两分明——父母对待金钱篇

在我的记忆中，永远也忘不了每年青黄不接时，父母借粮的情景。每到秋后，父母肯定会及时偿还，并且捎带一些自家土特产。母亲卧室床柜里始终保留着一本往来账本，记着他们在最穷困时的往来账目，大到几十元，小到几分钱，工工整整。

在参加工作近30年的时间里，我始终恪守着父母遗留的品性：淳朴、勤劳、向上，吃得亏，待得人，存爱心、清白做人、干净做事……这些浅显的做人理念，也让我收获了许多幸福。

学不可以已

辽宁省大连市环境监测中心　张旭鸿

去年我回老家打扫旧屋，在书架角落里找到两副眼镜，它们有着同样磨花的镜片和褪色的镜腿，盒子上都是胶布缠胶布。我不禁一笑。这对难兄难弟一个属于爷爷，一个属于姥爷。老干部和老中医，生前贴身的物件却一样。爷爷喜欢听新闻、做笔记，姥爷喜欢研究古旧的医书。他们老花镜掉到鼻尖的样子既好笑，又让人心生敬畏。

我们一家子都非常爱学习。记得高考那年，我每天6点起床，我爸却早已洗漱完坐在了桌前。他不是起来给我做早饭的，而是在准备自己的托福考试。爸爸那时四十多岁，已经取得了高级工程师资格，却还要"自讨苦吃"。为了公司的技术出口项目，他苦学英语，努力程度甚至和我这个考生不相上下。这种劲头激励了我——人到中年尚且不停学习，我有什么理由不努力？就这么做了一年"同学"，我考上"211"，我爸也高分通过托福，出国指导老外去了。

我时常感到惭愧，觉得怎么学都不如父母那么拼。我妈是从农村考出来的大学生，学习一直是拼命三娘式的。读大学时开运动会，她愣是在看台上做了一本《吉米多维奇习题集》，还捎带脚得了两个赛跑项目的名次。后来当老师，她也没放松过自己。一家人看电视正起劲，她会看看表，突然说"我要备课了"，或者"我要去做奥数题了"，再或者"我要去搞网络教研了"，然后去小屋学习。往往这个时候我也坐不住了，乖乖跑去写作业。我妈不光是个优秀的高级教师，还是个"网络通"。她是最早玩 BBS 的那批人，在我刚学会用 QQ 的时候，她就已经是人教论坛数学版的资深版主了。这些年家里电脑重装系统、玩智能手机、网购，妈妈从不求人，统统自学成才。

不知道是基因使然还是耳濡目染，长辈们"活到老、学到老"的架势、与时俱进的精神深深影响着我。他们不是做给我看，而只是在做自己，所以，我也自觉地做好自己。我五岁上学，成绩一直不错。大学毕业后边工作边考研，读研两年多，周末没怎么休息过，拿下了奖学金和优秀毕业论文。到了环境监测岗位上，我明白监测要为管理服务，不能只盯着眼前的一亩三分地，要"抬头看天"才能有的放矢。所以遇到新方法、新政策，我总爱研究研究。业余时间听听大学慕课平台上的网络课程，掌握一些新技能，工作中总能派上用场。

荀子说："学不可以已"。俗语云："学如逆水行舟，不进则退"。在当今这个飞速变化的社会，要学的东西只会越来越多。每当我稍有懈怠之时，总会想起书架里那两副眼镜。也许等我老了，鼻尖上也会有那样一副老花镜吧。

恪尽己责

辽宁省大连市环境监测中心　王琳琳

家庭是构成社会的一个个细胞，家庭建设从根本上影响着一个人的品格进而影响社会的发展。俗话说："国有国法，家有家规"，一个拥有良好家风的家庭就是一所好的学校，它通过日常生活影响着我们的道德品质和工作作风，是一种无言的教育。

从小父母就教导我"自己的事情自己做"，更重要的是"自己的事情认真做"，恪尽己责是他们对我最好的家风教育，这种教育不是体现在说教上，而是他们以身作则让我从小耳濡目染真切感受到的。

我父亲工作负责的片区经常接到抢修电话，无论风雨，他总是第一时间赶到现场。记得有一年除夕，晚上 9 点多突然大面积停电，当时一家人正在吃年夜饭，他放下筷子急匆匆地赶去现场，第一时间向上级报告事故原因抓紧抢修，终于赶在 12 点前恢复供电。看着父亲回家后疲惫的身影，我很是心疼，他却笑着说："这不就是我的职责嘛，做自己该做的是应尽的义务，把事情做好是本分！"听着跨年的钟声响起，看着万家灯火，我为父亲感到骄傲。

小学三年级我竞选为班级生活委员，负责早上到教室开门的工作。有一天早上下了雪天特别冷，我窝在被子里迟迟不肯起床，就想着赶在上课前去学校就行了，妈妈再三催促，说："这么冷的天，你不早点去学校开门，同学们去了都要在外面挨冻，你作为生活委员，在关键时刻没有做好自己该做的工作，这就是不负责任啊！以后你的老师和同学怎么信任你呢？"我自觉惭愧，赶紧起床去学校了。也从那次开始，我每担任一个职务，都会在心里告诫自己：你接受了这个职位就是接受了这个岗位上的职责，就要尽力做好每一天的工作。

这就是我的家风，敢于承担，恪尽己责，感谢我的父母用行动感染我，用语言督促我，从小在我心中埋下尽职尽责敢担当的种子，我也会把这份良好的家风家教一直坚持下去，传承下去！

家风伴我成长

河南省安阳市生态环境局　孟丽英

虽然父亲已经离开我们 6 年了，但我却无时无刻不在想念我的父亲，铭记父亲留给我人生路上的良好家风，是它们——良好家风，让我坚实地去走我的后半生。

童年时，我在父亲身上看到了"责任"二字。

他是个赤脚医生，那时候村庄大、人口多，父亲又是一位医德高尚的医生，所以他每天总比别人忙，除了吃饭睡觉，其他时间都在给别人看病。也因此常常一天只吃两顿饭甚至一顿饭，因为他刚端起碗，病人来了，他为了让病人少难受一分钟，总是立刻放下碗筷，先给病人看病。

很多时候病人看不过去让父亲先吃饭，父亲总嘿嘿一笑，说："没事，看完你的病我再吃！"可实际情况总是这个病人还没走，下一个病人又来了，所以父亲的饭在火上也是被加热了一遍又一遍，甚至到最后可能还吃不到嘴里。

不管是严寒酷暑还是大雪暴雨，不管是白天还是黑夜，父亲总是随叫随到；也不管是老人还是小孩，甚至是小猫小狗，父亲总是为他（它）们疗伤。因为父亲常挂在嘴边的话：救死扶伤是医生的责任。

中学时，我在父亲身上看到了"孝顺"二字。

由于我爷爷奶奶去世早，没能让我在他们身上看到父亲的孝心。但我上中学时姥姥因为脑梗，常年卧病在床，姥爷因为患有腿疾行动不便，父亲是位医生，于是照顾姥姥、姥爷的重任便落在了父亲肩上。

每当姥姥、姥爷来我家住时，父亲从没嫌弃过，打针输液、按背捶腰、端屎接尿无论什么脏活累活父亲都很乐意做。

他常对我说："你爷爷奶奶走得早，我那时还小，没有好好孝敬他们，所以我现在要把你姥姥、姥爷伺候好！"

一直以来，我在父亲身上都看到了"勤奋好学、吃苦耐劳"的精神。

父亲出生在旧时代，爷爷走时父亲才 8 岁，家里孩子又多，跟着奶奶都是饥一顿饱一顿的，更别说上学了，所以父亲上学并不多，但是父亲特别爱学习，一有时间就看书，很多个夜晚我们全家都睡一觉了他还在看书，并且遇到自己认为好的、有意义的文章他都会一一保存下来。

至今家里很多地方，都还有他曾经保存下来的文章，其中大部分的纸张都已泛黄。

他还常常告诫我"吃得苦中苦，方为人上人。" 记得上高中时，有段时间我的英语成绩下降得很快，老师问我原因，我也答不上来。那天回家我心情很是不好，父亲察觉了便问我情况，我如实地回答了。

父亲听完笑了，说："最根本的原因是你最近没有认真学习，对吧？"

我看着父亲点了点头。父亲关切地说："怎么回事，能告诉我吗？"我低着头说："其实我最近很累的，每天要很晚才能完成功课……"

父亲听完后，给我讲了他年轻时的一件事。父亲成年后不甘平庸，在艰难的生活中去白条河学医，从家到那里百余公里的路背着干粮徒步跋涉，等到了那里鞋子都磨破了，后来又心疼鞋子，干脆光脚行走，每天饥一顿饱一顿，但他把所有的时间都用到学习上。

功夫不负有心人，两年后父亲以优秀学员的身份顺利毕业，从此走上了从医的道路。最后父亲一字一顿地告诉我：吃得苦中苦，方为人上人。我呆呆地想了许久，发誓一定要铭记这句话。

时光如梭，一晃而过，我已而立之年。父亲早已经离我而去了，但是父亲留给我的人生信条，足够我坚实地去走我的后半生。

窗前明月光

湖南省郴州市生态环境局　曹国选

好不容易做通了八旬母亲的思想工作，老人家终于勉强答应进城享受天伦之乐。

母亲进城后，很不习惯。我与妻子上班、儿子上学时，母亲会准时坐在阳台上。每次回家，都能看到母亲微笑地挥手。

然而，母亲进城后第一个中秋节前夕，没有见着母亲的身影。我打开门，母亲痛苦的呻吟声便灌进耳朵。一问，母亲说她贪吃了几块月饼，浑身都痛。

一向不愿打针吃药的母亲，叫我赶紧送她去医院，进行了全面检查，结果没有任何毛病。医生提出住院观察的建议，母亲突然平静了，连说没事。

回家后，我叫母亲好好休息，母亲却说："花了不少冤枉钱吧。"起身从卧室里拿出月饼，严肃地问："这月饼是哪个送的？"我恍然大悟。母亲说："人情往来，出手都是几百上千的东西，干吃人家的，吃得下？要不是求你批项目、少罚款，签字盖章，他们会与你来往？我管不了别人，还管不了你？要是不能本本分分的，我马上走人。"我再不敢怠慢了，表态道："妈！我向您保证，下不为例。"

母亲却丝毫不退让，说："贪婪要不得，有了一，就会有二，就会没完没了。"我就问："那怎么办？"母亲说："一定退。不好退货，就退钱。只能多，不能少。"见母亲态度坚决，我说："妈，请您放心，以后我绝对不会再这样了。"母亲说："满崽呀，贪不得呢。娘见电视里一抓贪官，夜晚就做噩梦啊。"

次日上班时，我见母亲依旧坐在阳台上，就打趣道："妈，希望您看紧点，莫让满崽犯错误。"母亲说："满崽呀，看是看不到的。娘只希望每天能够看到你们一个个活蹦乱跳地回家，看到这个家永远像十五的月亮，圆圆的。"

就这样，母亲的晚年，几乎是在这个明亮的阳台上度过的。我至今出门回家，都会不由自主地望一眼窗台，虽然再也见不到慈母的身影，脑海里却会响起老人家的心声，白天走在阳光中，大脑清醒，步履稳健；夜晚沐浴窗口月光，睡得香甜，不做噩梦。

俭以养德

广东省东莞市生态环境局　刘小珍

　　小叔子从江西老家返莞，带回来一些老家的农产品，其中有一包放在冰袋中，打开一看，是一盆婆婆做好的粉蒸肉，而装肉的盆子是一个很不起眼又老旧的搪瓷盆子，记忆中在中学去学校食堂打饭时见过这种盆子。小叔子对我说："妈妈在临出发前专门交代，这个盆子如果你们不用的话就在下次回老家的时候带回去，不要扔掉了。"

　　开始我还不以为意，只以为是个普通的老人家对用的时间长一点的物件有点舍不得而已。经小叔子提醒，我仔细拿起盆子研究一下，盆子确实很旧了，盆底因使用时间长，底边的破洞用铝锭补过好几回了，盆口边缘的瓷早已斑驳不堪了。只是在盆子的外壁，还依稀可以看到"先进生产工作者""一九七三年"等字样。后来我问先生，他说，这个盆子是孩子的爷爷在他出生这一年，获得了"先进生产工作者"称号的纪念品，但是那一年他出生的时候，爷爷因地质勘探任务还在山沟里，没能回家照顾月子。这个盆子婆婆一直使用有45年了，我不禁泪湿。

　　婆婆一直在家务农，有小学文化，在公公走后近20年的时间里，一个人任劳任怨操持这个家，扶持先生和弟弟成家立业，自己省吃俭用，始终秉持"勤俭持家"的理念，把使用多年的农村院子收拾得整洁明净，把自己一个体弱多病的农村老妪收拾得干净利索。她经常教育后辈要牢记"穷

85

人不穷志""忠厚待人，勤俭持家""不白之财莫伸手"等道理。以自己近乎固执的坚持践行着她对"勤俭"的理解。

手中的这个搪瓷盆，虽然破旧，但是依然洁净无垢，一如婆婆那俭以养德的家风，也将影响着她的后辈们在人生路上克勤克俭。

守　时

广西壮族自治区环境保护科学研究院　罗栋源

每个家都有自己家的家风、家规、家训，要说起我家的家风、家规、家训，那可就跟我小时候的一件事有关了。

记得那是夏天的一个周末，天气异常炎热，我跟小学同学约好一起去野炊，并答应家里晚上 6 点钟前要回家。那天我和同学玩得很开心，我们越玩越入迷，压根没注意到天已经完全暗了。这可急坏了家里人，父母亲到处找我，我却浑然不知。等夜完全笼罩下来的时候，我这才想起了回家，于是匆匆地和同学告别，立刻奔回了家。

到了家门口，我大口大口地喘着粗气，心里不断地犹豫着：我回去该怎么跟爸妈解释呢？他们会不会怪我呢？终于，我鼓起勇气推开了家门，蹑手蹑脚地走了进去，结果家里一个人都没有。不知过了多久，父母从外面回来了，只见妈妈满头大汗，汗水浸透了衣服，也湿了头发，几缕头发紧紧地贴在额头上、脸颊上，我看到她的眼神从焦急到惊喜，再到如释重负。终于，妈妈将我拉到跟前，语重心长地对我说："一个守时的人，才可以管理好自己的时间，让自己无论在做什么事的时候都能游刃有余，才能获得别人的尊重和器重。"从那以后，我的家训里多了一条"守时"，这条家训时时提醒着我，无论做什么事情，都要有时间观念，做一个守时的人。

如今，我踏入工作岗位已有 8 年，但这样的规矩我始终记得。无论是开会，还是上班，我始终记得要守时。因为你一个人的不守时，可能会浪费大家的很多时间。

作为一个环保工作者，当前承担着重金属污染防治、土壤污染防治等多项重点工作，要全面加强生态环境保护，打好污染防治攻坚战，"守时"是必要条件。我将谨记"守时"的家训，严格要求自己在规定的时间完成任务，为保护生态环境作出我们这代人的努力！

父亲的言传身教

广西壮族自治区河池市罗城县生态环境局　吴美群

以前，父亲常对我说："人生在世，一要懂得知足，二要不怕困难。"父亲如是说，也如是做。

作为一名山村教师，父亲一辈子都在山里教书。他常说，知足就是要珍惜来之不易的工作，爱岗敬业，遇到困难要学会缩小困难。父亲在山里教书，经常要翻山越岭。他以此举例说，如果尚未爬山，就把爬山想得很难，就会放大困难。而要把爬山当作一项必须完成的工作任务，只有完成任务才能解决吃饭问题，才能养家糊口，这样就会产生一种动力，想方设

87

法完成任务。人只要有了动力，困难就不在话下了。

当年，我高考落榜后到山里当代课教师，由于经常爬山越坳，曾一度想放弃，外出打工。父亲知道后，语重心长地对我说，要珍惜这个工作岗位，敢于迎难而上，否则会耽误了自己。"做什么事不辛苦，世上没有随随便便就能成功的事。只有战胜了困难，才能有所作为。"在父亲的开导下，我坚持了下来。那时山里没有电灯，教学之余，我读书写作，在如豆的油灯下度过一个又一个难忘的夜晚。此后成功考录为公办教师，还在地市级以上报刊发表了不少文学作品，先后被广西民间文艺家协会、广西作家协会吸收为会员。

后因工作需要，我到县环境保护局从事文秘工作，有时晚上和周末都要加班写材料。有一次，由于连续加班，我回到家后垂头丧气，连连抱怨工作辛苦。父亲看见了，便对我说："孩子，你要知足，能来环境保护局工作，是因为领导看你在写作上有一技之长，才把你从乡下调到了县城。干一行爱一行，才能有所作为。"

在父亲的开导下，我克服了畏难情绪，在努力做好本职工作的同时，努力发挥专长，做好环保工作的宣传报道，积极向各级新闻媒体投稿。我的努力，得到了生态环境部领导和同事们的一致肯定，连续多年在年度考核中被评为优秀。

如今，父亲虽已离开了我，但父亲的言传身教将永远成为我奋力前行的动力。

父亲叫万廉

广西壮族自治区海洋环境监测中心站　陈代红

又是一年建军节，每年此时父亲总会约上家乡的战友相聚一堂，聊聊他们当年的部队情，谈谈国家现在的强军梦。可是，今年父亲永远地离开了我们，我们再也聆听不到他的呼唤和笑语。

这一天，单位党总支给我过了一个特殊的政治生日，让我重温了自己的入党初心，此时此刻，父亲的音容笑貌似乎又回到眼前，他的无言教诲又重现脑海。

父亲叫万廉，是一名老党员，一名老支书。他一生勤勉，少年立志当兵，入伍刻苦学习，中年转业扎根基层，在部队和单位做了一辈子的政治思想工作，但是在家里却很少跟我们讲大道理。但他的言行，让我们深深地感受到他对党的事业的那份责任和热爱。他因出差时抓小偷挨过刀子，不顾危险跳进深井救过遇险的同事，参加过抗洪救灾。在父亲身上，我看到了一个共产党员勤勉、敬业、勇敢、清廉的优秀品质。也正是在父亲潜移默化的影响下，我对党有了崇高的敬意和向往。

父亲从指导员、教导员、支部书记一路走来，官虽然做得不大，权力范围也有限，但在他力所能及的范围之内，从没谋取过个人私利。

那一年，母亲下岗了，希望父亲能帮一把，把她安排在父亲的单位工作。父亲听了母亲的诉求，马上斥责起来："你以为单位是收留所吗？我是

89

个党员，首先得以身作则，不能给自己爱人走后门。"母亲感觉又委屈又伤心："你不为我着想，也应该为家里想想，三个孩子，将来生活怎么过？"可任由母亲怎么劝说，父亲还是坚如磐石，不肯转变。就这样，母亲成了一名企业工人，现在每每谈论起企业退休工资的时候，母亲仍有一肚酸楚。

那一年，大妹读幼师毕业，母亲为大妹工作的事急得焦头烂额，她知道父亲心肠狠不肯拉关系走门路，母亲就擅自联系了父亲的战友，希望战友能帮忙解决大妹工作的事。后来父亲知道了，非常生气，呵斥母亲违反纪律规定。就这样，大妹没能选择自己喜欢的幼教工作，为此她难过了好长一段时间。那时候，在我们三姐妹的眼里，天底下没有比父亲更心狠的人。

由于环卫工作的特殊，每年的除夕夜，父亲都会早早地带上工具去清扫街道和菜市场，一直忙到过零点。所以那时我们过年的最大心愿不是穿新衣、拿压岁钱，而是盼望父亲能与我们一起好好地吃上一顿团圆饭。记得有一年小妹对父亲说："爸爸你是领导，又不是工人，就不能留在家里跟我们吃一顿年夜饭吗？"父亲却说："就因为我是领导，才要起带头作用，年夜饭怎么了，不就是一顿团圆饭吗！"晚上 12 点，家家户户都开始放鞭炮辞旧迎新，而我们家却还在等着父亲回来。

父亲的一生，就像他的名字一样，一直保持着自己的清廉本色。始终以一个共产党员的标准严格要求自己，督促家人和子女，做人清清白白，做事光明磊落。年少时懵懂无知，我不理解父亲浓厚的党员情怀，不懂得父亲为什么把党员的声誉看得如此重要。直到我和两个妹妹都加入了中国共产党，也不约而同地干起了党务工作时，在不知不觉中，我们都用父亲的标尺来衡量自己的言行，来教育我们的下一代，才发现原来一个老党员对我们的影响如此之巨大。

父亲平淡的一生，虽然没有给我们创造多少物质财富，却给我们传承了勤勉勇敢、清正廉洁、宽容善良、正直老实的品格和家风。这是我们一生也享用不完的精神财富。

如今，我们怀揣着当年入党的那份初心，不忘承诺，积极工作，努力把优良家风、单位优秀传统一直传承下去，希望能影响带动更多的人，为单位的发展和党的事业做出自己更大的贡献。

公私一定要分明

四川省广元市生态环境局　张厚美

20 世纪 60 年代，我出生在四川省广元市朝天区沙河乡一个贫困家庭，从小就过着艰苦的生活。

那个年代，物质生活较匮乏。上初中的时候，我还是打光脚板的。后来，妈妈每天去挖药材，我记得当时的价格是 8 分钱一斤（1 斤=0.5 千克）。用卖药材的钱，妈妈给我买了一双军用胶鞋，这双鞋我穿了 4 年。从小到大，我一直保持勤俭节约的习惯。

从我担任村团支部书记起，父母就经常教育我，虽然家庭贫困，但人穷志不能短，公家的就是公家的，千万不能有非分之想，否则会害你一辈子。每次收团费，我都一笔一笔地记着，乡团委的收据都附在本子上。后来，我担任乡团委书记，针对收的团费建了专账，每年年底公布。

参加工作以来，每次回家和父母摆谈，父母总少不了"千万不能胡来""千万不能损公肥私"的叮嘱。记得在我家条件稍微好一些的时候，家里每年卖一头 70 多元的肥猪。妈妈总不时问我，你的钱够用不？不够了拿点去用，不要花公家的钱。

这些年，我时刻注意严格要求自己。分管人事工作时，没有利用职务之便解决女儿就业；分管财务工作时，没有一次报销自己私人的费用；分管项目工作时，没有介绍一个工人、推销一个产品。

好的家风如雨露，会慢慢地滋养人的心灵。在我的影响下，我的女儿也养成了很多好习惯。比如，一件衣服一般不超过 200 元，很多衣服都是"地摊货"。从外地回家，大多数时候都选择不坐飞机坐火车，上班时骑自行车。

随着新时代的到来，每个家庭的家风可能都会发生一些变化。我相信，我的家庭会因为好的家风，变得更充实、更美好。

家，成长的沃土

四川省内江市生态环境局　代清东

家是什么？
是白发婆娑的父母操劳的背影；
是阳光活泼的孩子灿烂的笑脸；
是风雨共担的爱人温情的双眸；
也是下班回家迎面的一声问候，一杯清茶，一桌热腾腾的饭菜……
家风是什么？

是倡导"五常八德"的《颜氏家训》；

是教儿女辈"勤俭谦"的《曾国藩家书》；

是训子女"做官不许发财"的吉鸿昌家规；

也是千万个普通百姓家庭的父慈子孝，知耻守廉，勤劳节俭的传统美德……

我是农村娃娃，父母文化程度不高，但从小家规却很严。

回忆儿时，最喜欢纳凉的夏夜，一张竹席铺在院坝中央，一家人围坐在上面谈天说笑。这时，父母总爱做三件事：或一遍遍地讲述他们小时候的穷苦经历，一家人"忆苦思甜"；或反反复复地教我们唱红歌、背毛主席语录，教导我们永记党恩；再者便是用邻居或邻村的某某人做正反教材，训诫我们"做人要有骨气，懂得知耻守廉；谋事要有底气，做到勤劳尽责；对人要有和气，守住善良宽厚。"现在想来，那无数个晴朗夏夜，应算作是我人生的启蒙课吧。

但是，人总要经历一些事，才会让你真正的成长。

那是除夕前一天，邻家姐姐正向伙伴们炫耀一条嫩绿色的丝巾——这在 20 世纪 80 年代初的农村，算得上稀罕时髦的物件，我和妹妹也是羡慕地围着人家瞧了半天，妹妹还用手去摸了一下，却惹得那位姐姐不高兴地走开了。

第二天是除夕，天刚微亮，爸爸便背着妹妹，一手牵着我，一手提着一只大红公鸡，赶集去了，说卖了公鸡给我和妹妹买漂亮丝巾，立马我们就欢呼着蹦跶起来了。我是后来才得知，这是家中唯一一只大公鸡，本是准备在除夕这天宰杀祭祖的。

记得那天街上人特别多，我们费了好大力气才挤到卖丝巾的服饰摊前。清晰地记得，那天我选了最喜欢的天蓝色，妹妹选的橙红色。

一家人高高兴兴吃过团年饭后，妈妈把我和妹妹叫到跟前，整理了一下我们脖子上新买的丝巾，然后拉着我们的手，说："娃娃呀，咱做人最重要的是要有骨气，人穷志不能短，任何时候都不要做让人戳脊梁骨的事！尤其女孩子，更要有廉耻之心，别人的东西，再好也是别人的，不要眼红，不能伸手，更不能去碰！想要什么，现在跟爸妈伸手，长大了凭个人本事正大光明地去挣。爸妈没读几天书，一年四季脸朝黄土背朝天，也刨不出金娃娃来。所以，你们要努力学习，咱家就是砸锅卖铁也会供你们上学的。长大了，你们有能力养活自己，能通过自己的劳动去获取喜欢的东西，那爸妈的责任就算是尽到了。"虽然当时我还不能完全理解这番话，但从母亲严肃的表情和沉重的语气，我知道我犯错了，所以，这么多年一直都不敢也不能忘啊！

时光如梭，一晃快四十年过去了，双亲已年迈，女儿渐成年。但"知耻守廉，勤俭尽责"的家风家训却沉淀了下来。在我办公桌全家福摆件上，女儿写下了这样一段"廉情寄语"："老爸，常吃清淡饭，保身又保名；常做清爽事，安理又安心；常处清正人，护友又护亲。"

有家人的支持与陪伴，提醒与监督，我内心无比安宁踏实。

在此，我还想问问：

家到底是什么？

家啊，是滋养成长的沃土；

是遮风避雨的港湾；

是广袤包容的蓝天；

是让你高飞又用一根线牵扯的风筝轴，是我们永远也抛不开的牵绊……

让我们从小处着眼，从点滴做起，从恋家、爱家人、树良好家风开始，珍惜自由，知耻守廉，懂得敬畏，勇于担当，不为更多，就为了我们每天回家能安心地享受那一声问候、一杯清茶、一桌热腾腾的饭菜……

坚守一生的村医

四川省生态环境厅　杨宁

　　我家地处秦巴山区，我居住的那个村远离县城。我的父亲是农村里的赤脚医生，直到现在都没离开过。

　　改革开放的春风吹到我们村庄后，很多年轻人都外出务工挣钱。每年过年时，会有许多从外面回来的亲戚劝说父亲出去打工。父亲曾犹豫过，但他舍不得离开村子，当时他婉拒别人的理由是"两个娃还在念书，以后再说"。

　　快20年过去了，他却一直没离开，成为村里唯一的医生。

　　父亲行医35年，给我留下了难以忘怀的回忆。小时候，家里总数他的鞋子破得最快，一个月就要穿破一双，这是他挨家逐户走出来的。农村过年特别热闹，但父亲总是缺席家里的年夜饭，大年夜永远是在病人家里度过的。

　　近几年，我发现父亲的眼袋特别深，农村人只要能下床，白天都要去做事，晚上才有时间治疗病痛，父亲也只能在大家休息时继续工作。

　　父亲是一名乡村医生，也是一名执着的共产党员。他的这种执着源自外祖父的影响。"文化大革命"时期，外祖父最响亮的誓言就是："要我的命可以，开除我的党籍就是不行。"

　　父亲入党后，外祖父告诫父亲："作为村里老党员，希望你守护好全村人的健康。"

父亲一辈子很普通，但是一直坚守着信仰，让他成了一个不平庸的人。我愿像父辈一样，成为坚守一生的环保人。

孝　道

四川省宜宾市长宁县生态环境局　李强

中华民族五千年历史中孕育了无数的传统美德，其中很多传统美德是以"家风"的形式代代相传、延续至今的。在我的成长过程中，感受着父母的言传身教和谆谆教导，也深深地体会到自己的家风，总的来说就是五个字：百善孝为先。

从小妈妈就教育我，做人最不能忘本，要懂得感恩。对于父母的养育之恩要尽自己最大的能力去报答，要时时刻刻做到"孝顺"这两个字。而这两个字虽然说起来简单，但是真正用心做到是很难的。

我一直将妈妈的话铭记于心，也以妈妈作为我学习的榜样。因时代关系，外公外婆共有七个孩子，在当年那样艰苦的环境下，外公外婆每天起早贪黑，辛勤劳动，给予了孩子们最好的生活。当时，重男轻女的思想在农村地区还比较普遍，所以外公外婆只把我的两个舅舅送去了学校念书，其他孩子从小就得在家干活。但妈妈并不埋怨他们，而是将那份抚养恩情铭记于心，毕竟外公外婆把七个孩子抚养长大已经耗尽了他们全部的心血。外公在我很小的时候就去世了，妈妈总说外公辛苦了一辈子，没等享福就

走了，所以每当妈妈回忆起过去，我都会看到她眼里闪烁着泪光。妈妈是个女强人，很少落泪，但父母给予的这份深沉的爱总令她眼眶湿润。妈妈不仅用言语教育我，而且用行动来诠释孝顺。外公去世后，外婆一直由我小舅舅照看着，妈妈坚持每天给舅舅打一个电话，询问外婆的身体状况，经常和姨妈们去看外婆，为外婆洗头洗澡，陪她说话聊天；外婆喜欢吃水果但牙齿又不好，所以妈妈总是买柿子、香蕉给外婆；每当外婆生病时，妈妈都会马上放下手上的活，第一时间联系医生去为外婆诊治；以前妈妈还会带外婆到周边很多地方旅游，现在外婆身体状况大不如前了，妈妈去看望外婆时，还是会牵着外婆的手在门前的院子里走走，让外婆开心的同时也锻炼身体。

这就是我母亲。她身体力行的百善孝为先的良好家风，在潜移默化中对我和姐姐产生了深刻影响。大学毕业后，我毅然选择回到老家所在的小县城，将自己最美好的青春岁月，奉献给孕育了我成长的这片土地。参加工作这些年来，从公安协警到事业单位工作人员，不论身处何方，不论从事什么职业，对家庭的责任都时刻伴随着我，提醒着我，也激励着我永葆工作积极性。早已出嫁多年的姐姐，不但经常回来看望爸妈，还尽心尽力地照顾身体虚弱的公公和婆婆，做了很多连他们亲生儿女都做不到的事情，成为人人称赞的好儿媳。

父母的言传身教就是对孩子最好的教育，孝顺的家风需要每一位父母给自己的孩子做出榜样，良好的家风才能代代相传。

诚信与怜悯

上海市青浦区生态环境局　江晓琼

儿时由于父母工作忙，我一直生活在外公外婆家。外公是镇上第一家国营点心店的资深点心师。从我记事起，外公做事就是有板有眼，将"诚"放在第一位。

一次正值夏天，店里伙计误操作导致面团发酸，但不敢告诉外公，结果蒸出来的馒头和小笼包都带着一股酸味。外公一闻就知道气味不对，决定把这些馒头和小笼包全部扔掉，点心店当天歇业一天。他严厉地说："做生意诚信是第一位的，没了诚信，招牌也就没了，这和做人一样。"

回家看到我后，他叮嘱说："记住，做人也是诚信第一位，不要昧良心。"这在我今后的成长道路上产生了深刻的影响。

"言出必行，诚而有信"一直是自我告诫的铁律，让我不断挑战自我，践行承诺。

外公使我懂得诚信，而外婆所做的一件事让我懂得了怜悯。外婆家后院有一片菜园，沿河处还有简易鸭棚，捡鸭蛋是我小时候的乐趣所在。外婆养的鸭子共有十来只，但我能捡到的鸭蛋永远只有五六个，总觉得有出入。于是，我起了大早，躲在香樟树后想看个究竟。结果发现，不止一家人来我家鸭棚捡鸭蛋，有一男孩竟然拿了 4 个。我当时气愤极了，立马冲出去对男孩嚷嚷，男孩看到我立刻就跑。

98

鸭蛋没能要回来，我垂头丧气地向外婆说了刚刚发生的事。外婆却异常平静，笑着对我说："大家都不容易，很少人像你外公和我一样有份国营单位的工作，他们实在是因为生活困难才这样的，你看看他们的晚饭就知道了。"

我一下子怔住了，那刻起我懂得了怜悯和善良，对待人和事物都要宽容。事后想想，外婆应该是故意没将鸭棚上锁，没将菜地围起来。

在我成长的道路上，家风家训一直鞭策着我，是我做人做事的原则所在。诚信是对自我的要求，而怜悯和善良是对劳苦大众的感怀，这两点永远铭刻在我心里。

有德者夜有光

重庆市大足区生态环境局　陈家君

30 年前，村里的教学点拆并了，我和生产队里的几个学伴转到离家更远的学校读书。石板道弯弯曲曲，小溪沟时隐时现，春有布谷声声，秋来桂香阵阵，小伙伴三五几个，黎明即起上学，夜幕降临归家，来来回回的走读路上撒满童年的欢声笑语，单趟两个小时的上学路程并不让我们觉得寂寞和辛苦。

但是，冬季白天时间短，放学回家常常要走夜路，每次路过桐栗湾路段，我们总是惊恐万分。

冬天的桐栗湾黑得早，易起雾，下午五点多钟，浅山沟壑中隐隐约约地飘散着雾霭，树啊、房啊就变得模糊起来，远山的轮廓在晦暗的光影下似乎有些狰狞。

相传桐栗湾在"土改"时曾经枪毙过人，本就阴森潮湿的地段更有些神秘可怕。有一次路过那里，前面的同学一边飞跑一边惊喊："鬼来啦！鬼来啦！"吓得最后一个同学哇哇大哭，我也因此吓得几天不敢去上学。父亲知道情况后，提出接我放学回家。连续接了四天，父亲的陪伴让我消除了对黑夜的某些恐惧。第五天，恰逢期末考试，放学比平时更晚些，没到桐栗湾，天已经黑尽了，父亲点燃了准备好的煤油火把，一行人随着滋滋燃烧的火往前走，刚进桐栗湾，忽然起风了，我们下意识地向父亲靠拢，父亲说："不要怕！"话音刚落，一股更大的风竟把火把吹灭了，火把上的火星子在一片黢黑中像是恶魔的眼睛，父亲连续擦了几根火柴都没有点燃火把。"有鬼呀！"不知谁嘟哝了一句，吓得我头皮发麻背脊一凉，紧紧攥住父亲的衣服，"怕什么怕！有德者夜有光！"父亲边点火把边大声说。火把点燃了，我们心有余悸地往家里赶。"有德者夜有光——是什么咒语么？"同行的阿宽问父亲。父亲说："这不是什么咒语，只要一个人德不亏心，品行宽厚，走夜路也自带亮光，没啥可怕的。"回家后，父亲又告诉我说，只要自己为人做事德行磊落，胸襟坦荡，就算世间真有妖魔鬼怪，有何惧之？

是夜之后，父亲接我们放学又持续了一段时间。后来大家都买了手电筒，父亲不再接了，我们堂堂正正地从桐栗湾走过无数次，并没有发生恐怖的事情。

30 年来，我遇到过比桐栗湾更可怕的黑夜，每当心头泛起某种不可名状的害怕，父亲那一句"有德者夜有光"，总能给予我撕破黑夜的力量。

如今，我是生态环保铁军中的一员，面对"长期加班、家人埋怨、部分群众不理解、少数企业不支持"的工作常态，也曾有过迷茫和徘徊。但"有德者夜有光"总在无形中启示我，凡是利民生顺民意的德政之事，就算

有千难万阻，前途也是光明的。当前的污染防治攻坚战任务重、压力大，每一个环保人都应该放下个人利益，弃小得，立大德，把广大群众的利益放在首位，敢于向污染亮剑，为建设美丽家园贡献力量。

家有贤妻真是福

福建省厦门市生态环境保护综合执法支队　沈胜学

古人云："家有贤妻，如国有良相。"

我的爱人原本在老家县城的一家银行工作，当时的工作环境、工资待遇都还不错。婚后，她毅然辞去让不少人羡慕的工作，来到离家千里之外且人生地不熟的部队驻地，用实际行动默默支持我。

人们常说，军嫂是伟大的，但是在伟大的背后，是非常艰辛的付出。我的爱人和千千万万的军嫂一样，用她柔弱的双肩挑起了家庭的重担。最困难的日子是在孩子两岁半的时候，当时父母、岳父母均没有办法来帮忙带小孩。部队营区又偏僻，与市区相距 50 余公里，往返一趟不仅要转几趟车，耗费的时间更是至少要 4 小时，我即使周末回家也是来去匆匆，遇到外训活动，可能几个月都不能回到市区的家里，帮妻子分担家务只是奢望，更谈不上带孩子。

面对困难，她没有抱怨、没有退缩，从不向我诉苦提要求，而是选择向困难挑战，提前将孩子送到幼儿园，决心做到工作、育儿两不误。事实证明，到我转业时的 8 年时间里，她战胜了困难，不仅未耽误工作，还经常挤时间陪孩子一起诵读《弟子规》《道德经》等国学经典，使孩子在潜移默化中受到了传统教育的熏陶，孩子生活自立、品行端正、成绩优异，是老师的得力助手、同学的好伙伴，多次被评为市、区、校级"三好学生""优秀学生干部"。

妻子就是我的榜样，她默默奉献、积极进取的精神一直激励着我。特别是她经常讲：岗位可以平凡，但是工作不能平庸；生活可以平淡，但是精神不能贫瘠。这句话也一直激励着我要始终保持谦虚、谨慎、律己、敬业的态度，在部队，我收获了 4 枚军功章，从一名普通大学生成长为一名团职干部；转业加入环保队伍 4 年来，我已较好地完成了从一名部队干部向合格环保执法人员的转变，年年被单位评为工作先进个人。

我爱人的贤惠，并不是她做出了惊天动地、感人肺腑、催人泪下的大事，相反却是在年复一年、日复一日的日常生活中用她的智慧、奉献感染着我和孩子，甚至是我大家庭的每一成员，让三代人都有满满的幸福感。

所以说，家有贤妻真是福。

第二部分 · 2019年

获奖家风故事

家风靠言传更靠身教

中央纪委国家监委驻生态环境部纪检监察组　陈春江

习近平总书记对家庭、家教和家风建设高度重视，强调家庭是人生的第一个课堂，家风是一个家庭的精神内核。他谆谆告诫，广大家庭都要重言传、重身教，教知识、育品德，身体力行，耳濡目染，帮助孩子扣好人生的第一粒扣子，迈好人生的第一个台阶。作为"60后"的我，认真学习领悟这些重要论述，产生了强烈共鸣，深感习总书记的远见卓识和真知灼见，更体会到家风建设的深刻内涵和重大意义。

我出生在一个农村大家庭里，从一名农家子弟成长为中央国家机关的领导干部，除了组织培养外，家庭、家教和家风对我的影响深远，使我受益匪浅。几十年一路走来，无论是自己为人子还是为人父，我都把有涵养、勤劳和善良的家风作为自己一生的追求。

为人子：接续传承"勤劳善良"

我家有兄弟姐妹八个，我排行最小，父亲是农民，母亲是家庭妇女。我的童年、少年时代，物资极度匮乏，与农村其他同龄人一样，基本上都是在"温饱线"上勉强度日。虽然家境贫寒，但父母亲能明事理、想得远。他们一定要让我们几个兄弟多读书，希望能有出息跳"龙门"，像城里人一样有稳定的工作、体面的生活。而他们自己却默默地挑起了一大家子的生活重担。记得父亲在75岁时还能下地干农活，一年四季从不休息。母亲除了把我们几个兄弟姐妹养大外，还抚养了几个孙子辈。她还把左邻右舍和远房亲戚的小孩视如己出、帮助抚养，并把小孩带到北京来游玩，让其长见识，以致小孩长大上学了也对她恋恋不舍，结婚生子后还常来看望她老人家。她还常常告诉我们，"家里虽然不富裕，但与亲戚朋友礼尚往来时，一定要把好东西送给别人，差的留给自己"。

自从我记事起，就知道我母亲为全家纺纱、织布、做衣服，每天夙夜不怠，深夜还在为全家人编织毛衣，直至我的小孩出生到了中学时，穿的毛衣都是老人家一针一线编织的。2008年北京奥运会前，我把她从老家接到京城住了三个月，在我这里度过90岁生日。其间，她每天一大早就做好早饭，等我们起来吃；白天凡是她看见我们换下的衣服，都要主动拿去洗；在我们一家人下班或放学回家时，她已经早早地把饭做好了。特别是每天早上，她生怕我们上班上学迟到，都会早早地把我们叫醒，一再叮嘱不能迟到。即使一次因为重复洗了干净的衣服而受到家人埋怨，但她也是乐呵呵一笑了之，从不生气。我们现在回想起来都很内疚，也更加体会到老人家的宽宏大量。

我还记得，老人家91岁那年，因不慎摔倒造成股骨粉碎性骨折，在老家住院手术后，我特意回家探望，期间我有一位交往多年的中学同学到医院看望老人家，并送给她一个红包表达心意时，她当时推辞不掉，待我到医院时，她特意将红包交给我，让我一定要退回去，一再叮嘱我不能收人家的钱，要干干净净做人，并让我早点回京上班，不要影响工作。

我离开家乡虽然很多年了，但与老母亲的距离感却随着现代通信业的快速发展而缩小了。近20年来，我几乎雷打不动地在每周末与她通一次话。晚年的她虽有点耳背，也没有更多的话可说，但她每个周六都在等我的电话，每次都说只要能听到我的声音，寒暄几句就心满意足了。这样的千里一线牵，一直延续到2017年1月，她老人家99岁寿终正寝、驾鹤西去。她在临终前还叮嘱我们兄弟姐妹：丧事要从简，家和万事兴。

每每想到这些，我都能真切感受到母亲的勤劳与善良，读懂了"赠人玫瑰，手留余香"，读懂了"业精于勤荒于嬉"，读懂了"严律己，宽待人"等深刻道理。正是老人家的言传身教，让我在成长道路上，如沐春风，如饮甘露，充满正能量。我自参加工作几十年来，始终勤奋敬业，努力做到像对待考试那样对待工作，以自己能达到的最高标准完成各项任务，并多次立功受奖。从自己有了稳定的收入后，还主动捐款帮扶多名生活困难者，资助培养几名家境贫困的小学生一直到大学毕业找到理想的工作，使他们感受到社会大家庭的温暖，树立生活的信心，激励成长回报社会。

为人父：润物无声甘当"人梯"

光阴似箭，时光荏苒。转眼间，我当父亲也20多年了。自从儿子来到这个世界后，我努力把"勤劳善良"的家风向他传承。我每天早出晚归的工作节奏，以及长期倾力资助贫困学生的行动，儿子耳濡目染也受到了熏陶。记得儿子上小学时，学习上非常自律，珍惜时间不贪玩，自我要求高，养成了好习惯。每天主动提前一个小时到学校，是班里第一个到的，班主任老师还把教室钥匙交给他保管，有一两次由于我们想让他多睡一会儿，早上叫醒的时间比平常晚了十多分钟，他急得直哭，因为怕耽误同学们按时进教室。此后我每天早上六点半准时送他上学，八年来无论春夏秋冬，风雨无阻，直至他顺利上完了北京市某重点中学实验班参加高考。

儿子参加高考前迎来了18岁生日，我和爱人为他准备了三件礼物：一是一封写给儿子成年礼的长信《我们与你同行》；二是一本展现儿子18年成长经历的影集；三是录制了一盘儿子参加相关学科竞赛和活动的视频。在长信中我们向他讲述了其成长过程中的点点滴滴以及遇到的好老师、好伙伴，希望他能记住这些人和事。在信的最后部分，与他分享了我们的三点人生感悟：一要懂得感恩。做事先做人，待人要真诚大度，滴水之恩当涌泉相报。二要保持勤奋。勤奋是成功之母，宝剑锋从磨砺出，梅花香自苦寒来，这是一个人成才的基础。三要学会坚强。人生的机遇和挑战，困难和失败，都要敢于面对并执着奋斗。我告诉他：爸爸从小就备尝生活的艰辛，挫折更是屡屡伴随，虽有过痛苦，但从来没有气馁过，希望你在人生道路上也有一颗强大的内心，拿得起、放得下，扛得住、压不垮。

也许是由于我的以身作则或这封长信所蕴含的家风故事，对儿子健康成长起到了一定的潜移默化作用。他在上研究生期间，多次组织学校的公益活动，不断提升自己的精神境界助人为乐，还光荣地加入了中国共产党，努力使自己成为国家建设的有用之才。

实践使我深刻体会到，家风建设对党员干部是一项长期的任务，也是润物无声的文化自觉，只有坚持不懈、身体力行，才能使家风不断传承并发扬光大。

不能沾公家的"光"

生态环境部办公厅　张利平

外公已经离世多年，但他生前的点点滴滴在我脑中仍历历在目，犹如昨天。外公是一名革命军人，曾参加过淮海战役、南下渡江作战、抗美援朝等战斗，后转业回到地方工作。军人的素养，练就了他坚韧意志，也为我们积淀了优良家风家教。

我刚参加工作那会，单位订阅了很多报纸，因为我的岗位是文秘工作，当时网络也不像现在这么普及,执笔写稿和收集资料就需要通过报纸、文件等方面获得。有时带着任务回家"赶稿",顺便也将单位的报纸拿回家看,时间久了,有些就懒得放回单位。外公见了起初没怎么吭声,终于有一天憋不住了,就对我说:"你把单位的报纸拿回家看,也不按时归还,别人需要看的时候怎么办?"我当时很不在意,不以为然。外公批评了我,公家的东西不能占为己有,别人的便宜一点也不能占,做人做事一定要公私分明。这虽然是件小事,但对我的成长影响很大。

外公转业到地方后,从来没有向部队、组织要求过什么,一辈子默默无闻、低调谦和。在家里,他很少提过去的战斗事迹;工作上,他没有任何私心,始终以一名共产党员的标准严格要求自己,从未利用手中的权力和关系为子女、为家里谋私利。按外人的话说,如果外公出面,一定可以给舅舅安排一份稳定的工作,但外公没有这样做。外公生前常说,不能因为自己在职位上就谋私利,这些都不是共产党人应该干的事。

前不久,一家人团聚,仍然在家务农的舅舅谈起外公过往,满怀深情,丝毫没有因为当年外公没有给他安排工作的事情而耿耿于怀。我想,这就是家风的力量,这就是家教的榜样。

干工作不能讲条件

生态环境部办公厅　　刘黎明

我从小生活在大山沟里,父亲和母亲都是当地的小学老师,我的上学记忆是在母亲的自行车上留下的。那个时候，整个片区方圆几十公里，有 6 所学校，父亲和母亲通常不在一所学校工作且每年轮换，母亲为了方便照顾我，只能带着我辗转到不同的学校上学。天刚蒙蒙亮，母亲用自行车载我赶着去学校，下班后，再用自行车载我回家。路途不近，山路难走，有的地方还人烟稀少，无论刮风下雨，母亲从不说辛苦，带我一走就是五六年。我问母亲为什么不让领导就近安排在村里的学校上课，母亲说："干工作哪能讲条件。"

后来我到镇里上了初中，去县城上了高中，到市里上了大学，直到北京工作，学习和工作环境不断地变化，但父亲和母亲却一直坚守在山沟里，几十年如一日。几年前，母亲和父亲终于一起被分配到了离家最近的学校工作。原来这所学校只剩下十几名学生，加上条件艰苦，上级就安排父亲和母亲两个人负责这一所学校。他们不仅要给孩子们上课，还要负责给孩子们买米买菜做饭，照顾他们的生活，放学后，父亲和母亲还把一些孩子带回家，帮忙照料，当作自己工作的一部分。工作辛苦、身体劳累，但从不给领导说难处、提要求。

三年前，父亲和母亲都退休了，我接他们俩到北京住一段时间，没过多久，老家的领导来电话说，没有老师愿意被分配到这所学校来，孩子们的家长都希望父亲和母亲能回学校继续工作，否则就要撤校合并。领导问父亲和母亲愿不愿意，有什么条件没有？母亲说："干工作不能讲条件，孩子们上学的事情耽误不得。"父亲也说："我们还能再坚持坚持。"直到后来，母亲晕倒，被查出患有严重的脑血管疾病，他们才离开坚守了大半辈子、平淡却又不平凡的工作岗位。

父亲和母亲的言传身教深刻影响我的求学和工作生涯。记得刚参加工作，临出发前，母亲反复叮嘱我："到了单位就听领导的，不管安排干什么都要干好，不要讲条件。"我始终牢记母亲的教诲，无论在单位还是驻部工

作，无论是领导交办的事务性工作还是抽调参加专项任务，只要工作有需要，我都愿意积极发挥自己的作用，不计较个人得失，踏踏实实干好，因为我也想做一名像父亲和母亲那样的从不讲条件、始终坚守在自己岗位、为了人民的事业奋斗一生的战士。

说说我家的小习惯

生态环境部中央生态环境保护督察办公室　温英民

　　我的小家，三口人，宝贝女儿、爱妻和我。我家有个小习惯，或者说是不成文的小规矩，那就是不抽奖。不抽奖的范围，罗列一下，包括不买彩票、不刮有奖发票、不抢红包、不捡钱，不参与一切抽奖活动，哪怕是买一赠一的饮料瓶盖和啤酒瓶盖抽奖。也就是说，不管是拔头筹中大彩还是小打小闹，不管是碰运气还是凑热闹，不管是撞财运还是小娱乐，都不参与。

　　说起这个小习惯，可能会让人觉得，这家人家真够各色的，小题大做，真没劲儿，人生没情趣，生活索然无味。其实不然，我们一家三口人都是热爱生活的人，都是很有趣儿的人，性格乐观豁达，幽默风趣不张扬，生活丰富多彩，兴趣爱好广泛，家里充满了欢声笑语。

　　那么，为什么会养成这样一个小习惯呢？是因为这个小习惯，和我们小家信奉的一个简单朴素的道理有关。那就是，人的一生中，都是平衡的，该是你的就是你的，不该是你的就不是你的，没有天上掉下来的馅饼，突如其来的意外"惊喜"迟早会还回去的，而且往往还会还回去的更多。这个习惯的养成，和孔子、孟子、庄子有关，但和"老子"更相关。我小时候听到爸爸说得最多的一句话就是"贪小便宜吃大亏"。

这个小习惯，让我的小家很踏实。

一台"新"彩电

生态环境部中央生态环境保护督察办公室　廖媛

我出生在工人家庭，父母都是普通人，没有高学历，讲不出大道理，也谈不上什么科学的教育。

如今人到中年，我才懂得，自己之所以是今天的样子，深受父母影响。我在父母朴实的爱中成长，他们润物细无声的品德时刻净化着我的心灵。

母亲一辈子在商业部门工作，曾经卖过家电。记得那是1993年，母亲卖出一台21寸彩色电视机，售价2000多块，相当于她半年的工资。过了大约一个月，买家说电视机显像管出了问题。这并不在退换货范围，但刚存够彩电钱的母亲十分理解对方的心情，当时就动了恻隐之心。简单与父亲商量后，母亲买了一台新彩电给对方，对方退回的电视机返厂维修后，搬回了我家。

看着修好的电视机，母亲开心得像个孩子，乐呵呵地对我说："我们家也看上大彩电啦，妹妹开心不？"

112

当时的我并不理解母亲，她却说："吃亏是福，我见不得别人受苦，只要别人没损失，我就安心。"

2008 年汶川地震时，年近 50 的母亲得知消息，一大早就去排队献血。我十分挂念她的身体，而她却担心地问我："妹妹，人家不会嫌我年纪太大了，不要我了吧？"

2013 年，我登记成为器官捐献志愿者。想到身体发肤受之父母，我一直瞒着父母。

后来母亲发现了登记卡，没想到她对我说："妹妹，我还可以登记吗？替我也登记一下。我一辈子没有什么作为，以后能帮到一个人也算没白活。"

或许母亲不能辞藻华美的宣扬"善良"的含义，但她的行为却时时刻刻体现着善良。理解母亲，并成为像母亲一样的人，这就是我的成长。

无论面对什么，我总想起和父母在一起的幸福日子，不是一时安稳，而是一生安心，即使经历苦难，也要心怀阳光。终有一天，细琐小事的记忆会随着岁月走远，但家风不会，它将在儿女的身上代代相传。

有您，家更暖

生态环境部中央生态环境保护督察办公室　杨柳

"世上只有妈妈好，有妈的孩子像个宝。"刚满两岁的儿子在手机视频里，用他稚嫩不清的婴语说唱道。这一刻，泪水湿润了我的眼眶，既有对孩子成长的欣慰，也有不能陪在他身边的遗憾，但更多的是对婆婆无私付出的感激之情。

今年年初，通过国家公务员考试，我如愿考到生态环境部，加入了督察队伍。离开山东老家，最放心不下的是尚且年幼的儿子，从出生到现在未曾分开过，心里十分不舍。婆婆却鼓励我说"去吧，别想家！在北京安心上班，孩子交给俺，你就放心吧！"她这样说着，也是这样做的。为了缓解我的思念，字都认不得几个、从未用过微信的她，学会了视频通话；不擅表达的她，视频里却常引导孩子说爱妈妈想妈妈，甚至每晚睡觉前都会教孩子《世上只有妈妈好》。虽然婆婆一直觉得在老家吃得好、住得好，并不能理解我为什么要到北京，但她依然还是全力地支持着我。

我和老公两个人，一个在北京不能常回家，一个是警察要值班回不了家。孩子全靠婆婆一人照顾，但她从未抱怨过辛苦，反而总是乐呵呵地说"哪一辈人不都是这样过来的吗？年轻人去上班，老人在家带小孩。再说了，平时你们都忙，小孙子还能跟俺做个伴儿呢！"她的善良乐观，让我们这个家充满了欢笑；她的无私付出，让我们这个家充满了关爱；因为有这样一个温馨幸福的家，我才能够全身心投入工作中。

天黑了，视频里的婆婆正在耐心地给孩子洗漱，不时夹杂着顽皮的嬉笑声。感谢一代又一代人传承着无私的关爱与支持，给予了每个奋斗的年轻人最坚强的后盾和不断前进的力量。

楹联与家风

生态环境部行政体制与人事司　张宝

　　"传勤书俭学家风，承忠义孝善本色"。这是我家大门张贴的红色春联的内容，每次路过大门口，心里都会默读一遍。它道出了家风建设的原则和精神，也体现了对后辈的殷切期望，确是我家家风的体现。父母都是地地道道的农民，没有多少文化知识，但却深刻懂得"忠厚传家久、诗书继世长"的道理，在父母言传身教中，自己思想和行为也慢慢受到耳濡目染的影响，塑造了自己的性格和性情。

　　"院小胸怀大，门低志向高"。格局的大小决定了一个人的胸怀，也会影响人生的高度。父母从小就教育我要知大事、立大志，要胸怀远大、志向高远，做国家栋梁。在成为一名中央国家机关工作人员后，父亲专门对我嘱咐："孩子，你现在是国家干部啦，按早先说法是'当官了'，你可别忘了本，要谨记为人民服务，而不要'为人民币服务'，否则你的心就会被困住，你也成不了大事。"快十年了，这句话我始终记得，内心也时常提醒自己要始终放眼一生，而不是一时。

　　"人勤春早""莫道君行早，更有早行人"。勤劳一直是父母最鲜明的品质之一，现在已近古稀之年，依然参加农业劳动。有时休假回老家前，我以为能够彻底的放松休息，但父母却是闲不下来的人，因此我休假时早上一般要早上 4 点半起床，趁太阳出来前跟他们一起去地里干活。父母不时提醒我，身上的劲是使不完的，在单位里千万别吝惜自己的那点力气，一定要勤快，勤快的人到哪里都不会被讨厌的。

家风像是空气，围绕在你周围，与人滋养、给人启示。现在，休假的时候，我总要回老家，不去觥筹交错，只是跟父母待一待，陪陪他们，也是给自己充充电，在家常里短的交谈中，在田间地头的见闻中，知礼仪、明事理，继承祖祖辈辈勤劳、善良、诚实的品格，而这种品格也将继续传给我的后辈，一直传承下去。

节俭和整齐

生态环境部科技与财务司　　刘杨

很久没写过关于妈妈的故事了，上次应该还是中学的时候。像所有的妈妈一样，我的妈妈也爱唠叨，小时候每天都会听她讲很多道理，聊无数的人和事。但这些对我来说都是左耳进右耳出，扭头就忘了。唯有节俭和整齐，妈妈说的不多，但却像烙印一样深深刻印在我的基因里、传承在我的一言一行中。

经历过物质严重匮乏的上一辈人，多多少少都会有节俭的习惯，但妈妈的节俭是刻到骨子里的。只要妈妈在家，卫生间洗手池的下水口永远是关上的，洗过手的水被留下来洗衣服、洗袜子、涮抹布……直到实在没什么用了，妈妈才心满意足地把它们放掉。但洗手池这么用，确实不太方便，每当我向妈妈抗议，她都会很严肃地告诉我："国家的水资源这么紧张，亏

你还是干环保的，都不知道节约。"看着妈妈认真的样子，分辩的话好多次都憋在嘴边没说出去。

妈妈爱整齐也是出了名的。家里每一样器物，无论大小，在妈妈眼里都必须规规矩矩待在自己位置上，哪怕有一点"错位"，妈妈看见了，都会第一时间让它"归位"。相比于"节俭"的习惯只能在家里派上用场，妈妈图书管理员的职业倒是让"整齐"的爱好有了用武之地。那时候，图书室不管有多少藏书，只要妈妈在岗，必然会按照图书索引和编号码得整整齐齐。

"潜移暗化，自然似之"，在妈妈春风润物般的感召下，节俭和整齐的习惯不知不觉间在我这里传承了下来。这也让我进一步认识到身教的力量，更加注重以身作则，用实际行动更好地教育和引导我的下一代。此外，妈妈一直没能进一步发扬的"节俭"精神，在我这里也有了广阔的展示舞台：担负着生态环境部系统财务预算管理职责，我坚决贯彻厉行节约和"过紧日子"的要求，做好资金统筹和财务管理，力争把财政的每一分钱都发挥出最大效用。看到这些，妈妈应该会暗自得意吧。是啊，尽管家事细小琐碎，但正是千千万万像妈妈这样的人对家风的传承积淀，中华文明的延续和发扬才有了坚实的基础，实现伟大复兴中国梦才有了持久的动力。

接过爸爸的接力棒

生态环境部自然生态保护司　井欣

2017 年的除夕是我们家团圆的日子，吃过晚饭，全家开始一起包饺子。

一听包饺子，小外甥女冲过来伸手就要抓面团，我一把抓住她，"洗手去！"小外甥女不情愿地打开水龙头，水哗哗地流。这时爸爸赶紧跑过去关掉水龙头，对她说，姥爷给你讲一个水的故事吧。

"差不多40年前，姥爷负责筹建辽宁蛇岛老铁山国家级自然保护区时，大家吃住在岛上。淡水是用船运来的，谁都舍不得用。姥爷想了个省水的主意，让大家从工地回来先用海水把手上、脸上的泥冲干净，再用淡水擦洗一下；洗锅、洗碗筷也是先用海水冲洗，再用淡水涮一下，然后用布擦干。用过的淡水还留着浇地呢。"小外甥女托着下巴认真听着，然后大声说："我再也不浪费水了。"

我感叹道，那时候真不容易啊。爸爸说，可不是！基建的钱是当时国家环保局挤出来的40万元，"那时工资56元，40万元得挣600年。"爸爸说，当时上岛也难，坐个小舢板，晃得厉害，晕船晕得把胆汁都吐出来了，但人一辈子能有几个10年干活啊，得抢时间、拼命干啊。老天不负有心人，1980年8月6日，国务院办公厅发文将蛇岛、老铁山候鸟停歇站列为国家重点自然保护区。爸爸抬头看着那枚"从事环保工作三十年纪念章"感慨道："时间过得真快啊，30年弹指一挥间，咱们国家现在发展得多快、多好，所以只要大家心往一处想、劲儿往一处使，没有干不成的事儿。"

爸爸的工作作风、生活态度深深影响了我，工作中我从不喊苦喊累，也很注意节约。明年就要在昆明召开《生物多样性公约》第15次缔约方大会了，作为大会筹备工作的一名成员，深感使命光荣、任务艰巨。每当遇到困难，我就会想起那大海中的小舢板和岛上那一群连淡水都不够用的人。一代人有一代人的使命和担当，一代人有一代人的长征路，现在我已从爸爸手里接过"接力棒"。相信继承了父辈们艰苦奋斗、团结协作精神的我们，一定能完成举办一届成功的大会的任务。

家风与传承

生态环境部水生态环境司　陆谊

　　中国自古重视家庭，国家是中国特有的概念，国和家紧密相连，国由家组成，有国才有家；家是国的一分子，家和则万事兴。家风好，就能家道兴盛、和顺美满；家风差，难免殃及子孙、贻害社会，正所谓"积善之家，必有余庆；积不善之家，必有余殃"。良好的家风不易形成，家风的传承更需要代代相传。江苏扬州的个园是中国四大名园之一，园中有副楹联："传家无他法，非耕即读；裕后有良图，唯俭与勤。"优良家风家教的传承培育，既是国家社会的责任，也是家庭和个人的使命。那些看似平常简单、实则蕴含深刻道理的家风家训，给我们带来温馨、安定、抚慰和支撑，也带来保家进而卫国的责任和使命。

　　我的祖父出生于民国初年，青年时期遭受过饥荒、经受过战乱，却一直坚持完成学业，新中国成立后得以在上海从事医学工作。为响应国家号召，祖父毅然放弃了城市较为安逸的环境，来到当时贫困的苏北地区，支援当地医疗建设工作。我儿时印象中的祖父总是端坐在写字台前，一手翻着厚厚的书本，一手拿着放大镜，在密密麻麻的文字中沉思，每当这时我也无心玩闹，安静地玩着他教我的五子棋，生怕打扰到他。也许这就是我性格养成的起点。

　　父亲在我成长过程中说教并不多，但对我的影响却是潜移默化的，甚至在我心中，他在为人处世方面已成为我的榜样。父亲是一名基层公务员，平凡工作四十载，但在处理重要工作任务时领导总会首先想到他，但遇到争取奖励时他却又默不作声。为此没少挨母亲数落，他却只是回一句："你不懂"。那时候"酒桌文化"盛行，父亲却少有参与，连我都觉得他有一种被疏远的感觉，我甚至觉得有些自卑。直到偶尔听见父母交谈中出现"违纪""问责"这些当时不甚理解的词时，我才隐有所觉得。当我工作之后，每次回家时，父亲除了询问我工作情况外，说得最多的就是要我严于律己，看淡得失，那时我才渐渐理解了父亲当年的那些做法。

与父亲低调不同的是，母亲工作起来总是那样的风风火火。母亲是一名党报记者，在那个年代，新闻是靠记者两条腿跑出来的，加班和出差也是她工作的常态。受当时条件限制，从采访、写稿、排版、校稿到印发每一个过程母亲都亲力亲为，印刷厂浓浓的油墨味道也让我记忆深刻。我那时总是问她为什么那么忙，总是没时间带我出去玩。她的回答很简单：新闻不等人。即使现在已经退休十多年，只要报社有任何需要她参与的活动，她都会全力以赴地投入进去。正是母亲对本职工作的这份热忱激励了我，母亲如此，我有何理由不全心全意工作，以实干精神干事创业呢？

如今我也年近不惑，参加工作多年，对家风也有了自己的理解。我认为，家风的传承从来都不是靠说教来延续的，唯有以身作则形成良好的家庭氛围，才能将家风家教传承下去。这不仅是我的自我要求更是我的责任，所谓正人先正己，治国先治家；国泰民安乐，家和福自加。看着女儿一天天长大，我深感延续良好家风家教的重要性。结合社会主义核心价值观的具体要求，坚守和延续家风，使我们实现个人价值的同时，为社会进步、民族复兴贡献一份力量。

讲述家风故事，解开往事心结

生态环境部应对气候变化司　孙桢

如何写这篇家风故事，我思考了很长时间。

家庭对我的抚养和教育，在我印象中较为系统和深刻的主要来自我的父亲。在我的回忆中，父亲没有与我专门谈过廉政教育。倒是在我刚刚大学毕业分配到机关不久，父亲受本村企业请托的事项在我这里没有做成，而且是被儿媳妇的"软钉子"顶回去了，想必当时也是在乡亲们那里很没有面子。父亲自尊心很强，但也很自律，能守住清贫。自那之后直到去世，父亲再也没有向我提起类似的事情，对此我还总感到有一些愧疚。也许正是因为有了父亲树起的这个标尺，此后每当有亲戚朋友找我托关系办事，我内心里不自觉地就会有所比较，应对起来就多些决绝的底气。

最近注意到网上批评时下有的年轻人虽然家庭经济条件有限但是仍然潇洒起来大手大脚，总结为一句话，你只顾你的诗与远方，却忘了父母还在苟且。我换一个角度联想，正是因为父亲的自甘清贫，才有了我的廉洁从政。父亲是完全小学毕业，在当时算是农村的知识人。父亲毛笔字写得好，家里墙上有副对子，上联是"无欲常教心似水"，下联是"有言自觉气如霜"，后来加了个横批是"慎独"。每次回家过年与父亲闲坐，我总琢磨这副对子，但总没有好意思开口向父亲求教。后来网络发达了，在网上搜索了才得知，原来这是明末学者刘宗周所题，收录进清代的《楹联续话》，讲无欲则刚，直言正谏，其字有禅意，语警世人。其实父辈不光有含辛茹苦的"苟且"，他们也有诗与远方。他们的远方就是子女的健康成长，做人济世。他们的诗就是自律自尊，有时还需要守住清贫，耐住磨难。我想，我们坚持应有的操守，做好自己的事，就是延续先人的诗与远方。

如果不是把写好这篇家风故事当作任务，我也许还只会沉浸于对往事的忧伤，而不会放下包袱，平静心绪地讲述这段往事，重新发现平凡家风中的珍贵。所以非常感谢我部组织这样的活动，也愿以此作为我在廉政教育方面的一点分享。

做人要像站军姿

生态环境部土壤生态环境司　于跃

前段时间我整理房间，无意间翻出了儿时参加国庆五十周年大庆阅兵的纪念手表和书包，一晃 20 年了，但一切都历历在目。

那时我五年级，学校选拔要参加阅兵式的适龄儿童，要求身体素质好，一定要能站得住。"站得住"说起来简单，但对于小学生来说并不容易，那可是体力和意志力的考验。看着同学们因体力不支一批一批地被淘汰，我也有点快要站不住了，就在这个时候我的脑海里蹦出了一个名词"站军姿"。

我从小在部队大院长大，每天都会看到军人站岗站得笔直。父亲对我说："这就叫站军姿，做人也要像这样，站一时容易，能一直坚持才是真本事！"

炎炎烈日下，我想到军人们站岗的样子，自己又挺了挺胸站得更直了，凭着"站军姿"这三个字的魔力挺过了一轮又一轮的筛选。最终，我被选中参加国庆五十周年大庆阅兵，成为翻花阵队中的一分子。

经过岁月打磨，如今年过而立的我对当年父亲口中的"站军姿"的精神有了更深刻的理解：面对诱惑和干扰要坚守原则正直不动摇，遇到困难要用决心和毅力坚持到底！

每当外出采样背着仪器爬上五六十米的烟囱的时候，每当忍着恶臭在垃圾焚烧厂调试仪器的时候，每当因为经验不足起草公文总得不到领导认可心烦意乱的时候，就像当年那个烈日炎炎下站得笔直的十岁少年一样因为父亲告诫的"站军姿"坚持下来了。

现在我也有了自己的孩子，她正在晃晃悠悠地学站，小手紧紧地攥着围栏想要坚持多站一会儿。我想等她再大一些，我也会像父亲告诉我那样，告诉她什么叫"站军姿"，给她讲讲我参加阅兵的故事。

我相信她长大以后，也会把这个故事讲给她的孩子听。

两位王处长的故事

生态环境部固体废物与化学品司　　王欣

我从小在省直机关大院长大，父亲37岁时带着我从湖北省洪湖县调至省直属机关单位，夫妻两地分居多年，父亲从小小科员勤勉工作直至退休，一直在地方组织人事处工作，他清正廉洁的工作品格、勤勉较真的工作作风、守得住清贫的生活品格一直影响着我、激励着我。

机关大院家属楼最东边单元住着"管人"的组织处王处长，最西边单元住着"管钱"的财务处王处长，两位王处长年龄一样，两家独生女儿同班。

很多"消息灵通"人士知道，有困难找东边王处长，困难留下、东西拿走，有需求找西边王处长，东西留下、需求拿走。两位王处长一东一西，闹出了乐事。

我高一那年春节，一位叔叔提着大包小包敲开了我家的门，"王处长！给您拜年！"父亲微微带着客气迎客进门，照例东西是不能进门的，但架不住对方的高大和"缠斗"，只好让人和礼物一起进了门。来客满脸堆笑进行了自我介绍，大谈一番需求和好处，半个小时即刻过去，父亲脸色逐渐变化，这位同志所提及的人他一概不知，提起的前情因果也一头雾水，尴尬坚持 10 分钟后只得问一句"同志，您找的是我吗？王××（我父亲的名字）？"这位叔叔应是经人介绍而来，却不知"王处长"全名，点头称是："就是您呀，王处长！"父亲再问："同志，您找的是组织处的王处长，还是财务处的王处长？"来人脸色微变："我找的就是财……财……务处的王处长啊！"父亲如释重负笑道："同志，您找错人了，西边第一个单元里的才是你要找的王处长。"对方又窘迫又尴尬，满脸通红急退出了门，忽想起已强塞进门的礼物，又不得返，正是气急懊恼，父亲客气地将礼物还出了门外，一句"下次有困难再来，礼物却是不收"，便客气地握手告别了。

后面的事情就不得而知了，只是从那年春节起，每到春节就熄灯，来访的敲门不应、来电的电话不接，黑着灯看"悄悄话"版的春节晚会，成了我家独特的春节场景。父亲说，有困难的人平时来，有需求的人节时来，节日里避一避，避了嫌疑、正了人心。

这一句"正了人心"，却让母亲和我吃了多少苦！父亲一人带着年幼的

我先行调入武汉，我母亲却迟迟无法调入，母子分居多年，眼看母女分离、孩子夜夜啼哭，父亲才同意母亲来武汉，却不开口解决母亲干部身份，母亲帮人站过柜台、卖过灯泡，每月几百元在培训部做过临时工，机关大院便流传开"干人事的王处长，却解决不好老婆的人事"。

西边的王处长家，女儿和我同班，她家玩具多、零食多、幼时记忆中最深刻的是她家专门有一间屋子放"纸箱子"，酒香四溢，十分适合捉迷藏，我父亲听我描述后，严厉的阻止我再去她家，当时我十分不解，经常偷偷溜去。

一晃20多年过去了，两位王处长都要退休了，机关却只有一位副厅级名额。西边的王处长一辈子经营，终是获得了圆满，东边的王处长虽是惆怅，但也总念叨"公道自在人心，群众在民主测评里竟给我了满分，我这辈子也就值得了！"世事难料，不久后以一封举报信为导火索，扯出萝卜带出泥，机关一把手被查，而西边的王处长也因行贿受贿被抓，副厅级待遇戏剧性地落到了父亲头上，真是天降喜事！

父亲清廉一辈子，淡泊名利一辈子，他没有辜负群众，群众也没有忘记他。刻在记忆里的两位王处长的故事，每到春节就越发鲜明，教人永生难忘。

把群众的事当成自己的事

生态环境部核设施安全监管司　王德军

我父亲是一名普通党员，一生都在做普通的事，但他乐于助人，总是把群众的事当成自己的事，尽最大的努力为别人排忧解难，用实际行动为我们树立了家风榜样。父亲退休前在县广播电视局工作，主要任务是安装电视信号接收装置，让全县30多万生活在大山里的老百姓看上电视，通过电视了解外面的世界。县里最初用的是闭路电视，后来发展成了微波电视。微波电视的优点是信号强，传输距离远，画质清晰，但也有一个弊端，那就是需要在屋顶上安装室外接收天线，如果遇上大风天，室外天线被吹倒或吹折了，电视信号也就断了。而这种情况在山区是经常发生的，尤其是秋冬季节。为此，父亲经常到处奔波，四处"救火"。

记得有一年除夕，全家人围坐在一起，其乐融融地吃着年夜饭。那个年代，除夕夜最重要的两件事，一是吃年夜饭，二是收看春晚直播。突然，一个急促的电话打乱了这份平静。父亲接完电话说道："一个老乡家的电视天线被风吹倒了，我去帮他弄一下。"说完放下碗筷就往外走。全家人都很不理解，也很有怨言，"三十晚上还去啊？""明天再去不行啊？""让别人去弄吧？春晚马上开始了！"父亲没理会，抛下我们就走了，很快消失在了呼啸的寒风中。大概过了三四个小时或者更久，父亲终于裹着大风回来了。他两眼闪烁着胜利的愉悦，拍了拍身上的灰尘，对我们说："我们要看春晚，别人也要看春晚嘛！"

时至今日，我已经记不清那晚年夜饭的味道和春晚节目的情节，但我仍然清楚地记得父亲喜悦的表情和朴实的语言。他就是这样一个人，总是把老乡的事挂在心里，扛在肩上，风雨无阻，使命必达。2005年5月19日，我光荣地加入了中国共产党。当在党旗下宣誓时，"随时准备为党和人民牺牲一切"这句入党誓词使我突然理解了我的父亲。中国共产党的宗旨是全心全意为人民服务，群众路线是党的根本工作路线。践行党的宗旨，就是要传承好家风、好家教，把群众的事当成自己的事，解决好群众关心的突出环境问题，做一名让人民群众满意的生态环保人。

父爱的传承

生态环境部辐射源安全监管司　许前坤

　　父亲已经离开很多年，我对他的思念却从未间断。作为一名普通农民，他没有留下轰轰烈烈的事迹，只留下平凡朴实的点滴。这些生活故事饱含父爱，温暖我、陪伴我至今。我将其提炼成了 16 字家规讲给我的儿子听，希望他从中体会到做人做事的道理，把父爱传承下去。

　　小学三年级，我因考试成绩下滑被老师当众批评，感到既委屈又伤心。回到家，父亲引导我平静心情，分析试卷，针对发现的粗心大意问题，父亲用农活中的补种说明考试检查的重要性，并强调：倘若再粗心，也要挨打。这样的开导有很多次，让我渐渐明白了遇事先要静下心来查找原因，才能针对性地解决问题。如今，"粗心出错就挨打"也成了我儿子的口头禅。

　　小学四年级，快过春节了，父亲和母亲再次因为是吃"好"还是穿"好"争执起来，最后他们因为我一句"虽然穿得不好，但是肚脐眼遮住了"而笑了起来。在我的记忆里，父亲一直谦让母亲，但是在这件事情上，父亲却一直坚持要先让家人先吃"好"。他认为钱一定要花在刀刃上，该花的一定要花，不该花的一分不花。如今，虽然不用再在吃穿上取舍，但我告诉儿子勤俭的美德永远不能丢。

　　小学五年级，为了改善家里的经济条件，父亲也踏入了外出务工的大军，进入一家烟花厂任技术员。初中毕业的他早早就开始学习这门技艺，

127

并在家里开起了小作坊制作销售烟花。父亲多次给我讲穷则思变，只有知识才能改变命运的道理。正是靠着他开作坊和外出务工攒下的钱，以及后来母亲的艰辛劳作，我才能顺利完成学业。父亲自学的笔记本也成了我永久的回忆，并将激励着我和儿子不断学习。

小学六年级，听到父亲在工厂爆炸事故中去世的噩耗，顿觉昏天黑地，脑中只剩下与父亲相处的点点滴滴。葬礼来了很多人，大家都说父亲是好人，都为他的死惋惜、悲痛。父亲一直告诉我：男人必须要承担好自己的职责。他做到了，他是一个好儿子、好兄弟、好父亲、好朋友。我一直用父亲的言行激励自己，也告诉我的儿子要承担起自己的职责：好好学习、分担家务、尊敬长辈……

我会继续把这些故事讲给我的儿子听，也希望他讲给他的儿子听，将这些简单的道理传承下去。

这就是我的家风故事。

做一个温暖的人

生态环境部生态环境执法局　夏祖义

母亲的童年是不幸的，外公去世得早，外婆就在妈妈一岁多时把她这个家里唯一的女孩送给一个没有孩子的农村人家收养。然而，母亲又是幸运的，因为收养她的男主人是一个特别善良、特别温暖的人，总是尽他所能帮助身边的人。

母亲很好地传承了这种品质。在她长大后，帮村里的邻居干农活、做衣服是经常的事。后来跟我父亲结婚，因为父亲在国有企业工作，家里经济条件有所改善，接济条件差一些的亲戚朋友是经常的事。亲戚朋友来借钱，但常常一借就是许多年，到后来大多忘记了，即使没有忘记再还回来的钱已经不值钱了。

但母亲从来没有埋怨过，她常跟我和妹妹说，我们有困难别人帮我们的时候，我们心里是不是特别温暖？我们有能力帮别人的时候就应该帮一下，人与人相处都是相互的。

母亲希望我们做一个温暖的人。她的言传身教，让我也不知不觉地学着做她那样的人。记得小学二年级寒假过后开学的那天，村里的一个同学没钱交学费，准备辍学了，尽管学费只有几块钱。

我回家跟母亲说想把自己的压岁钱给那个同学交学费，母亲听后非常开心，还补齐了不足的部分给那个同学交了学费。我读高中时母亲身体不好，为了减轻家里的负担，高考时我报考了一所军校外语专业。学外语常用的收音机、录音机经常出故障需要维修，而军校里外出机会又很少。面对这样的情况，我自学了维修技术，义务帮学校里的同学维修，既给他们省了钱也节约了他们的时间。

四年里我几乎用了大部分的课余时间，义务为同学修理了数不清的收音机、录音机、耳机。虽然很辛苦，但我很开心，因为我的付出给得到帮助的人带去了一丝温暖，成了母亲希望我做的人。

后来我转业了，因机构改革到了原环境保护部环境监察局，到了污染防治攻坚战的最前沿。对于攻坚战，社会上有一些不正确的认识，认为攻坚战为了达到目的不惜牺牲一部分人的利益，尤其对于散乱污企业的整治更是如此。针对这一情况，我在每次培训班上都会再三强调，攻坚战一定要依法依规，保障企业的合法权益，对有望通过提标改造达标排放的企业，要依法督促其整改后继续经营。

同时，我动员攻坚专项办的同志们克服时间紧任务重的困难，建立申诉机制，认真倾听并合理采纳企业和基层干部的申诉意见，尽可能避免误伤一个企业，也让攻坚战更有温度。到生态环境部不到两年时间，因为大量审核材料，我的视力就从原来两个 1.5 变成现在的近视老花带散光。母亲看在眼里，疼在心里。但她知道我做的是温暖的事，因此是欣慰的。

专项办的工作是辛苦的，没有休息日，熬通宵是经常的事。专项办的同志多数是从地方借调的，都是全国环保大练兵的佼佼者，有的同志父母重病，有的孩子刚出生，但他们无怨无悔在专项办战斗。他们让我感动，也给我温暖。部党组十分关心这些同志，部领导经常看望慰问专项办，在他们挂职结束会给原单位发送表扬函。

我也尽我所能，在他们需要帮助时给予帮助。我把我的微信和电话留给每个人，让他们有困难告诉我，无论是工作上还是生活上，我都会尽量帮助解决。大家都愿意找我聊聊天、谈谈心。通过这种方式让他们感到温暖，以更好的状态投入污染防治攻坚战。

我愿意做一个温暖的人，温暖别人，也温暖自己。

"舍"与"为"

生态环境部生态环境执法局　刘冰

到北京借调学习一年，有幸参与到污染防治攻坚战最核心的战场中，无论对单位，对个人都是一种荣誉，也是一次难得的锻炼机会。可是，玲玲（我的妻子）已经怀孕 5 个多月了，来到北京，就意味着往后不能再陪玲玲去产检，不能再送她去上班，不能再陪她去上在职研究生的课，甚至还有可能会错过我们宝宝的降生，错过宝宝的成长。在我思虑纠结的时候，玲玲她一手捂着那微微隆起的小腹，一手拉着我，笑嘻嘻地说："老公，去吧，是组织认可你才给你这个机会呀，打好污染防治攻坚战，舍小家为大家嘛，为了绿水青山，加油，生态环保铁军！家里有妈妈和肚子里的宝宝陪着我呢，我能行的！"

"加…油…，生态环境铁…军…！"说完这一句，她偏过头，眼角泪开始顺着脸颊止不住地往下流。

坐在去机场的大巴车上，透过那厚厚的双层隔音玻璃，玲玲渐渐变胖的身影出现在车站出口转角的路边，她使劲地挥舞着那肉嘟嘟的小手，脸上露出了她一对洁白的小兔牙，眼眶里极力地噙着泪花儿，像是刚哭过，又或是想哭却还未哭出来，不停地向着车窗呼喊。虽然听不见她在呼喊什么，但我知道，她一定是在说，"加油，生态环保铁军！"

玲玲已经进产房，从昨晚开始阵痛，到现在已经 10 多个小时了，站在产房外，除了焦急和慌乱，不知能干什么，只有不停地在产房门口来回踱步，心里一直默念"加油，老婆！"下午 5：32，我们家小天使降生啦，6斤 2 两，健健康康。预产期的前一天，我请陪产假回来的，万幸自己能赶上这么激动人心的时刻。

小天使现在已经两个月大了，她慢慢地开始学习翻身，慢慢地开始熟悉这个世界，熟悉阳光，熟悉黑夜，熟悉妈妈，熟悉……，可是她想熟悉的爸爸在哪里？爸爸去参加污染防治攻坚战去了，正在污染防治攻坚战的核心战场与环境污染激烈战斗，等爸爸从核心战场回来的时候，从北京回去的时候，小天使就 7 个月大啦。虽然在她生命最初 7 个月的时光里没有爸爸的陪伴，但是她若知道在她未来的生命中将会有蓝天白云相伴，绿水青山相随，鸟语花香围绕。她会让阳光替她说，清风替她说，细雨替她说，"加油，爸爸！加油，生态环保铁军！"

舍小家为大家，"舍"一己之得失，"为"祖国之未来。陈奔、耿伟、孟祥利……多少生态环保铁军，为了打赢污染防治攻坚战，为了生态文明建设，为了美丽中国，牺牲在对战环境污染的战线上，他们舍了生命，舍了家庭。打好污染防治攻坚战，是咱们无数的生态环保铁军和他们背后的铁军家庭在付出，在奉献。打赢污染防治攻坚战，军功章，也有他们的一半！

家风，一种代代传承的力量

生态环境部国际合作司　刘传伟

家风存在于父母的一言一行中，是一种无形的力量，影响终身。良好的家风是父母留给子女的精神财富，是正能量的化身，它在潜移默化中涤荡心灵，塑造人格，代代传承。

记得很小的时候，我对于父亲的工作还没有太深的认知，印象中早晨起床的时候，父亲已经去上班了，运气好的时候能看见他骑车远去的身影。到了晚上，伴随我入梦的总是台灯下父亲奋笔疾书的背影和笔尖划过纸张的沙沙声。我上学以后，父亲在他的书桌旁边放了一个小桌子让我写作业。刚开始，我总是坐不住，刚坐下就开始东张西望或者悄悄溜走，这时父亲总是耐心地教育我，让我专心专注地做好事情。渐渐地，每天晚上台灯下的背影从一个变成了两个。后来我知道了父亲的职业是一名人民教师，正是由于他夜以继日的投身于教学工作中，以身作则，循循善诱，才使他所教的班每次考试成绩都非常好，为此曾多次受到表彰。家风的传承，不是三言两语的教导，而是身体力行的示范。之后父亲工作岗位几次调整，他仍然坚持踏实严谨的工作作风，事事做表率，展现了为人师表的品德风范。

家风是融化在我们血液中的内在气质，是沉淀在我们骨髓里的品格，是我们立世做人的风范，是我们工作生活的格调。直到现在，只要我们见面，父亲最常叮嘱我的就是"业精于勤而荒于嬉，无论做什么事情都要以严谨踏实的态度去对待，要持之以恒、坚持不懈，不要好高骛远、心浮气躁，唯有如此，才能明真理、成功业"。我时刻牢记父亲对我的教诲，脚踏实地工作，努力在工作岗位上展现自己的优良家风，实现自我价值，现在如此，以后更是如此，而且我会将这种优良家风传承给下一代。

作为环保工作者，努力让"山更青、水更绿、天更蓝"是我们义不容辞的责任。只有千万环保人传承家风力量，脚踏实地，担当作为，埋头苦干，才能打好污染防治攻坚战，才能更好满足人民群众优美生态环境需要。"路漫漫其修远兮，吾将上下而求索"，路在脚下，不负韶华。

妈妈留给我的宝贵遗产

生态环境部机关党委　孙洪林

说到家风故事，我首先想到我的妈妈。妈妈是普通农村妇女，活了84

岁，含辛茹苦把五个孩子都培养成大学生，都成为国家公务员；她一生清贫，没有财产，留给我的是受益不尽的精神宝藏。

妈妈教我学做一类人。小时候的一天，妈妈叫着小名对我说，人分三类：一类人用眼教，二类人用话教，三类人用棍子教。妈妈问我选哪类？我表示选一类。做一类人不容易，要读懂妈妈的眼神，比如同意的、不同意的，赞许的、反对的，批评的、禁止的等。经过一段时间用心观察、思考、体验，我终于学会准确领悟妈妈的眼神。妈妈一生没用棍子教过我，用话教的时候有，但不多。

妈妈教我学会过日子。我从 5 岁起跟着妈妈学做饭、学洗洗涮涮、学缝缝补补，很快学会干所有家务活。按妈妈要求，掉到地上的粮食要捡起来，剩在面板上的面要扫起来，用不着的东西要收起来。困难时，妈妈嘴边的话是"粒米不成面""成物不可损坏"。富裕后，妈妈常说的话是"靠山不可枉费柴，靠河不可枉费水"，告诫我永远不要忘记困难的过去。

妈妈教我养成好习惯。妈妈30 岁生了我这个长子长孙，但妈妈对我一点不娇惯，从小严要求。比如"站有站相，坐有坐相""懂礼貌""不爱小，人穷志不短""记着别人对你的好"等等，我都一一照做；比如"要定性""宁让身子受屈，不让脸上发烧""力气是常流水，越干越涌""吃亏就是吃福""惯子如杀子"等等，我都铭记在心并身体力行，连小时候妈妈教的书写姿势，我都保持到现在。

妈妈教我掌握好方法。小时候妈妈曾带我到城里的亲戚家串门，我的表现受到亲戚的夸奖。但我发现，亲戚家的小姐姐每次出门前都会与家人、客人喊一遍再见，这是我没做过的。离开亲戚家后，妈妈问我，"知不知道我要跟你说什么？"我说，知道。妈妈给了我一个赞许的眼神，接着说："留心别人的长处，学到手，就是本事，就有用处。"从这天起，我每次出门前都会跟妈妈说一声再见；从这天起，我领悟了"读无字书"的要领。

我从心底里感恩妈妈。妈妈生病住院，我与弟弟、妹妹轮流在床边照顾，直到妈妈去世。弟弟、妹妹说，"大哥你明显瘦了""大哥你头发白了许多"。我说，这时候，不掉几斤肉、不白几绺头发还叫儿女吗？

生而为人，务必善良

生态环境部机关党委 刘婕

我年幼的时候，妈妈在长途汽车站附近承包了一间小饭馆。那时改革开放不久，每天都有数不清的人背着大包小包，从这里出发，想要去广东搏出一个未来。

人流量多了，也吸引来一些杂耍卖艺的人。有一次，街边出现了一对兄弟，哥哥大约十来岁，弟弟只有七八岁。深秋的天气，两人却都打着赤膊。弟弟卖力地敲着锣，哥哥手里握着一把匕首，扯起嗓子喊："快来看啊，白刀子进，红刀子出，真人表演啊！"

人们聚集了一圈又一圈，不耐烦地催促他们赶紧表演。等到时机差不多时，哥哥举起匕首，大叫一声，猛地刺进自己手背，鲜血顺着手指不停地滑落。他拿出绷带，熟练地给自己包扎伤口。看客们则一哄而散，弟弟捧着大碗追着他们要钱，但要到的并不多。

卖艺结束后，兄弟俩走进小饭馆，点了两份快餐。我妈叹着气，问他们几岁了，哪里人，父母在哪儿。等他们吃完要付钱时，妈妈制止了他们，还把当天收银剩下的几十块钱送给他们，说："以后找点别的事情做吧，不要伤害自己身体。"

兄弟俩走后，妈妈对我说："世上可怜的人很多，没有父母的孩子尤其可怜，你以后见到这样的，也要给他们帮助。"

这是在我懵懂无知的年纪，上过的一堂深刻的人生课，至今依然记忆犹新。

我家附近的街边住着一位满脸皱纹的老婆婆，是个哑巴，每天佝偻着身子沿街捡废品，家里也堆满了纸盒子和罐头瓶。

哑婆婆对小孩子很凶，只要我们一靠近，她就拿眼睛瞪我们，挥舞手臂赶我们走。我们几个顽皮熊孩子偏偏喜欢招惹她，故意模仿她的表情和动作，逗她生气。

有一次我们闲得无聊，趁哑婆婆午睡时，捡了几个小石子扔到她家门板上。哑婆婆被吵醒了，站在门口冲我们哇哇大叫。妈妈当时正巧路过，二话不说就把我拎回了家。

一向脾气温和，从不训斥孩子的妈妈，这次发了好大的火。她说，哑婆婆没有子女，没有亲人，又有残疾，怎么能欺负这样一个可怜人？她还拿出一些糕点，命令我送去哑婆婆家，向她当面道歉。

妈妈是个普通人，不会讲什么大道理，也没有能力给我提供优良教育资源。但她的举止言行，就是童年的我最好的道德教材。

妈妈去世很突然，21 岁的我甚至来不及从北京赶回家见她最后一面。那时我对人生产生了深深的怀疑：都说好人有好报，为什么我的妈妈辛苦了一辈子，善良了一辈子，什么回报都没有，就这样走了？

直到有一天，我回到老房子收拾东西，街坊邻居们纷纷过来看望我，几个老奶奶像约好了似的往我口袋里使劲塞钱，说："你妈妈是个好人，以后有需要时尽管找我们，我们就是你的亲人！"

在那一刻，我才真正明白了善良的意义。

做人如写字

生态环境部离退休干部办公室　谷静信

我喜好书法，多年来一直坚持练习，后来参加过一些笔会、展览等活动，获过奖，在报刊上发表过书法作品，还为书法爱好者编写了讲义，讲授过书法课。回想起来，在我学习书法道路上取得的点滴收获，最应该感谢的是我的启蒙老师——我的父亲。

我父亲没上过几年学，却写得一手好字，是村里很有名望的老先生，谁家办喜事写楹联，办丧事写挽联，都要请他去写。到了春节前夕为乡亲们写春联，常常忙得顾不上吃饭。我从小就喜欢看父亲写字，帮父亲扶纸添墨，还常用手指比画着父亲的书写动作。后来父亲看我对写毛笔字有兴趣，就从如何执笔，如何保持正确的书写姿势开始，一点一滴地教我学习写毛笔字了。

父亲在教我学习毛笔字的过程中，给我讲述了当年他刻苦练习写字的往事，那个时候家境不宽裕，买不起笔墨纸砚，就自己绑制麻刷当笔，蘸着清水在石板上写字。有时就随意找个树枝在地上练字，几乎天天不间断，就是农忙时节，也要在收工后练上一阵子。父亲讲述他的练字过程，是要我增强学习写字毅力，并特别强调要在写字的工整上下功夫。他曾多次对我说："做人如写字，必须要端正。一个人倾斜了就站不稳，一个字歪斜了就很难看，一定得纠正过来。"每当我写完一幅字，父亲都要认真批改，并端端正正地给我写字帖，让我临摹。

父亲的言传身教，不仅对我学习书法很有启发，而且对我的自身修养影响颇深。我从上学到参加工作，始终保持着练习书法的兴趣，先后临习了楷、行、隶、篆等多种书体，并认真学习了有关书法的理论，懂得了书法的法度和要领，逐步地把对写毛笔字的认识提升到了书法艺术的高度。但是父亲的启蒙教导，始终像一盏明灯，引领着我对书法和对自身修养的追求。"做人如写字"，这简单的五个字，成为我学习书法和为人做事的座右铭。写字如同做人，做人如同写字。常言说"字如其人"，写字和做人是一脉相承的，学习书法既能够提高书法素养，又可以培养严谨踏实的学习态度，同时对一个人的意志品质和道德情操也起着潜移默化的作用。多年来，每当我遇到困难时，想起父亲练习书法时的情景，就增强了克服困难的韧劲；在生活和工作中无论遇到什么问题，想到"做人如写字"，就会严格约束自己，提醒自己坚持原则，端端正正做人，认认真真做事。

"刻蜡纸"的哲理

生态环境部第二次全国污染源普查工作办公室　毛玉如

现在的办公条件越来越好，对于在工作中经常使用电脑和打印机的人来说，文件复制需要经过"刻蜡纸"这一环节可能没有听说过，也没有体验过。在 20 世纪 80 年代，如果需要复制两三份文件，不想抄写的话，可以用复写纸来实现；如果想要更多的份数，就必须刻制蜡纸，然后油印印制。

我妈妈是中学数学老师，每学期都要上两个班的数学课并担任一个班的班主任。小时候，我经常在家里见到妈妈"刻蜡纸"，从一个硬纸盒里取出蜡纸，垫上一块钢板，用一支专用的"铁笔"，一笔一画地在上面写字，当发现有写错的地方，妈妈就点根火柴，待火柴头烧完之后吹灭，然后迅速将这个火柴头靠近蜡纸上写错了的地方熏一下，等写错地方的油蜡融平后重新再刻。我看着很好玩，也想尝试着刻一下，妈妈拿出一张旧蜡纸让我来刻，这蜡纸摸起来涩涩油油，滑腻腻的，上面有暗格，还有一股好闻的香味，我拿起"铁笔"就写，不曾想刚写出两三个字，一使劲笔尖一划将蜡纸弄破了，再往下写时就只能少用点劲，搞得有点手忙脚乱。妈妈见到我窘迫的样子，就语重心长地对我说，不要小看"刻蜡纸"这件事，这是考验一个人做事是否有耐心有毅力的细心活儿，需要坚持一股韧劲，力量的大小要恰到好处，劲太小蜡纸会刻不透，油印出来看不清楚，劲太大会刻破纸，油印时会漏油墨，刻字的时候更需要认真，做到一丝不苟，不能连笔，只能公公正正地写正楷，是投不了机取不了巧的。没想到，原来看似十分简单的"刻蜡纸"，竟然蕴藏着做人做事的朴实哲理，妈妈这一席话深深影响着我对待学习、工作、生活的态度。家庭生活中，妈妈不仅操持家务，照顾老人和我们，还经常需要在晚上和周末的时候在家里备课、批改作业，爸爸在军工厂工作，更需要认真细致，不能出一点问题。从小受父母的言传身教的影响，我养成了勤奋认真做事的习惯，严格要求自己，力求把每件事情做好。

全国污染源普查是重大国情调查，十年开展一次，一次进行三年。笔者很荣幸，两次普查都直接参与其中，在普查工作中，"刻蜡纸"的哲理时刻指导我苦练基本功，对待每一项工作、每一件任务，都始终坚持认真负责、严谨细致、力度适当、持之以恒的原则，在本职岗位上践行"严、真、细、实、快"的作风，受益匪浅。

在工作中发现和体悟良好家风

生态环境部机关服务中心　彭德富

不久前，我赴宝鸡市参加大气监督帮扶工作，进村入户调研"双替代"进展。在与一位村民拉家常中感受到他良好的家风，我深受教育。

10月18日下午，走进陈仓区香泉镇杜姓村民家中，听他说与老伴刚刚从外地回来，就从村上领到了"双替代"项目发放的电炊具、电暖具。我顺口问他从哪里回来的。他说，9月初他带领53个村民去内蒙古自治区帮人捡土豆，来回40天村民共收入15万余元。我称赞他有办法，能为村民找到挣钱的路子。他说孩子在城里上班，自己种的粮食蔬菜吃不完，还种一亩二分地花椒，仅卖花椒就有1万多元收入，日子还不错。但是，光自己一家日子好过不算啥，身边村民都好过才算发展。所以，他通过熟人四处寻找年纪大的村民也能干的活，为大家增加收入。今年已是他第三次带领村民集体外出务工。听着他平实的话语，我不由得崇敬起这位老大哥。

看到他家大门上钉着"光荣之家"牌子，我又问家里谁参军。他说自己和儿子都当过兵。儿子是共产党员，现在城里电厂上班，工作很忙，很少回来。儿子参加工作后第一个春节前，他嘱咐儿子："家家户户过年都要用电，电厂可不能出问题，你在单位好好上班。你工作干好了，家家户户年过好了，我们家年就过好了。"自从儿子参加工作以来，每次过年都在单位值班，结婚后，先是儿媳自己回来，这两年儿媳带着孙子回来过年。

这位大哥不简单，我打心底里佩服他。自己日子好过了，还为其他村民四处打听挣钱的机会；教育儿子爱岗敬业，让他年年春节安心在单位上班。他们优良家风传承得很好。我对他说："共产党的宗旨是为人民服务，千方百计让大家的日子一天比一天好。你处处为大家着想正是在为人民服务，你的觉悟很高。"他笑着说："部队就是这样教育我的。"这次走访发现了杜大哥良好的家风，是工作之外的一大收获。

离开杜大哥家后，我脑子里一直回想着他的话："自己一家人日子好过不算啥，身边村民都好过才算发展""家家户户年过好了，我们家年就过好了"。一位 63 岁的农民尚且有这样先公后私的思想境界，作为一名党员领导干部，我更应当心里时刻装着群众，夙夜在公，为民服务，为国尽力。

不要慢待任何一个人

生态环境部华北督察局 刘传义

2002 年 6 月，我确定毕业留校并开始了实习。父亲反复嘱咐我，要工作了，在办公室的时候，一定要对来办事的人态度好。有人来了，就站起来，冲人家笑一笑，再给人家端一杯茶。尤其对那些衣着朴素的人，更要如此，不能另眼相看。

不要慢待任何一个人，这是父亲一直遵循的一个原则，也和他一次经历有关。父亲幼时家境贫寒，爷爷早逝，因家贫他没有上学，至今只会写他的名字。20世纪80年代，父亲成了个体户，跑业务过程中受了不少气。他说过一件事，当年他跑业务时，所有的单据都靠单子的样式、尺寸大小来区分。在去县城要一笔钱的时候，对方欺负他不识字，看着他在包里翻来翻去，就不告诉他哪张是对的单子，结果他又花几个小时坐车回家找。等我放学回来，从包里找出那张对的单子，他气得很长时间说不出话来。要知道，那时候我家离县城50多公里，大都是土路，一天只有一次班车。父亲后来经常提到就因为这件事，让他坚定了教育我和哥哥要善待他人的理念，更坚定了砸锅卖铁也要让我和哥哥读书上大学的念头。

现在每次我和哥哥回家时，他在和我们聊天时，还是千叮咛万嘱咐，对人一定要态度好，不要随意给别人白眼，不要慢待任何一个人。

不要慢待任何一个人，这是父亲的待人接物的原则，也是我们的家风传承。时至今日，我和哥哥虽然没做出什么大的成就，但都在各自单位兢兢业业地履职尽责。我想，这正是父亲的这个理念对我们影响的结果。而我也将会把这个理念毫不保留地传授给女儿，让她在人生的道路走得更正、更远。

父亲的嘱托

生态环境部华北督察局　李东林

"做工作要公平公正，要对得起良心""保护好身体，做事要老实"，每次和父亲通电话，这样的嘱托一定是他说的重点。

离上次去看他已有近一年时间。父亲作为近 80 岁的老人，饱受病痛折磨，轮椅上的他，却总是强撑着说"有你姐姐照顾，我很好，不必挂念""要好好工作"。因为工作原因，我能回去看望他的时间很少，近几年来，越来越强烈地感受到，随着他步入暮年，生活圈变窄，面对身体衰老和病痛，对子女十分想念，却担心过多联系会耽误我工作，总是把思念默默放在心里。每逢回老家探亲，看到他步履蹒跚，忍受着痛苦却装作精神饱满，询问我的工作和生活，心里都是百感交集。

回想父亲年轻时，为人和善，几乎从来不发脾气，而且工作勤奋，正直得近乎古板。特别是他面对利益纷争时，他总是选择隐忍，总是对我们说"我们让一让吧""吃亏是福""做事对得起良心就好"，这和父亲的生长经历不无关系。我的父亲从小家庭贫困，他一直品学兼优，在他读大学期间，一度计划辍学回家帮爷爷奶奶干活补贴家用，由于学习成绩优异，学校为他免除了一切费用，还破例发了少许生活补助，才使得父亲顺利毕业。但遗憾的是，他当时再没有经济能力读保送的硕士研究生。但也正因为如此，父亲分配工作后遇到了母亲。于是，他总对我说，"人要懂感恩，你们都要好好工作、好好努力、多做好事，如果当时没有组织帮助，我哪能读完大学，也遇不到你妈妈，现在不一定在哪里呢，哪还能有你们呢。"

父亲是标准的唯物主义者，更有着传统中国人特有的老实中正。与人为善、"对得起良心"是他做事的原则，也是教导我做人的重要标准。记得多年前他对我说，现在确实有些投机钻营的人，但是我们切不可那样，做人要老实，你做每件事的时候，都要想想是不是对得起单位，是不是对得起大家，是不是对得起自己的良心。如果做事表面上一心为公，心里藏着私利，也许现在大家不会说你，但你要想到日后大家会怎么看你，群众的眼睛都是雪亮的，千万不能走歪路啊。父爱如山，虽然他身体孱弱、病痛缠身、自顾不暇，但在精神上一直是我面对困难时的心理支撑和强大后盾。

小故事背后的家风魅力

生态环境部西北督察局　杨永岗

一个小故事，三年前的一幕，但我至今仍记忆犹新，历历在目。

年三十早上要吃隔年饺子，是晋北地区的传统风俗，也是过年系列大餐的第一顿，羊肉胡萝卜馅儿是"约定俗成"的标配。没想到的是，那天老母亲竟然把饺馅儿改了，变成土豆丝炒地皮菜，我没忍住"啊"了一下，心里直嘀咕，一年忙到头，好不容易带孩子回来过个年，用素饺子"招待"，未免也太不"热情"了吧？但没敢说出口。母亲似乎早就看出了我的心思，"吃哇，你不是搞环保的吗？咋？一顿素饺子就不行了？"她半开玩笑半认真地望着我们，"现在羊群大，对山坡破坏很厉害，你看那些山羊能把草根也刨出来啃掉。"母亲没啥文化，字也不识几个，但她平和的语气，朴素的想法，真实的行动，极大地震撼了我。后来，每每和孩子聊到这个话题，依旧充盈着浓浓的暖意，满满的感动，深深的亲情。

提起笔来写家风故事，满脑子有很多很多值得记下来的东西，尽管都是些日常的家务琐事，却无论哪一个小片段都让你入心入脑，难以释怀。自打记事起，没听母亲讲过大道理，但她其实心境很高，总是做出

个样子来给我们看。母亲的一言一行、所作所为一直在影响着我们：自己的日子过得再紧巴巴，逢年过节也要送些好吃的东西给"五保户"和孤寡老人；父亲在外地当老师，她一个人忙里忙外，一天忙下来再累再晚，也要把家收拾得干干净净才休息；即便是家里的自留地，也能把边边角角种得满满当当，而且不同种类的庄稼套种得恰到好处；母亲的针线活做得麻利，但越是临近年关她越是在给左邻右舍帮忙，我们总要等到年三十才能穿上新衣服；从她那里没听到过张家长、李家短的闲言碎语，都是别人有多好多好……

小故事解释世间大道理，小家风成就社会大气候。十遍夸夸其谈，不如一次实实在在的言传身教。越是社会发展快，越需要好风气的跟进。每一个家庭也要有责任和担当意识，用一个个好家风汇聚成全社会新风尚，让每个孩子都成长为对社会有用的人。

家风润物细无声，在传承中历久弥新。

节俭的母亲

生态环境部东北督察局　扈黎光

母亲不在了，我常常回顾她陪伴我们走过的日子。即使现在想到某些场景，我仍觉难以忘怀，其中让我印象最深的就是节俭。

她在食物上节省。小时候，夏天高温，饭很容易变馊。在饭桌上，我经常与母亲就饭是否已经变馊而发生一些争论。那时候家庭经济困难，饭食即便有些变质，也舍不得倒掉。大部分轻微变质的饭食，都被我们分吃掉了，而一些变质比较严重的饭食，都成了母亲的"专享"。

她在穿衣上节省。小时候我和弟弟穿的衣服，都是母亲缝制的。母亲把收集到的各种边角布料拼凑起来，物尽其用。我和弟弟所穿着的棉袄，就是母亲用大大小小、五颜六色的布料拼凑缝制的。穿着花棉袄，不小心被邻居们看到了，都说我的母亲真会过日子。

她在用品上节省。去年，母亲得了严重的肺病，卧病在床。我们将卷纸一片一片撕下，放在她的手边，以便擦拭使用。但我发现她每次用纸，都要将一片纸再撕开，分解为更小的纸片，以节省纸张。她的手已经干枯，没有一点力气，撕开一小片纸，似乎要耗尽她全身的力气。在人生的最后一刻，母亲用节俭诠释着她努力奋斗的一生。

现在想想，母亲的节俭是有些过了，她的健康的恶化，与她过于严苛的生活方式不无关系。但正是这个节俭的精神，帮助我们度过了特定的物资匮乏的年代，完成了我和弟弟的教育、就业、成家等关键的人生大事。母亲不在了，但她节俭的精神一直激励着我的家庭，让我也养成了节俭的生活习惯。"咬得菜根，百事可做"，只要保持这种不畏艰险、攻坚克难的精神，家庭的扁舟就不会为变故的巨浪所摧毁，我们的生活就会越过越好。

父亲的爱

生态环境部华北核与辐射安全监督站　马桦

父亲祖籍山东，生的高大英俊，性格温润如玉，充满爱心。他对国家、对党和领袖、对身边亲人的爱，润物细无声般地影响着我，造就着我，使我终身受益。

父亲 1948 年参军，朝鲜战争爆发后，他背着奶奶，第一批入朝作战，保家卫国，成为中国人民志愿军的一员。我们姐弟小的时候曾问他，"您是军区作战参谋，又不上前线，是不是不怎么危险呀？"他回答说，"美帝国主义的炮弹可是满天飞的，毛主席的儿子毛岸英同志都被击中，光荣牺牲了。"我们又问他怕不怕，他说仗打红了眼，是真的不怕死了。他还告诉我们，从炮弹飞行发出的声音就可以判断距离的远近。炮弹远，该干嘛干嘛；炮弹近了，就赶紧跑进防空洞躲一下。但有一次夜宿朝鲜人民家中，美国鬼子的炮弹把他掀下了炕，真的经历了生与死的考验。

父亲是新中国成立前的大学生，"文化大革命"期间，受同学问题的牵连被隔离审查了半年，后来又被下放到车间从事重体力劳动，但他从没有为此在家人面前发牢骚。一年春节，表哥结婚，父亲喝了很多酒，醉了，哭了。人们都说酒后吐真言，但无论大家说什么，他就是反反复复一句话，"毛主席就是好"。他的一生对党和领袖的热爱是始终不渝的。

1976 年唐山大地震，老叔家 5 口人就剩下了 4 岁的堂弟。国家为了抚育地震幸存的上千名孤儿，在河北省省会石家庄市建设了"育红学校"，小堂弟原本可以送到那里。但父亲和母亲还是毫不犹豫，火速赶到唐山，第一时间把小堂弟接到了北京我们家中。那个时候，我们的姥姥还健在，加上我们姐弟 3 人，一家 6 口，住房和经济条件都不宽裕，而且父母也都是奔 50 岁的人了，但他们义无反顾，承担起家长的责任，骑自行车送小堂弟上幼儿园，上小学，开家长会，直到他大学毕业，娶妻生子，付出了与对亲生子女一样的爱。

父亲是旧社会的知识分子，也是新社会党的干部，他的内心充满了家国情怀。对于身边的人和事，他从不斤斤计较，不大发雷霆，更多的是施以援手，微笑面对一切公与不公。晚年作为离休干部，党和国家给予父亲非常优厚的待遇，他的牺牲和付出得到了充分肯定和回报，这使他感到非常欣慰，非常满足。

身教重于言教，受父亲的教育和影响，我自己在工作和生活中也秉持了一个"爱"字，爱岗敬业，相夫教子，努力付出，不计较个人得失。事实上，在奉献事业和家庭的同时，也成就了自我，收获了个人成长进步和家庭、爱情、亲情。

为了崇高的核事业

生态环境部华北核与辐射安全监督站　沈力强

1964 年 10 月 16 日下午，中国北方一个普通的农家小院中，一名回乡探亲的司机，在炕头摆弄着自己组装的电子管收音机，这个用小木板装出来的收音机音质并不太好，司机需要不断拍打机身，才能听到断断续续的广播声。

突然，司机从炕上跳了下来，高呼："毛主席万岁！毛主席万岁！"

当时，他身边的人，都完全不能理解这个40多岁的男人为什么突然变得如此兴奋，包括他的妻子在内，都觉得这个人有些疯癫。

这件事情，就真实的发生在我家中，这名司机，就是我的外祖父，他在收音机里听到的是我国第一颗原子弹爆炸的消息。

外祖父长年工作在新疆核试验部队中，虽然只是一名普通的汽车兵，但祖国的核事业，在他的心中，是无比崇高的，部队中的各项命令包括保密条款，都必须无条件执行。这也是为什么，他的亲人，包括我的外祖母，都不能理解外祖父那一刻激动的心情，甚至他们一直都不清楚外祖父从事什么工作，因为那是当时每一个从事核事业的人必须遵守的保密规定。

祖国的利益高于一切！祖国的核事业无比崇高！

后来，我父母也在核工业系统工作，父母亲工作的单位当时被称为野外队，四处钻山沟为国家勘探铀矿资源，他们也是在普通的岗位勤勤恳恳工作了一辈子。90年代地质行业普遍不景气，许多人离开了单位下海谋生，但父母都选择了坚守，他们常讲给我听的一句话就是"国家是需要原子弹的，国家是需要我们的。"他们这一坚持，就是四十年，四十年，把年轻的小伙姑娘熬成了白发苍苍的老人，熬过了曾经最艰辛的岁月，迎来了祖国核事业的新时代。

再后来，我也进入核安全系统工作，虽然转为从事民用核安全工作，我依然怀着对祖国核事业的崇拜与敬畏。第一次到核电厂现场，站在核岛安全壳面前，立正，敬礼，既是为高大的核电厂厂房所震撼，更是向两代先辈致敬，替他们看一看祖国核事业发展的最前沿，替他们看一看曾经为之奋斗的事业所取得的成果。我暗暗对自己说，一定要为祖国的核安全事业贡献自己的力量。

今年"十一"，献礼影片《我和我的祖国》上映，我拉上父母，带上一岁多的女儿，一同走入影院，当放映到《相遇》章节中蘑菇云腾起的时候，我看到，在父母的眼中噙满泪花，女儿虽然不太能看懂，这时也似乎受到了震撼，目不转睛地盯着银幕。

核工业流传着一句话——"献完青春献终身，献完终身献子孙"，在我家，对祖国核事业的感情绝不仅仅只是奉献，更是崇高的热爱。

"奶奶生气了"

生态环境部华北核与辐射安全监督站　孙兴见

入夏的早晨，太阳早早地探入屋内，照在餐桌上，散发出强烈的热度。十余岁的儿子照例被闹钟叫醒，睡眼蒙眬，洗漱吃饭，漫不经心地进行着上学前的准备。奶奶一早准备了早饭，并关心地提醒儿子吃鸡蛋、喝牛奶。"要你管！"儿子显得不耐烦，并随口说出了一句让人震惊的话。奶奶愣住了，我也愣住了，局面有点尴尬。为了赶上课时间，奶奶没有说什么，悻悻地走开了，我也没说什么。

下班回到家，看到奶奶眼圈红红的，看到儿子就想躲闪。我才意识到，奶奶在哭泣，儿子早上说的话严重伤害了奶奶的心。来到里屋和奶奶沟通才知道，奶奶认为儿子已经是十多岁的大孩子了，应该懂事懂规矩了，奶

奶一方面为孙子不理解自己的好意而伤心，另一方面为我们对儿子的管教而担心。奶奶没读过书，但奶奶认一个"死理"，小孩子要走正道、懂事理、讲规矩，我能够从贫困的农村考上大学并留在大都市工作生活，与奶奶从小严格要求锻炼的良好习惯是分不开的。我意识到了问题的严重性。

陪伴儿子渐渐长大，经常教育他要文明礼貌，一起学习《弟子规》中做人做事的道理。也许是平时玩耍和玩笑的原因，儿子对道理规矩并没有真正理解，在碰到烦躁焦虑的状态时，还不能控制自己的情绪。奶奶平时生活在老家，因为妹妹的出生，奶奶放下家里的农活来帮忙。儿子和奶奶相处时间少，内心的亲密程度不够，觉得奶奶有些"唠叨"，在接受奶奶的过程中还有些小情绪。我们对儿子的教育还不够深入，在理解家人亲情关系方面还不够，在控制个人情绪方面还不到位，儿子还有些随性。

出了问题就要面对，我决定以此为契机，加深对儿子的教育。奶奶是对的，规矩意识就是要克服随性的感觉。我从几个方面给儿子讲清了道理，说清楚了奶奶为什么显得"啰唆"，理解了动机和出发点，儿子懂了。最后决定，我带着儿子给奶奶道歉，通过这样的仪式来进一步强化规矩意识和知错就改的勇气。在多方鼓励下，儿子终于鼓起勇气走到了奶奶的面前，说了声："对不起，奶奶，我说错话了。"

事情就这样过去了，但后来我发现儿子变了，喊"奶奶"更加果断了，和奶奶说话更加主动了，尤其是交流时有了更多的目光交流，尊敬长辈等规矩意识在儿子的心中树立起来了。在奶奶面前，我和儿子都收获了成长，奶奶朴素的家风要求要好好坚持和延续，同时结合读书学习的新知识而进一步发扬光大。

家庭是孩子走向社会之前的第一演练场，规矩是过往经验教训的总结。随着儿子的成长并逐步走向社会，相信他能够更好地接受和遵守各方面的规矩，少走弯路，走好自己的人生路。

难忘家风

生态环境部华北核与辐射安全监督站　宋翔翔

　　我家住在井冈山腹地，这里民风淳朴、家风纯正，我深深热爱着这片生我养我的土地。

　　红薯记忆。我的父亲是一名党员，地道的中国农民形象，当过6年兵，退伍后一直与田地打交道。"日出而作，日落而息"是他的生活轨迹，勤劳与节俭是他的生活本色。他一直教导我们，无论日子是贫穷还是富贵，都要懂得勤俭持家、细水长流。

　　记得幼时，最紧缺的就是大米，红薯是家里的主粮，而我最讨厌吃的也是红薯。有一次，家里的米没有了，只剩早上没吃完的半碗饭，母亲怕我饿着，便在碗里盛了几块红薯。看着碗里的红薯，我瘪了瘪嘴，偷偷地把红薯夹起来，丢进猪食桶里。这一幕被父亲看在眼里，他语重心长地说："娃儿啊，一粥一饭当思来之不易，半丝半缕应念物力维艰。你吃的这些都是用汗水换来的呀。"父亲一边说着一边用筷子夹起了被我扔进猪食桶的红薯，用清水一冲，放进了自己的碗里，不动声色地吃着。看到父亲的举动，我感到一阵羞愧，脑子里浮现出他起早贪黑，勤种抢收的场景。从那以后，我渐渐养成了爱惜粮食、勤劳节俭的好习惯。

　　空一顿不要紧。我的母亲是个善良的农家女人，见不得伤心人、伤心事。但凡别人有困难，她总是想方设法地去帮，否则她会好几天都睡不着觉。

我清楚地记得 9 岁那年夏天的一个中午，我们全家吃中饭的时候，门口来了一个衣衫褴褛、披头散发的女人，我吓得躲在母亲身后。母亲摸摸我的头，笑着说："莫怕，只是个要饭的。"只见母亲往自己的碗里夹满了菜，送到那个女人的手上，说着"吃吧，吃完了把碗也带着，以后讨饭也方便。"那时候粮食都不够吃，每顿饭都是小孩一小碗，大人一大碗，锅里便再没有多余的了。看见母亲把自己仅有的一碗饭给了别人，我噘着嘴嘟嚷着："妈妈，你把饭给她了，那你吃什么呀？"母亲看着要饭的女人说："我空一顿不要紧，这人也不知道多久没有吃饭了，你看她多可怜，我们是不是应该帮助她呢。"我这才仔细地端详起那女人，眼神恍惚、瘦弱不堪，着实可怜，便壮着胆子走到她面前，将自己的饭也倒进了碗里，学着母亲的语气说道："吃吧，吃吧，吃饱了就不想家了。"母亲乐善好施的形象在我幼小的心灵里留下了深深的烙印，并随着我年龄的增长，阅历的丰富变得越发深刻、难忘。

感谢我的父亲母亲，在物资极度匮乏的艰难岁月里，他们的言传身教赋予了我丰富的精神财富，让我置身于良好的家风氛围中成长成熟、成人成才。

用朴素家风滋润涵养中华传统美德

生态环境部华北核与辐射安全监督站　闫继锋

朴素良好的家风，是滋养全家生活、学习、工作作风的天然土壤。

孩子外祖父、外祖母从事教育工作，特别是外祖母，作为一名受人尊敬的中学党支部书记兼校长，工作雷厉风行，后因积劳成疾倒在了工作岗位上，追悼会时数千人送行。外祖父常对我讲起她工作和生活中积极、豁达、乐观、奉献的事迹：工作恪尽职守，家庭教育严肃认真。正是由于在工作、家庭中的突出贡献，她荣获了全国妇联"全国百名好家长"称号。

　　记得孩子 5 岁时有一次全家开车外出，岳父和我及夫人正在交流当天的日程安排，孩子坐在系好了安全带的儿童座椅上，不停地要零食要水。一开始，我们觉得活泼爱闹是孩子的天性，并没有制止，只是简单告诫先等我们说完话后再照顾他，没想到他并没有听进去，反而开始小胡闹，要求大家"先和我说！"

　　这时，外祖父停了下来，一改平日里慈祥的模样，很严肃地对他讲："是不是觉得我们一时没关注到你，就开始故意胡闹了？"孩子看到外祖父真的生气，有点委屈，我和夫人也略感震惊，这么小的孩子能听懂吗？我们没有出声。外祖父继续说："小朋友要有礼貌，慢慢说话，特别是当看到大人在说话时，应该等一会儿再提自己的要求，做个懂礼貌、明事理的好孩子！"

　　外祖父在接下来的路途中继续因势利导、循循善诱，终于在孩子幼小的心灵中种下了一个符合中国传统的老规矩：大人说话时小孩子应该学会倾诉。讲清楚了道理，孩子很快就认识到了自己行为的不妥：不能对人不礼貌、不尊重。不仅主动及时认错，并且在返程途中，自觉等大人讲完话后，才轻声问自己可不可以讲话。

　　外祖父用自己的方式讲解了《论语·里仁》中的"君子欲讷于言而敏于行"和《论语·学而》中的"敏于事而慎于言"，耐心而细腻地让外孙子接受了春风化雨的教育和爱。孩子虽然小，但这样的一课却给他留下了深刻的印象，经常将其中的道理与其他的小朋友们分享。

尊重他人、把握分寸、懂得规矩，家庭是代代传承中华传统美德最初最好的课堂，通过这种形式，孩子们懂得了家国天下，小事情中蕴含大道理。

在那遥远的地方

生态环境部华东核与辐射安全监督站　徐挺

20 世纪 60 年代，我的父母从大学毕业分配到上海工作，到了 70 年代初，为了国家的军工事业，父母响应党和国家"支援三线建设"的号召，带着我和还在襁褓中的妹妹，踏上前往云南昆明的火车，历时三天四夜，又转乘汽车，终于到了云南省安宁县远郊的一个偏僻的小山沟——箐门口。

当时的山沟全是山，并没有路，就是这样的一个宽度不足几十米的"夹皮沟"里，沿山建起了简易的家属楼、研究所办公室和附属工厂厂房，绵延了十几里的小山沟，成为我这代人成长过程中最值得怀念的地方。

当时的各项条件都很艰苦，衣食住行都成问题。尤其是孩子们，因为地处高原且山沟里每天能晒到太阳的时间只是从上午 10 点到下午 2 点，很多孩子的心脏都不同程度受到损伤。妹妹出生在江南，2 个多月的时候就来到海拔 2 000 多米的云贵高原。后来我先离开了山沟去外婆家，而长期在沟里生活的妹妹像其他许多孩子一样患上了心脏方面的疾病。还有许多叔叔阿姨们为了工作，将孩子放在山沟外的老人那里，一放就是十几年，为了工作他们牺牲了对孩子的陪伴。

155

我曾经问过父母：你们在山沟工作那么长的时间后悔没有？他们沉思之后回答我说："没有，那是国家需要！就是觉得苦了你们这些孩子"。一语道出他们：投身国防，奉献青春，无怨无悔的精神。

我后来工作后，每每和父母交谈到工作方面，他们总是一次次督促我：要好好工作，做一个对国家和社会有用的人。记得2010年原工作单位选派赴长城站担任站长的人选在临行前突发疾病不能成行，组织上找到我征求意见，当时正遇上父亲因为血栓住院，我心中有顾虑。父亲一句"以工作为重，单位需要你，你就必须去，我们在家什么都可以解决"，我义无反顾地赴南极，完成了驻守长城站一年的工作。

父辈们用他们的实际行动潜移默化地影响着我，使我终身受益。最近得知山沟建设的水库已经开工了。今后，山沟将永远尘封于水下，而山沟岁月会在我的心里永存！存下一草一木，存下上一代人的精神！

和风细雨，家风的力量

生态环境部华东核与辐射安全监督站　倪响

"你知道何园除了这漂亮的景色，最出名的是什么吗？"漫步在扬州最著名的园林"何园"长长的楼廊中，妻子怀里抱着刚满一岁的宝宝，俏皮地侧着脸问我，微风吹动她耳边的碎发，阳光中一大一小的剪影斑驳而又温柔，虽然明知道答案，我还是摇了摇头，顺手接过正在咿咿哦哦好似替我着急的小家伙。妻子潇洒地一个转身，得意满满地教导着我们俩父子：

"何园被称为晚清第一园，它最为出名的地方就在于何家出了'祖孙翰林、兄弟博士、父母画家、姐弟院士'的传奇故事，这都是由于何家一直传承的何氏家训。它从孝敬亲长、读书写字、出处进退、勤俭节约等11个方面，详尽规定了修身处世、待人接物之道，甚至被何氏的后人一直沿用至今。"小家伙非常捧场地"哦哦"出声，妻子甚是欣慰地夸奖"真是孺子可教也"。

"家风是一种潜在的无形的力量，在日常生活中潜移默化地影响着家人。而我们各个方面的表现，都会打上家风的烙印。"看着妻子那双明亮的眼睛，其实我明白她的用心。

我的妻子是一名纪检监察干部，而我的岳父是一名司法行政退休干部，不论是为人处世，还是工作责任心，这父女俩的风格是一脉相承，时常饭桌上讨论的都是某条《准则》或《条例》。在没有成为一名父亲的时候，我其实并不能深刻地感受到家风对一个人、对一个家庭、对一个家族的影响，随着宝宝一点一点地成长，家风的力量就慢慢显现出来。

宝宝6个多月的时候，曾随着我的妻子一起到乡村"扶贫"，小小的人儿用娇嫩的小手抓着老人关节粗大、满是褶皱的手指的画面，深刻地印在了我的脑海中，直至现在，我的宝宝还特别愿意亲近很年迈的老人；宝宝会模仿的时候，我给他讲过《我有多爱你》的故事，故事中的小兔子伸出肉爪，抬得高高地告诉大兔子有这么这么地爱他，机灵的小家伙便一次又一次地踮起脚尖卖力地张手，告诉你自己有多么多么地爱你；宝宝刚刚学会走路的时候，好奇心特别地旺盛，看到自己中意的小玩意儿，必定要上去探索一番，可只要妻子轻声地告诉他，那是别人的东西，懵懂的小家伙就会转过头，一点留恋也没有地晃悠着离开。

对我们这个小家来说，我们的家风就是妻子常说的"清清白白做人、干干净净做事"，也是岳父说的"对待他人要宽容、善良，对待自己要严格要求"，也是我父母说的"日行一善、积善成德"。良好的家风不仅能影响和塑造一个人、两个人，甚至会影响几代人、几十代人，这是一种道德的传承，是一种家庭文化的濡染和熏陶。

温暖家风暖家庭

　　我和妻子 2010 年组建了我们的小家，2014 年，小家多了一个新成员，我们可爱的儿子出生了，我们互爱互助，一起成长，从那时起，我们的小家有意无意地形成了一股温暖的家风，温暖家风是我们这个小家最宝贵的财富。

　　那天刚下班回到家，就看到画画墙上歪歪扭扭新写了我们三个人的名字"爸爸""妈妈""哆哆"，我想，"这是又要开展什么比赛，又要进行什么评比，还是……"我正纳闷呢，我 5 岁的儿子拿着一张垃圾分类宣传画跑到画画墙边，贴到了刚写的名字旁边，我正准备问他在干什么，他抢着说："妈妈，爸爸回来了，现在你们听我说。保护环境，从你我做起，从小事做起，从今天开始，我们要垃圾分类，我们都要按照规定分类，如果谁分类错了就在谁的名字下扣分，谁扣的分多，周末就不发贴纸了"。哦，原来是这么回事，我到厨房一看，呵，四个垃圾桶都准备好了，"干垃圾""湿垃圾""可回收垃圾""有毒有害垃圾"，每个垃圾桶上都贴了标签。我问妻子，"你们啥时候买的垃圾桶？"妻子说，"我刚接他出幼儿园后，回家的路上，他就一定要拉着我去买，你看，你儿子没给你们这些生态环境保护

铁军丢人吧？"我笑笑说："生态环保事业本来就是社会的事业，是每个人的事业，我儿子做得对"。

我和妻子平时工作都很忙，但是想到孩子给我们带来的快乐，我们也就没那么累了，更加让我和妻子欣慰的是，孩子现在长大了。

那天，我出差在外地，晚上 8 点多还在赶往被检查单位所在城市的路上，手机"叮咚"一响，我拿出手机一看，是妻子发来的一段视频。"踩在凳子上，带着小围裙，挽起袖子，踮起脚跟，打开水龙头，一手拿盘子，一手拿洗碗巾，哗哗啦啦，一会一个盘子洗得干干净净"，原来，小孩在妈妈的帮助下开始学着洗碗呢。

晚上，和妻子视频的时候，我对妻子说："他还小，不要急着让他洗碗"，没想到小孩抢过妈妈的手机对我说："妈妈白天上班，晚上做饭洗碗很辛苦，我已经长大了，要当妈妈的小帮手，爸爸就放心吧。"顿时，一股暖流涌上心头。

这就是我们的小家，我们温暖的家风，我们的小家很小，但是很温暖。

勤俭敬业，源远流长

生态环境部华东核与辐射安全监督站　蔡兴钢

习近平总书记说"家风是一个家庭的精神内核。"我所理解的家风就是家庭内部建立的良好生态体系，这一体系符合社会的核心价值观，且能够维护家庭团结、向上，让家庭成员在疲惫或者迷茫时从中获得正能量。

家风可以没有华丽的辞藻，仅仅是一句话、几个字。我家传承的家风是"勤俭节约、认真敬业"。

我的父母文化水平不高，他们唯有通过身体力行对我教育，以朴实的语言作为辅助。每年夏天收完麦子，母亲都会带着姐姐和我去田间、地头捡麦穗，晒完麦子后更要将晒谷场收拾的不落一粒麦粒。母亲只是说：不能浪费粮食，要不然"老天爷会打雷的"。父亲那时还在村办工厂上班，只是总比同样上班的叔叔晚到家，记得一次问起父亲"为什么总是比一起上班的叔叔回家晚呢？"父亲摸着我的头说："做工作要对得起拿的工资，只有你认真对待工作，工作才会认真对待你。你现在还小，等长大就懂了。"

光阴荏苒，我的孩子已 5 岁了，伴随着改革开放的脚步，她已不必像我一样顶着炎炎烈日去捡麦穗、拾麦粒，但我会要求孩子碗里不能剩下一粒米，吃不完的零食和水果要及时包好，尽快再吃掉，不能浪费，而从她牙牙学语，我教她的第一首诗就是《悯农》，农民的孩子总是最知"粒粒皆辛苦"。

作为一名长期驻守在核电厂现场的核安全监督员，一年出差 200 天以上是常态。当孩子问为什么不能天天陪着她的时候，我更懂了父亲的晚归，我也如父亲一般告诉她"爸爸是一名核与辐射安全监督员，认真工作才能够对得起肩膀上的职责，你还小，等长大就懂了。"心中总难免牵挂家人和充满对家人的愧疚，但正如今天的我懂得父母的身体力行，想来今天我坚守核与辐射安全第一线，便是对家风最好的传承。

读到"凡一家之中，勤敬二字能守得几分，未有不兴；若全无一分，未有不败"总是感同身受，虽无华丽辞藻，但正是无数像父辈一样能"勤俭节约、认真敬业"者的努力和奉献，才换来祖国在改革开放 40 年的飞跃发展。我们要将这些优良的家风传承下去，薪火相传、源远流长。

在岗一分钟，干好六十秒

生态环境部华南核与辐射安全监督站　陆帆

我的父亲是一名退伍军人，他常常讲起他的军旅生活，小时候，我不懂他为什么一次又一次地重复讲。他常说"在岗一分钟，站好六十秒。"我问他站岗可以有小动作吗？父亲很严肃地告诉我，为国家站岗是他的光荣使命，是一件庄严的事情，不可儿戏。父亲的话一直影响着我，大学毕业后我加入了华南核与辐射安全监督站，成了一名核安全监督员、生态环保先锋。

从事监督工作已近十年，有深夜奔赴核岛主控参与事件调查的披星戴月，也有台风暴雨极端天气独自爬下十几米深被淹厂房的无所畏惧，还有凌晨见证电厂定期试验的长年累月，为了实现祖国的两个一百年奋斗目标，初心不改，使命不渝，乘风破浪，永久奋斗。

一天午后，我踏上了昌江现场回海口的厂车，可能是在现场连续多日值班的缘故，上车不一会儿便熟睡过去了。到家时已是傍晚，休息片刻，便陪妻子一起去超市采购晚饭食材。

晚上八点左右，一家人其乐融融地坐在一起吃着晚饭。20时19分，突然接到厂里电话通知，2号机组安注动作产生运行事件。我向上级领导汇报后，立刻乘车返回昌江现场，2个半小时后赶到工作现场。此时已是夜里11点半，配合另外一名监督员调查事件的状况，在电厂主控室查看操作员日志，询问当班值长事件过程、事件原因、目前进展、已采取措施以及可能产生的后果。随后，第一时间编写重要情况通报上报国家核安全局。全部忙完回到现场宿舍时，已是第二天凌晨三点了，看着窗外满天繁星，久久不能入睡。

这样的情况，不能说习以为常，但也是经常遇到。核电厂的工作地点很偏远，离家里有两三个小时的路程，平日正常上班的时间回不了家，妻子承担了家里所有事情，碰上周末不值班的时候我会抢着做家务，但又经常因为各种突发问题临时赶回。时间长了，父亲和丈夫的角色都变成一个纯粹概念。都说最长情的是陪伴，这一点我做得并不到位，在孩子的成长中我缺席了，在与妻子的相守里我也缺席了。纵然有对家人的亏欠，我作为监督卫士，作为生态环保铁军的一员，必须是一个真正的勇士，一往无前，义无反顾。

宋代理学家朱熹说过："敬业者，专心致志，以事其业也"，对核电基地的认真监督是对个人、对家庭、对国家负责任的表现。长年驻守一线工作现场，不像城市精英白领，走在时尚的前线，过自己的精致生活；也不像涉危涉险的消防警察，守护市民，受人景仰；但我在天南之地，海岛一方，守护着祖国最南端，自己的平凡岁月与伟大的核安全事业相互交融，我是自豪的，我是骄傲的。

父亲常说的"在岗一分钟，干好六十秒"时刻萦绕在我的脑海，时代的发展要求我们面对任何风险考验，心如铁、志如钢，始终保持初心，冲锋在前，奋战在前！在以后的工作中，我要坚定信念，明确目标，直奔问题，抓住问题，以更高标准、更高要求解决问题，在攻坚克难中守初心，在砥砺前行的伟大征程中担使命，做一名为核安全事业奋斗终生的监督员。

吃亏是福

生态环境部西北核与辐射安全监督站　陈栋梁

　　父亲离开我们已经三年了，至今我仍不能接受父亲离开的现实，时时思及，甚至期盼着父子俩能在梦中好好见一见，聊一聊。父亲一生辛劳，虽然没读几年书，却眼光高远，心胸豁达，刚正秉义，言传身教中把我和弟弟培养成才。十里八乡中但凡认识父亲的人，对其无一不是交口称赞，敬佩有加。

　　父亲在世时，每年除夕夜一家人团聚的时候，都会给我们讲一堂忆苦思甜课。父亲一生经历的艰辛和不屈的奋斗，每次都传递给我们为人做事的道理和努力前行的动力。在父亲给我们讲述的往事中，有一件事情一直铭记在我的心里，成为我在工作和生活中为人做事的一杆标尺。

　　父亲是家中长子，虽然幼时学习成绩不错，却为了给家里分忧解难，小学没毕业就辍学回家，在生产队劳动挣工分养家糊口。因为干事认真、勤快，父亲 20 岁不到就被村里选为了生产队队长。大集体时代的农村生产队队长不是什么级别的官，负责组织生产队劳动和给每个村民考核计工分，然而工分是那个年代农民的命根，直接决定年终每个家庭分配粮食和生活物资的多少。家里的一位婶娘因为劳动技能差，父亲给她的工分档次定得低，让家人既不解又生气，指责父亲不讲情面、不照顾家里的利益。但是父亲宁愿承担家人的指责和怨气，也要坚持原则，秉公办事。我问父

163

亲为什么要这么做，父亲说，群众的眼睛是雪亮的，做人做事要硬气，群众才会服气。我要是徇私情，照顾家里的利益，不公平办事，就会让群众戳脊梁骨，更会影响村民劳动的积极性和集体的收成。我坚持了原则，看似自己的小家吃了亏，但是换来的是大家的公平和效率，集体的收成增长了，年终分给大家的粮食和生活物资也就多了。会算这个账，就知道吃亏是福嘞。

"吃亏是福"从此就成为我脑海中时常响起的提示音。这些年，秉承父亲的教诲，工作和生活中我能多干点儿就多干点儿，能少争些就少争些。如此，在生活中换来家庭和睦和朋友亲厚，在工作中换来个人成长和同事及组织的肯定。父亲传承给我们的精神财富，我和弟弟也时不时讲给自己的孩子听，虽然他们还小，所处的时代也不一样，现在也不一定能够理解，但是这终归是有用的，因为父母是孩子最好的老师，只要我们做好自己，良好的家风就一定会得以传承，我想这也是我们缅怀和告慰父亲最好的方式。

读书乐

生态环境部西北核与辐射安全监督站　沈钢

喜欢读书是我家的一个好习惯。

我小的时候，家里不大，但是有一排书柜，占据了整整一面墙，放的都是爸爸的书。他是学中文的，书柜里的书也是以此为主题，有汉语言相关书籍、中外文学作品、期刊等。每天吃完晚饭，爸爸就坐在那儿看书。一排满满的书柜，还有爸爸看书的画面，一直留在我的记忆里。

从小学开始，家里就给我订了《儿童文学》，我每期必读，一直到中学毕业。小学五年级的时候，爸爸对我说，现在你可以读一读长一点的小说了。他带我到县里的新华书店，给我买了一本《基督山伯爵》。书很厚，但是我读得津津有味，舍不得把它读完。全书结尾的一句话令我印象深刻："人类的全部智慧都包含在这五个字里：等待和希望。"小时候的我不太懂其中含义，后来慢慢有了一些理解。

逐渐地，读书成了我生活的一部分。每天睡觉前总要拿一本书翻一翻，出差时总要往箱子里放上一两本。独自一人的时候，有书相伴，就不觉得寂寞。烦心的时候，打开书本，就来到了一片宁静的世界。

我想，其实喜欢阅读是人的天性。每个孩子都喜欢听故事。儿子很小的时候，每天睡前爱人给他照着图书讲故事。讲故事的已经困到眼皮打架，吐字不清，听故事的永远兴致盎然，精神抖擞。等到爱人实在支撑不住，投降于睡意，儿子就会焦急地大喊："妈妈眼睛睁开，妈妈眼睛睁开！妈妈讲，妈妈讲！"儿子慢慢长大，听故事、看绘本、读故事，和我们一起逛书店、买书、看书……看到他也沉浸在读书的快乐里，"我以前缺的觉总算有回报"，爱人说。

一个人，作为个体，生命的长度是短暂的，亲身经历的事情是有限的，单凭自己的头脑进行的思考往往是片面的。但是阅读，可以把人带入一个几乎无限宽广的精神世界。在这个世界里，我们可以与古人对话，与今人论道；可以体会最动人的喜怒哀乐，欣赏最美丽的思想之花；可以明辨是非，分清善恶；可以树立远大的理想，形成健全的人格。我很高兴，读书也成了我们家庭生活的一部分。忙碌的一天过后，全家挤在一张床上，各自手捧一本书，真是此处无声胜有声！分灯夜读书，天伦之乐事！

现在，又有一个新的任务。今年家里又喜添一个闺女。爱人说："培养阅读习惯很重要。以后睡前给女儿讲故事的任务就交给你了。"

气门芯的故事

生态环境部东北核与辐射安全监督站　罗建军

我父亲是一名普通的乡镇干部，在我离家上大学前，我的记忆里我家老爷子的工作就是在乡里发结婚证、整天骑自行车下乡调解街坊邻里的矛盾纠纷，还有抓计划生育超生的、帮着老乡（社员）干活什么的。用官方语言说就是从事基层民政和司法的工作。工作很普通，却很重要，既是国家大政方针在最基层的落实，也是老百姓日常生活必不可少的内容。他很朴素，与人为善，常常是换位思考。记得我上小学时，一个周日我们全家到外公家去看外公，晚上很晚回家，一出门发现我家自行车的气门芯给别人拔走了，我当时说："真缺德啊，只图自己方便，就拔别人的。我们也拔一个。"我爸说："那怎么能行，那样不是更缺德，被拔气门芯的人不是和我们一样着急吗，也一样会骂我们。"很多年过去了，我不记得我们怎么回的家，但是老爷子的话一直记得。与人为善、换位思考、不做缺德事，也一直伴随我成长。

作为一名党员、一名公务员，在工作中与人为善，就是应该把方便留给他人，把麻烦留给自己，对工作对象不能只提要求，不提解决方法途径；如何换位思考，就是要自己多干一些，让老百姓少些麻烦、少跑路，一次

把事情办完，要有"马上就办，办就办好"的意识和行动；这就是践行全心全意为人民服务吧。走上纪检工作的岗位，仅做到"不做缺德事"是远远不够的，这个要求太低。要更加严格要求自己，要做廉洁自律、秉公用权、齐家修身的表率；只有以身作则、模范遵规守纪，才能严格执纪。

用了半个世纪的杯子

生态环境部西北核与辐射安全监督站　李治国

我父亲有个旧搪瓷杯子，是他一直刷牙用的。白色的搪瓷面上，鲜红的一行字"要节约闹革命"。搪瓷面有些磨花了，杯子底磕掉了一小块瓷，露出的金属带着淡淡的锈色。

记忆中，这个杯子一直就在我家里，和那个时代常见的搪瓷脸盆、饭碗一样普普通通。那时候，父亲每天用它刷牙，多少年没有换过，我每天看到这个杯子，也没有什么特殊感觉。

大学一年级寒假回家，再看到这个杯子，猛然觉得有点突兀：都已经90年代了，这个老古董确实有点土气。于是和父亲聊到它，才知道这还是父母结婚时添置的，已经用了20多年，"用起来还是好好的，扔了它就只是垃圾了"，父亲的话很朴实。

于是突然我理解了，我的生活方式源自哪里：小时候总是要穿哥哥的旧衣服，新衣服只有过年时才有一套；吃着大学食堂里的饭菜，我觉得很满足；三十几个小时的火车回家，我和伙伴们一路站着，也能一路欢笑。

家里的经济固然一直不宽裕，但"高端、大气、上档次"也确实从未成为我的向往和追求。

后来，我有了儿子，一天天地长大。生活在他那里，也是一样的简单：去学校，就是校服加身；节假日的便装，都是安踏、探路者这样的大众牌子，他从未提过要阿迪、耐克；周末去上篮球课，也是骑上我的旧自行车就走。一切平平常常，我没觉得什么，他也没觉得什么。

去年，父亲去世了，整理遗物时，这个用了近半个世纪的搪瓷杯子被我们留了下来，它是一家三代人尚俭戒奢的传承。

祖孙分餐员

生态环境部长江流域生态环境监督管理局　　汪洁

12 岁的儿子今年秋天上初中了，因为长得人高马大，刚进校就被老师任命为"分餐员"，每天午餐时间帮忙给同学们打菜，小家伙干得热火朝天，我问他每天最后一个吃饭饿不饿，他说饿并快乐着。

这天全家人聚在一起吃晚餐，儿子看着有点心事重重，我问他："遇到什么问题了吗？"儿子愁眉苦脸地说："每天都有按人数分的菜，像炸鸡腿啊、大肉丸啊、骨肉相连啊之类的，食堂会多配一点，这几天小胖、刚子、珮珮几个跟我关系好的让我把多出来的菜分给他们，这可咋办啊？"

他外公爽朗地笑了："说起来，我也做过分餐员呢！"儿子好奇地问："您也做过？"他外公缓缓地说道："1959 年开始办人民公社大食堂，我们生产队 100 多号人在一个大锅里吃饭，队长觉得我肯吃苦又有点力气就让我给大家打饭。开始队里粮食足，大锅饭吃得热闹又开心，后来遇到自然灾害，缺粮食了，大锅饭越做越稀，我这分餐员也是越做越难。你们现在盯着吃的是解馋，我们那时盯着吃的是活命！打得多些还是少些，捞得干些还是稀些，都是要命的事……"

儿子瞪大眼睛问他外公："那怎么办啊？"他外公语重心长地说："'公其心，万善出'，只要有一颗公平公正的心，就能做好事情。那时我找了一大一小两个长柄勺，大人用大勺舀，小孩用小勺舀，保证都是一平勺。一边打饭一边搅匀，保证干稀相当。我们队没有为打饭扯皮的，大家相互帮助熬过了自然灾害。后来乡亲们出于对我的信任推选我当了生产队长，我是当时最年轻的队长呢！"原来他外公经常跟我们说的"公其心、万善出"典出于此。餐桌上沉默了一会，只听见儿子语气坚定地说："外公，我打算按小组座次给大家轮流分发多的食物。"

一个月后，儿子被推选为班长，他外公赋诗一首送给他："祖孙都是分餐员，一把小勺重千钧。公平公正记心间，做人做事不犯难。"

轻松与麻烦

生态环境部长江流域生态环境监督管理局
生态环境监测与科研中心　饶春燕

记得小时候，我有一条灯芯绒裤子，膝盖磨破了，我妈在破洞上绣了一朵七色花，于是这裤子又多坚持了两年，后来小了，妈妈把它拆开，重新缝了缝，居然把它变成了我家 13 寸彩电的罩子，那七色花还正居中呢。我又佩服又骄傲，就把这事写成了作文，大赞妈妈不辞辛劳、勤俭持家。作文最后登上了学校的优秀作文榜。

　　要聊起我妈这样"物尽其用"的事例，真是多得数不清。在家里，她对东西怎么利用，有多如牛毛的严格规矩，比如，认定洗碗精、洁厕灵、一次性餐具不健康，平时能不用就不让用；洗衣粉、肥皂的用量一定要合适，要保证衣服搓完，泡泡也消得差不多（这可真是一门考试啊）；家里小号、大号、方的、圆的垃圾桶有五六个，不管什么模样的包装袋保证都能"二次利用"（所以咱家几乎不买垃圾袋，但说实话那些袋子既不好装也不好提）；洗菜水、漂衣服的水要全部积攒下来冲厕所、洗拖把（存水的桶就好几个，要一盆一盆往里倒，用的时候还要提着往外倒）；空了的洗发液、洗衣液瓶子不许直接扔，要加清水摇一摇，留着洗围巾、袜子（有时候忘了用这点"残余"，难免挨点说）……看到这儿，你一定很同情我妈：老人家肯定从小物质匮乏，所以养成节俭习惯了。还偏偏不是！她家庭条件虽不十分优渥，但从不缺吃穿用度，作为她的家属，我们也从没有衣食不周。

　　婚前，我基本不理家务，妈妈怎么做我都举手赞成。婚后，她来帮我带孩子，因为这套规矩频频发生母女矛盾。家务本来就多，每天还要注意这些，劳神又费力，更要命的是，妈妈还是待机小灯"杀手"，每天晚上临睡前，她四下巡视，必定要关掉所有电器的电源，包括 Wi-Fi 路由器！我又生气又无奈："妈，这日子真是越过事越多，弄得麻烦死了，累死了，我们能不能洒脱点，怎么舒服怎么来呀？而且您过得也太抠了。"老公也私底下皱眉头："哎呀，妈妈搞得太复杂了，这本来很简单的家务，整得太烦琐了！"妈妈却不以为意："你们懂什么？万事要爱惜！"她文化不高，说不出更多高深的道理，依然故我，不但自己坚持得好，还反复监督鞭策我们年轻人。

我们要是把这些"废水""垃圾"扔掉，她要么唠叨"怎么就不听呢？白糟蹋了！"要么撸起袖子，干脆自己一点点拾掇。我和老公只好无奈照办，总不能看着老母亲一个人辛苦。

今年"中国水周"期间，我有幸到周边三四所小学义务宣传水生态保护知识，每到一个班，都受到热烈欢迎，同时也能深深感受到老师、同学对我所在的行业和岗位的敬重。课堂上，我配合着构思好的文案和 PPT，兴致勃勃，一遍遍地宣讲："别看同学们小，一样也能为长江生态环境做很多事情，比如，要学会一些生活小技巧，减少使用清洁剂，不要过量使用洗手液、洗衣粉、洁厕灵等洗涤剂；节约用水，淘米水可以浇花，洗衣服的水可以冲厕所……"

讲着讲着我有点恍然，这些做法我很熟悉啊，这不就是妈妈长期坚持的生活习惯吗？妈妈居然无意之间当了一名坚定的"环保人士"了。我心里又有点不是滋味，因为这些授课内容是我从现成的宣传资料里面 COPY 来的，这些做法都是我平常嫌弃的，我甚至都没有把这些和自己的生活、自己的家人联系起来，更谈不上入脑入心。看到台下一张张纯净可爱的面孔，我越讲越没有底气，感觉嘴巴也笨了起来……

我们这代人，在这飞速发展的年代享受了大量便捷，免除了许多劳烦，追求着现代化带来的各种快乐，以"断舍离"为时髦，却给环境添了不小的麻烦，妈妈的"惜物"是最朴素的生活价值观，却给予环境最朴素的爱护。倡导"绿色生活"不光是喊喊口号，如果连一点"麻烦"都担不起，还谈什么长期坚持呢？我忽然重新佩服起妈妈来。

大道至简，浪费是对自然环境最大的不尊重，是对美好生活的犯罪，和富不富无关。这就是妈妈用一辈子的行动营造的家风。现在，我也会大声叮嘱我的孩子："先用桶里的水冲厕所！"

自立与互助

生态环境部黄河流域生态环境监督管理局　李丽

我们家三代都是治黄人，如今我又扛起生态保护的大旗。虽然父母亲离开我们已 20 余年，但他们留下的精神财富依然享用不尽。父母从参加工作起就奋战在最基层、最艰苦的水文站，终身奉献给了治黄事业。"自尊自爱自立自强"是母亲对我们四姐妹的期望，她曾用描绘蓝图的专用仿宋字体郑重地写在纸上，贴在墙上，时刻提醒我们，虽然身为女性，也要不输男儿。

父亲智慧幽默开朗厚道，母亲聪明善良认真踏实，他们互敬互爱、互帮互助，为儿女营造的是宽松民主欢愉的家庭氛围。这样的言传身教，在潜移默化中使我们姊妹受益终身，不仅工作表现出色，为人处世也有良好的口碑。

父亲的智慧体现在他有超前敏锐的眼光和非凡的思考能力与归纳能力。20 世纪 80 年代，西方国家的质量管理刚刚引入我国，就被父亲关注捕捉到，并投以极大的兴趣进行研究，并在水文行业首次应用，取得了初步的效果，至今仍被大家津津乐道。二姐受父亲影响，将质量管理发扬光大，现在的水文部门均获得 ISO 9001 质量管理体系认证，使黄河水文部门的管理步入了规范化和标准化的先进行列。父亲凡遇到事，都特别善于思考和总结，随时将收获传授给我们，让我们从小就养成观察与思考的习惯。父亲性格开朗，幽默风趣，能歌善舞，即使在长期重病临终前，还能对因并发症引起的视力下降、腿脚麻木行走不便来编成顺口溜进行自嘲。这种乐观积极的性格深深影响了我们，姐妹们个个热爱生活、阳光向上。

母亲聪明努力，小时上过私塾的她在 50 多岁快退休的时候还学习当时刚流行的 BASIC 语言进行编程，终身学习的习惯深深影响了我们。有一件事让我印象尤为深刻。那是有一年的暑假，妈妈让我帮忙校对几十页的水文资料，资料里密密麻麻的全是数据，当时我核对了两页，发现没有错误，后面的大概翻翻看看就交差了。妈妈了解后批评我说对待工作要严谨科学，不能有任何应付和马虎，必须一个数字一个数字的校对。我挺震惊，但还是认真做了，此事对我触动很大，从此就养成了做事认真负责、一丝不苟的习惯。

父母的厚道与善良，不仅对待家人互敬互爱、互帮互助，对待同事和邻居，也是与人为善，能帮则帮，从不计较个人得失。那时单位过节发东西，他们总是把好的让给别人先挑，自己拿剩下的，并以此为开心，常以"吃亏是福"来宽慰我们。他们不计名利、与世无争，但是对待工作和事业又是负责担当的言行无时无地不在感染着我们、影响着我们。

马伯庸在他的古董小说里有这样一段话："古董有形，传承无质，它看不见，摸不到，却渗到家族每一个后代的骨血中，成为家族成员之间的精神纽带，甚至成为他们的性格乃至命运的一部分。"是的，严谨的家训，优秀的家风，已深深融入我们姐妹的灵魂深处，不仅我们从中受益，也必将这种精神之光世代绵延赓续，发扬光大！

勇于担当，甘于奉献

生态环境部淮河流域生态环境监督管理局　谭伟

因为父亲工作的原因，自我小学三年级开始一直到大学结束，这中间的 16 年的时间里，除去节假日，我们父子俩差不多只有周六、周日才能见上一面，等我读到研究生以至后来到外地参加工作，我与父亲更是三四个月才能见上一面。

很早之前我就听母亲讲父亲一直在坚持献血，起初我也没怎么在意，直到后来父亲累计献血量达 12400 毫升，卫生部、红十字总会和解放军后勤部卫生部联合给他颁发金奖时，父亲才兴奋地打电话告诉我这些年一直在坚持献血这件事。我问父亲为什么想到要坚持献血呢？父亲说，刚开始是想你或者你妈以后万一有需要，后来不知道怎么地就坚持了下来。

范仲淹说：达则兼济天下，穷则独善其身。父亲一开始的目的可能就是为了家人的需要，但他后来的坚持却由此帮助了更多需要帮助的人。在父亲的身上，我看到了作为一名共产党员的担当与奉献。

现在我也像父亲一样，在完成本职工作的同时，也去定期献血，在力所能及的情况下去帮助更多需要帮助的人，每当看到血站发来的短信："尊敬的谭伟先生，您的血液经检测，确认为 A+型，检验结果合格，即将用于临床救治。感谢您的爱心奉献！"心里总感觉一阵莫名的开心，我也没有去

做什么伟大的事情，但却像父亲这样一名老共产党员一样在默默地去帮助别人。奉献与担当大概就是我们家的家风吧！

书香家庭，代代传承

生态环境部淮河流域生态环境监督管理局　陈磊

　　我的老家在苏北农村，父母都是地地道道的庄稼人。但是和其他家庭不同，我的父亲是"高学历"农民，高中毕业。70年代末，父亲的高中生学历是母亲嫁到我家的重要原因。母亲是文盲，没念过书，只上过三天小学，姥姥和姥爷就不给上了，她要在家照看我小姨和小舅。母亲心气很高，但一辈子吃不识字的亏。从小，母亲一遍一遍地说："儿啊，不读书识字不行，睁眼瞎，出不了门！"

　　分产到户后，家里分了十多亩地，父母辛勤劳作，日子越过越好。时代好了，我上了小学。爸爸经常上街赶集，卖点黄豆、玉米之类，换回生活日用品。爸爸还会给我带回我最喜欢的连环画，《西游记》《三国演义》等。80年代初，手里能有几本连环画，在孩子圈里，那是很了不起的。伙伴们来借，那也得看"关系"，不是轻易能借的。记得三年级时，父亲给我买了一本插图版的《水浒传》。爸爸让我读书名，我直接读"水 xǔ chuán"。爸爸乐得哈哈大笑。那是我第一次认识"浒"这个字，也是第一次知道"传"字还可以读作"zhuàn"。那个时候，家里经常停电，父亲在马灯下给我读《水浒传》，讲宋江、李逵等人的故事。后来，学校要建图书室，但没有经

175

费。老师让每个学生上交一本书，凑出个图书室出来，我就把《水浒传》上交了。

小时候，别人的父亲赶集回来，总能带回二斤肉、几块糖，我的父亲给我带的是小画册、小故事书。父亲告诉我，吃糖吃肉，嘴"一吧唧"就没了，书上的知识学进肚子里一辈子有用。受父亲的影响，我从小爱阅读，即使在高三我在繁忙的课业之余也把看课外书当作休闲。至今，下了班回到家，读书仍是最大的享受。

2008 年，儿子出生了，随着儿子逐渐长大，儿子的教育问题一直是家里的头等大事。因为我爱人异地工作，儿子跟着我妈妈，只有周末放假我才能带带孩子。儿子刚会坐的时候，我给他买分辨颜色形状之类的小画书。书送到手里，他直接朝嘴里塞，吃得口水四溢。我把书拿下来，翻开给他看、给他读，一松手，他还会塞进嘴里接着吃。在儿子成长中，我经常带他去新华书店玩，一玩就是一下午。到了一年级下学期，儿子突然认识了很多字，大家都感到很吃惊。走在路上，他喜欢读路边的广告词和标语，读书也不需要看拼音了。儿子对阅读产生了很大的兴趣。他最喜欢的书是"植物大战僵尸"系列，包括科学漫画、历史漫画、爆笑漫画等等。周末，陪儿子一起读书，每人一篇，换着读，儿子很开心，我也很幸福。暑假到了，儿子不能和学校的孩子们一起玩了，也不能整天闷在家里，带到办公室又影响工作，怎样度过这个暑假成了很大的问题。我家附近有个书店，于是上班前把儿子送到书店看书，看累了他自己回家休息。去书店的路上，儿子一蹦一跳，非常兴奋。

我们家，父亲教育我好好读书，我教育儿子好好读书，我也希望我的儿子能教育他的孩子好好读书，在读书中，把我们的家风传承下去。

我的母亲

生态环境部海河流域北海海域生态环境监督管理局　郭丽峰

　　我的母亲今年 65 岁，她没参加过战争，不是人民教师，也不是退休工人，她是一位只有小学二年级文化水平的普通农民。正是这位目不识丁的农村老太太养育了我们姐弟三人，她乐观、坚强和永不放弃的精神影响着我们的一生。

　　小时候，为了供我们上学，父亲春种秋收时在家，其余时间都外出打工。母亲在家除了照顾我们外，还饲养家禽家畜贴补家用。我初中一年级的冬天，母亲在给马喂草时，马受了惊吓，拴马的绳子把母亲右手食指勒掉半截。放学回家后，母亲刚从医院包扎回来，在炕上躺着，脸色苍白，我们姐弟三人都吓哭了。母亲却笑着安慰我们说："没事的，不疼，过几天就好了。"为了能让我们安心学习，第三天母亲就下炕做饭，还笑着说自己没事，用不了几天又可以拿扫把打我们屁股了。我分明看到纱布上洇出了鲜红的血迹。母亲就是这样，再难再苦自己都会咬紧牙关挺过去。高三时，我成绩不太好，担心考不上大学。母亲语重心长地对我说："只要不放弃，坚持到最后就是胜利。即使考不上，努力过也不会后悔。"在母亲的影响下，大专毕业后，我一边工作一边坚持学习，终于考上了研究生，实现了自己的梦想。

　　工作中遇到烦心事时，我会和母亲抱怨，母亲总说："这些事能不干吗？如果能，那你没必要抱怨；如果不能，那你抱怨也没用，还不如想想怎么才能干好。"母亲不会讲什么大道理,却用她朴实的语言和实际行动教育着我们,影响着我们。母亲常说的一句话就是:"生活就会总有活儿,所以要踏踏实实地干好每一件事,不急躁、不将就,再难的事坚持坚持都会过去。"

记得刚到海河流域水环境监测中心时,做水质检测的同时还需要承担一些项目,还有一些临时性且比较着急的工作。面对千头万绪的工作,急躁情绪油然而生。每当这时,我就会想起母亲的话,于是把那些抱怨和焦躁都丢掉,静下心来把工作按照轻重缓急和难易程度进行分类、排序,然后一件一件认认真真地去做。到最后,竟然真的都圆满完成了。

2016年做"中小河流治理生态环境效益评估"项目时,经过3个多月的资料分析和文献查阅,仍然没有一丝头绪。就在我打算放弃时,母亲那句"坚持坚持都会过去"又萦绕耳畔。于是我告诉自己"再坚持一下,说不定会找到突破口"。果然,继续查阅了三天,一篇水利工程后评价的文章给了我启发,让我有了自己的思路和方法,最后顺利地把项目完成。

母亲的言传身教和谆谆教诲是使我终身受益的财富,在今后的工作中,我依然会秉承母亲乐观、坚强和永不放弃的精神,努力把工作做好,并且把这一优良品格继续传承下去。

你是"公家人"

生态环境部松辽流域生态环境监督管理局　张长占

母亲去世那年,我正在内蒙古莫旗的尼尔基水利枢纽工程施工现场工作。由于路途远、交通不便、通知晚，没能来得及见上最后一面，成为我无法弥补的终身遗憾。

母亲是个农村妇女，没有读过书，但为人处事的大道理却十分懂得。她经常告诫我，"碗边儿的饭吃不饱人""贪小便宜吃大亏""宁让身子受苦，不让脸上受热""好事不出门，坏事传千里""有志不在年高，无志空活百岁"……她老人家这些挂在嘴边上的俗语，蕴含着为人处事的大道理，让我在人生的道路上受益不尽。

在六七十年代，偏远、落后的农村里有些孩子早早就不读书了，而母亲却一直支持我读小学、初中、高中。我参加工作后，她更是支持我的工作。特别是参加工作后，工作生活地点在长春市，距离老家 150 多公里。每次回去，她都催促我："你是'公家人'，别经常往回跑，耽误了工作。"将母亲接来长春居住后，我们两口子白天上班，我晚上多数时候还要赶写材料，她想帮忙但又不知道怎么帮，每次不会超过一个月，就急急火火要回老家。后来随着年龄越来越大，有时候生病也不让人告诉我，怕影响我的工作。在尼尔基工程建设期间，由于工期紧张又路途遥远，回去的机会就更少，只有过春节才能回去探望她。后来听哥哥说，母亲在去世的那年病重多次，每次都不允许通知我，怕大老远"折腾"我回去而耽误工作。

现如今，"你是'公家人'"这句话，已经印刻在我的记忆深处，成为我做事的座右铭。在学习上，始终做到"活到老学到老"。自己工作30 多年，工作变动多次，但始终做到了干什么就钻研什么，努力使自己成为行家里手。在工作上，始终勤勤恳恳、任劳任怨，不分分内分外，出色地完成了本职工作和领导交办的临时性任务。特别是近年来从事流域水环境保护工作，自己更是人老志坚、忘我工作，为打好打赢污染防治攻坚战奉献自己的一份力量。在生活上，时刻注意自己的言行，慎独慎微，廉洁自律，不该去的地方不去，不该拿的东西不拿，清清白白做人，干干净净做事。

"你是'公家人'"已经教导我走过30余年的工作历程。我相信这句话还将时刻警示我走完剩余人生。今后我会始终做到"在公言公、在公爱公、在公护公、在公为公"。即使退休了，起码我还是一名普通党员，也要始终做到"在党言党、在党爱党、在党护党、在党为党"，为共产主义奋斗终身！

诗风孕家风，低碳绿色行

生态环境部太湖流域东海海域生态环境监督管理局　　尤建军

"腹有诗书气自华。"从《诗经》开始，到唐宋的繁荣，诗词不仅展现了中华文化的独特魅力，对中国传统文化的传承，对中华民族的塑造也发挥了不可替代的作用。作为一名喜爱诗词的环保工作者，尤其喜欢用诗词来引导、教育子女，传承良好的家风，践行绿色生活理念。

读诗诵词已成为我家家庭生活的一种常态。从大宝牙牙学语，《咏鹅》《静夜思》等诗句就在房间里回荡；流连于青山绿水之间时，"相看两不厌""一览众山小"等脱口而出；在遇到挫折、激励学业时，"三更灯火五更鸡""少壮不努力，老大徒伤悲"等常挂嘴边。特别是遇到中国传统佳节，中秋赏月时以"月"字为主题，春节团圆时以"春"字为主题，进行赛诗，在寓教于乐中度过欢乐的家庭时光。短短的几行诗句，朗朗上口，便于记忆，

有的囊括宇宙、叙事说理，有的感叹明志、抒发感情，有的鞭挞腐朽、批判丑恶，成为孩子成长路上的一盏明灯，孕育五千多年以来的文化自信。如今，两岁多的二宝，一说念诗，"春眠不觉晓""锄禾日当午"，稚嫩的声音立刻又再次在房间回荡。

在诗词中感受青山绿水、陶冶情操、激励成长的同时，我们对中华传统文化中的家国情怀也有了更深入的理解。怀着对美好生活的向往，在投身于污染防治攻坚战、建设美丽中国的征程中，全家总动员、共参与，积极倡导低碳绿色理念和生活方式，从自身做起，从小事做起，守护绿色家园，践行环保事业。妻子是"百万家庭新时尚，垃圾分类巾帼行"积极推动者；与大宝一起自编自导"智能垃圾桶"，参加长宁区少科站举办的低碳创意秀，获得了三等奖；两岁多的二宝，已养成垃圾分类的好习惯，能够正确区分干、湿垃圾和可回收垃圾，对于哥哥偶尔不正确的扔垃圾行为，发现就给予及时的"指导纠正"。

良好的家风不是一日养成的，是在父母点滴的言传身教中，是在孩子探索世界的成长中不断继承和发展的。时逢盛世，要坚持以习近平生态文明思想为指引，在生态文明实践中发挥自身表率作用；坚持用中国传统优秀文化去熏陶，让孩子从小浸润其中，潜移默化中增强文化自信，提升个人品德修养，孕育家国情怀，在未来的世界舞台更好地服务于社会主义现代化建设。

书墨传家风

中国环境科学研究院　王一喆

父亲酷爱看书，尤其是中国传统文化典籍。在 20 世纪 90 年代那个并不富裕的时期，我们家居然有一个小书柜，里面满满地装着各种各样的书籍，四大名著、三言二拍、《聊斋志异》、晚清小说，甚至能找到几本金庸、古龙的武侠小说，由于空间限制，书柜放在了我的卧室，这给我提供了很大便利。

受父亲的影响，我从小就喜欢读书。当时没有马桶，都是蹲便，父亲每次夹着书进厕所，好半天才一瘸一拐地出来。我也学样，夹着书进去，一个钟头后一瘸一拐地出来。有段时间，我家的书上是散发着"味道"的。

当时，父母工资不高，除了一家人生计，很少能有闲钱，可是父亲买书从不手软。我也继承了他的作风，买书的时候就忘记了囊中羞涩。后来，我家生活水平有了起色，父母给我的零花钱也多了些，我也有了攒钱的机会。初中时，有很长一段时间，我的零花钱一分也舍不得花，好不容易攒够了 52 块钱，才购买了自己人生中第一套书——《郑渊洁十二生肖童话》。回家后，我如获至宝，晚上连觉也舍不得睡，废寝忘食地连读两遍。多年之后，其中的很多章节我还能背出来。高中之后，零花钱更富余了，开始光明正大选购自己感兴趣的书籍。

我们父女俩爱读书，也爱护书。每一本书都不折页、涂画，我还专程去文具店买了牛皮纸，自己剪裁包书皮。把书包得整整齐齐后，交给父亲，

请他在我的书皮上写上书名，放到书架上，把书码得整整齐齐的。

后来，我长大成人，有了自己的小家，有了儿子和女儿，但是我仍然继续保持读书爱书的习惯，国学经典、诗词曲赋、中外名著、自然科学……一批批不同类型的书摆上了我的书架。今年春天，父亲来我家小住。我带着一双儿女，教他们读唐诗、包书皮，包好后，再交给父亲在书皮上写书名。儿女们很开心，父亲也很高兴，我的书又多了一层墨香气质。

父亲边写边小声嘟囔，你小的时候，我工作忙，没顾上给你报个特长班，现在连毛笔字都写不好，还要麻烦老爸写书皮。我笑着就说，你女儿就这样了，你的外孙女和外孙你得帮忙教育一下吧？父亲说，那我教两个孩子写字吧，让他们感染点文人气息。

于是，接下来的日子，我下班回家，看到儿子拿着小画笔，学着姥爷的模样，认真地在白纸上写着歪歪扭扭的横、竖，小女儿在旁边着急地喊："哥哥，我也要写！"嘿嘿，书墨传家风。

传承陈氏优良家风

中国环境监测总站　陈传忠

总结我们家的家风，不得不多说说母亲的美德。

一曰慈爱。我脑海时常浮现这样的画面，儿时，每当乌云密布，电闪雷鸣，母亲总是把我紧紧抱在怀里。有了母亲的呵护，不论是震天惊雷，还是骤风暴雨，我一点也不感到害怕。母亲心灵手巧，我的童年还处于服装鞋帽等商品严重短缺的年代，为了让孩子们穿暖，她总是白天干农活，晚上在灯下做鞋子、缝补衣物。每当严冬来临，她已早早为我们准备好御寒的棉鞋和衣物。湖南的冬天湿冷湿冷的，早上起床冷得发抖，晚上睡觉被窝冰凉。母亲总是早早起床，做好饭后，将灶里燃烧未尽的柴火撮到火盆里放到床前，再叫我们起床穿衣。夜里，她总是在火盆上把被子烤热，再让我们烫个热水脚后睡觉。

二曰乐善。记得我小时候，外地来我们那里乞讨的人特别多。这些乞讨者只要到我家，母亲总是要打发一大捧米，如果赶上饭口，她会给人盛上满满一大碗米饭，再夹上尽可能多的菜。有时，家里人说母亲太大方了，她总说没灾没难的谁会出来讨米？母亲对左邻右舍的长者和村里的困难老人特别关照。家里做了发糕、团子，过年过节有什么好菜，自己还没吃，总要给他们送一点。

三曰克己。母亲虽然只有初小文化，但她言行却处处体现着"克己复礼"的风范。在我小的时候，奶奶一直跟我父母住。那时家里房子不宽敞，母亲坚持让奶奶住正房，她和父亲带着孩子们住厢房。家里添置任何被褥铺盖，母亲总是先尽着奶奶。小时候，亲戚们在我家过年最多，那时我只知道热闹好玩，现在回想起来，母亲安排这么多人吃喝起居是多么辛苦，正如此才换来了大家庭的美满和谐。现在，哥哥和我应该说家庭条件都比较宽裕了，母亲依然保持着省口待客的作风，家里有什么好吃的，她还是先让给大家吃，家里来了客人，仍然是忙前忙后地招待，自己最后一个端碗。

四曰感恩。母亲虽然说不出"受人滴水之恩，甘当涌泉相报"这样的话，但她从不忘记别人的好。比如，我小时候，她和父亲出集体工，早出晚归，住在我家后面的刘爷爷经常照看我，母亲对他老人家始终充满感激，见一次念叨一次。

母亲是平凡的，她和无数的农村劳动妇女一样饱经风霜，朴实无华。

母亲是伟大的，她用勤劳、纯朴、善良和贤惠在儿子的心中铸就了一道不朽的丰碑。

现在，哥哥和我都已成家立业，有了自己的小家庭。父母也跟我们住到了北京，结束了日出而作、日落而息的农村生活。尽管他们在协助料理家务、辅助哥哥办企业方面还尽最大努力发挥着余热，但他们在家庭中已经"退居二线"，由一家之长变成了家庭老人。人年纪大了之后，总会从家庭的舞台中央退居幕后，而我写下此文，主要是总结一下父母亲思想品德上的闪光点，激励自我，教育后人。

勤劳的爷爷带我长大

中国环境监测总站　赵淑莉

从记忆开始，我便同爷爷生活在一起，爷爷的言谈举止潜移默化地影响了我的一生。

我记得，爷爷负责林场的工作，那个林场规模并不大，种植一些小树苗，在树苗的间隙，还种植一些蔬菜。爷爷日出而作，日落而息，把小小的林场打理得有声有色。在那个贫困的年代，一切都要依靠自然，风调雨顺时还好，遇到不好的年景，人们就会付出更多的劳动。记得有一年下大雨，由于林场排水系统不好，一下子把整个小树林全部给淹没了。怎么办呢？不能眼睁睁看着一片树林被淹死。于是爷爷一连几天都没有休息，硬是靠那笨拙的工具挖了一个个排水沟，使得小树林成活了。爷爷勤劳的身影，留在了我的心里。

爷爷做饭是一把好手，冷、热、荤、素在他的料理下，似乎都变得有香有色。谁家有红白喜事，都会请爷爷过去帮忙。在那个贫困的年代，几乎每天都食不果腹，一桌香喷喷的饭菜该是多大的诱惑啊，跟着爷爷的我眼巴巴看着，口水咽了一次又一次。显然爷爷并没有理解我的心情，专心致志地干着自己的活儿。我想，爷爷不给我，我自己可以拿啊。不懂事的我趁爷爷不在意的时候偷偷地捏了一点。没想到，爷爷竟然看见了，拿起一根筷子，狠狠地敲在了我的手上。"要有规矩"，爷爷厉声地说。从此以后，这件事情便像烙铁似的烙在了我的心上。

爷爷对我真的很好，这种好不是娇惯，不是买称心如意的东西。那一年，是我大学四年级的第一个学期，临近寒冬，因为爷爷身体不好，我回家探望他老人家。由于考试，第二天一早又要赶回学校。就在我离开家的那天早上，天上飘着雪花，非常寒冷，街上没有一个行人。但突然间我远远看见街上有一个老人脚踩着雪地，双手端着冒着热气的丸子，朝我快步走来。我知道，那一定是我爷爷端着刚刚出锅的绿豆丸子，他知道这是我从小最爱吃的……

转眼间，爷爷离开我多年，但感觉好像从没有离开过。爷爷言谈举止中所蕴含的勤劳、朴实和规矩等品格就像春雨，滋润我的心灵，对我的人生产生了不小的影响。

如今我已有自己的家庭，孩子的教育便是我的大事。高中时期是孩子的叛逆期，从来就听不进家长的一句话。面对这样的情况，我只能更加严格要求自己，里里外外多付出一些。家里的大事小情处理好，工作上的事情认真完成。这种方式奏效了，在那一年的高考中，孩子取得了好成绩，并以全优的成绩从高中毕业。

勤劳、朴实和规矩的家风像血液一样传承着。它不张扬，低调而有内涵。

守规矩——安身立事之底线

中国环境监测总站　马莉娟

据说我的曾祖父曾经家境殷实，但是曾祖父传给我爷爷、我爷爷传给我父亲的最大财富却是与金钱无关但又比金钱更宝贵的家风家规。

我爷爷去世二十多年了，如果还活着今年正好一百岁，虽然爷爷去世时间比较久了，但是爷爷在我头脑中的印象却还是十分清晰的。记得爷爷特别严肃，口头禅就是"凡事都要讲规矩，没有规矩不成方圆"，并且实际生活中也是这么要求的，以至于我们小辈们从来不敢在爷爷面前造次。我父亲把我爷爷的坚守进一步发展，父亲也有口头禅，他经常会说"做人做事一定要守规矩、讲信用"，记得我小的时候经常听到父亲夸某一家好就说"他们家，讲规矩！"夸某一个人好就会说"这个人，懂规矩！"讲规矩、守规矩是父亲对人对事的至高评价！

上大学前父亲给我们定的规矩是：天黑之前必须回家！如果晚上学校有晚自习，父亲每天会在我家门口离学校两站地的路口等我。印象最深的一次是，高二下学期期末考试完，同学们约晚上一起聚餐联欢，那时候我没有手机没有 BB 机，也没舍得用公用电话给家里提前说一声，就直接和同学们聚餐去了，晚上 9 点多一进家门，发现父亲黑着脸坐在厅堂等我，非常严厉地训斥我，并罚我站。我当时站着，眼泪鼻涕一直流，感觉非常委屈。后来我母亲开导我说："规矩早就定了，就必须遵守，如果有特殊情况，必须得提前打招呼！破坏规矩了，就得接受惩罚！"

我一直谨记父亲的惩罚和母亲的教导，之后的生活中，我一直坚持遵守公共秩序，坚持遵规守纪做好学生，坚持尽量在约好的时间提前到；走上工作岗位后，也明白了守规矩是我们每个人安身立事的底线；现在为人母了，更明白了父母的坚守，坚守规矩是父母对子女的关爱和保护。我将坚持我父母的坚守，并以此教导和要求我的孩子们！

脚踏实地是我家的传家宝

中国环境监测总站　　陈善荣

我的老家位于地地道道的苏北农村，我的父母都是地地道道的农民。我父母给我的传家宝，不是价值连城的宝贝，而是不求飞黄腾达、但求脚踏实地的座右铭。

我从小就喜欢读书学习，学习成绩从小学到初中、高中都是名列前茅。但是，我家的成分比较高，"文化大革命""左"的影响那时还是根深蒂固的。学校校长和大队书记念我是个好苗子，保我上了高中。从此，父母就一直教育我，要好好珍惜这样的机会，依靠自己的努力，脚踏实地地闯出自己的新天地。"家里穷，没有价值连城的宝贝给你，没有四通八达的捷径给你，我们也不求你飞黄腾达，但求你脚踏实地"，这就是我们家的传家宝。

揣着这个传家宝，借着改革开放的春风，我作为当时全乡当年考上大学的 3 个人之一，考上了重点大学——吉林大学。从没有到过县城的我，只身来到冰天雪地的长春，啃上了窝窝头、吃上了高粱米，完成了四年大学的学业。又借着公务员改革的良机，考入国家环保局，当上了一名光荣的环保工作者。

工作的调整、职位的变迁，从来没有改变父母对我的教诲。每次春节回家过年，父母还是这样的嘱托，加上几句廉政提醒，说从新闻里看到这个那个贪官又被法办了，真的让人担惊受怕，你可不能走这样的路。而对我每月寄回去的生活费，总是说，你少寄点、少寄点，我们够用了，你们不要负担太重了。去年春节前我母亲因年纪大了腿脚不方便，摔了一下，生活不能自理，我给家里请了个保姆，真是帮上了大忙。但在身体稍微能自理一点，父母就又把保姆辞掉了，目的还是尽量为子女减轻负担。村里的邻居们富裕起来都盖起了小洋楼，而我年迈的父母仍然住在村里最为低矮、最为简陋，但又是最为安全、生活设施最为齐全、最为方便的房子里，还是自得其乐。我想，这就是精神的力量。

如今，我的孩子也已经成家立业。在他们的婚礼上，我给他们送上的传家宝也是：不求飞黄腾达，但求脚踏实地。

传承读书上进的好家风

中日友好环境保护中心　燕娥

我出生于新疆乌鲁木齐一个普通的工人家庭。父亲是 20 世纪 60 年代从西安第一航空技校毕业后响应国家支边号召来到大西北的。父母亲都在新疆的一家大型机械厂工作至退休。如今工厂虽然被兼并了，但厂里的家属大院还在。如今厂里的老人们说到父母亲，说得最多的话是一家培养了三个大学生，不容易。

父母亲出生于河南贫困农村。小时候，父母微薄的几十元钱工资，除了要供我和两个弟弟上学，还要时常接济老家的姥爷和大伯。母亲吃苦耐劳，节俭持家，一分钱掰成两半花。但在支持我们读书方面，却从不吝钱。只上过小学的她，把供孩子学习读书看成是天大的事。无论家里多困难，只要是我们告诉她需要买书，她总是千方百计给我们挤出钱来。她总是告诉我们，"好好读书，其他的事不用你们操心""为你们买书花钱，我不心疼"。为了贴补家用，父母亲常常在下班之后接些活儿干。至今我仍记得家里昏暗的电灯下，母亲熬夜糊火柴盒的情形。

也许是受母亲的鼓励，我们家里三个孩子读书都很刻苦努力，都考上了不错的大学，这也成为对父母最大的精神慰藉。大学毕业以后，我成为一名国家公务员。父母非常欣慰，常说："咱们家出身农家，能成为国家干部，是国家政策好，要感恩知足，在单位里要好好工作。"

女儿是母亲一手带大的。也许是受母亲潜移默化的影响，她从小也很爱读书。如今已上大学中文系的她，生活里最大的乐趣就是宅在家里读书。家里书籍遍地。书房、卧室、客厅的书架都塞得满满当当，仍有源源不断的新书散落各处。闲暇之余，我们也常常聊天，谈书中所悟所想。前一段时间，我俩一起读了《邓小平时代》。从邓小平同志伟大的一生，我们认识到，改革开放是中国历史上重要的转折点，极大地改善了我们每一个普通人家的生活。我与她不同的经历，正折射出改革开放四十年间中国的巨大变化。在 70 周年国庆庆典中，当我们看到群众方阵簇拥着邓小平同志的画像走过，更加深刻地认识到改革开放对于党和国家、对于人民群众的重大意义，中国正是在不断的改革开放和奋发图强中变得越来越强大，越来越

自信。读书不但丰富了我们的知识，更增进了家庭成员间的交流，加强了家庭成员间的了解。我家将把读书上进好家风代代传承，久久相传。

小小扇子传深情

中日友好环境保护中心　孙莉

我家每人都有一把扇子。这扇子没有特别之处，就是件普通的生活用品。我的家风故事就从这件普通的小家事说起。

我出生在农村，农村的蚊蝇比城里多。打我记事起，每年"五一"过后，随着天气逐渐转暖，蚊蝇也逐渐多了起来。每到这时，奶奶照旧把归置起来的扇子拿出来，发给家里每人一把，以备扇风纳凉和驱赶蚊蝇之用。从小我就总喜欢跟奶奶在一起，因为可以放心睡觉，不用担心蚊蝇的叮咬，还能享受到徐徐的凉风和惬意。不仅我受惠于奶奶，家人也都不少沾奶奶的光。

6岁那年我与妈妈随军来到北京，年逾60的爷爷奶奶也一起跟过来养老。家里虽然安装了空调，但因为奶奶有风湿病，怕着凉，天热的时候依然离不开扇子，夏秋时节，爸爸每天下班回来，总是习惯性地拿起扇子给爷爷奶奶轻轻地扇风，我也总是有模有样地学着爸爸的样子给爷爷奶奶扇扇子。晚饭后，爸妈照例到爷爷奶奶房间，或是给他们打洗脚水，或是与他们拉家常，日子过得平常而自然。

长大后我悟出一个道理，如果说奶奶用扇子为我驱赶蚊蝇体现的是慈爱，那爸爸妈妈日常对奶奶无微不至的照顾就是孝心。母慈子孝不正是中华民族优秀传统文化的具体体现嘛。

如今，我的儿子满一周岁了，正在咿呀学语。每天，我都会用奶奶曾经用过的扇子给他扇风，陪着他安静地睡觉。有时，我会默默地想，小家伙长大以后会不会也会给我扇扇子、端洗脚水呢？老辈人用过的扇子他知道该怎么用吗……

红色家风代代传

生态环境部环境与经济政策研究中心　梁经咸

"家庭不只是人们身体的住处，更是人们心灵的归宿。家风好，就能家道兴盛、和顺美满；家风差，难免殃及子孙、贻害社会。"

这是 2016 年 12 月 12 日习近平总书记在会见第一届全国文明家庭代表时发表的重要讲话。2017 年，我的爷爷梁琪诗八十大寿，儿孙满堂、觥筹尽举。正值 2017 年元旦佳节，寿宴上爷爷向在座的子孙念了一首亲自创作的佳作：

瑞气进家门黎涛姻缘将注（铸）就，
祥光来宅第男子喜事定成双。
彩笔绘蓝图描画山水漾春意，
新年增福禄造就事业颂党恩。
四代同堂人兴财旺歌盛世，
十步芳草富贵荣华乐升平。

俗话说，治国必先齐其家。作为一名老共产党员，爷爷简单的几句话，既表达了对子孙后代需要不懈努力的殷殷期盼与事业有成的衷心祝福，也诉说了对党、对新时代中国特色社会主义伟大事业的感激之情、感恩之心。我的父亲和我深受老一辈艰苦奋斗、一生为党、一心为民的情怀所感染，在基本条件允许的第一时间向党组织递交了入党申请书，成为一个三辈均是共产党员的红色家庭，并把家风建设摆在了重要位置，并立志将红色家风"代代相传"，踏踏实实做事，平平淡淡做人。

我的父亲梁名煌，是一名30年党龄的小学人民教师。不论是《毛泽东思想》《邓小平理论》，还是《马列著作选编》等经典著作，在书房中应有尽有，父亲认真自主政治学习的态度也让我倍感鼓舞。"做一名好老师"是他一生所追求的目标，始终以勤勤恳恳、踏踏实实的态度来对待工作，认真分析教材的编写意图，注意设计好每堂课的教学方法，注重对学生各种潜力的培养，不断学习、不断实践、不断提高教育教学水平及教学管理水平。同时，作为班主任的父亲注重爱国主义教育，带领学生们敬国旗、国徽，唱国歌，班级多次荣获先锋集体等光荣称号。我也曾做过父亲的学生，每周他设计的黑板报，便是我认知中华民族的启蒙读物之一。在黑板报上，我看见了天安门，看见了长城，那时便深刻认识到了我是红色的共产主义接班人，至今那些画面仍历历在目。

我的爱人米雪是一名农村党员，大学主修生态学专业，在村支部里属于较高文化程度的先进党员干部。在日常支部宣传与活动中，不断深入学习、宣传"绿水青山就是金山银山"理念，充分调动了广大农村干部环保热情，支持区政府对村中黑臭水体改造工程。改造工程因影响个别农户在塘中种植荷花产生的经济收益而一度受阻，推进困难。米雪同志克服重重困难，反复做相关农户的思想工作，不仅使沿河栈道工程顺利完工，而且农户种的荷花作物也成了一道亮丽的生态景观，过往行人都会驻足拍照，那直抵人心的绿意，是"两山理论"的农村实践，也是对"两山理论"最生动的诠释。

正是因为优秀传统不断承传、思想认识不断提高、工作中不断磨砺考验、生活中不断督促提醒，我家的家风建设才始终在正确的轨道，将习总书记提出的"修身、齐家"落到实处。正是因为在这样一个家庭里长大，我对中国特色社会主义伟大事业充满了信心，对实现中华民族伟大复兴充满了信心。同时，我作为一名奋斗在污染防治攻坚战一线的基层年轻党员干部，也将认真践行"不忘初心，牢记使命"，全心全意为人民服务，将吃苦、奉献、担当的生态环保铁军精神在推进生态文明、建设美丽中国的伟大事业之中发扬光大，将红色家风代代相传。

平凡的母亲，非凡的生命力量

中国环境报社　邹静昭

我生长在北国江城吉林市，我的母亲祖籍湖南，在北方人眼里，我母亲这个"南方人"是瘦弱的：她皮肤白皙，身高一米六左右，体重也只有九十斤。但是在我的眼里，平凡而且瘦弱的母亲却蕴含着非凡的生命力量，她给孩子以庇护和爱，她是温暖的源泉。

母亲不仅言传更是身教，教会我赠人玫瑰手有余香。

我的姥姥在母亲刚上初中时就病逝了。母亲告诉我，当时班上有个要好的女同学很关照她，女同学的妈妈经常送双份的食物、双份的学习用品到学校，让母亲这个"没妈"的孩子，体会到了一份难得的母爱。

正是因为有了这个经历和体会，母亲很乐于在别人困难的时候伸出援手。我们楼下的一家人，男主人和儿子因为打架进了监狱，剩下一个女主人带着两个小女儿过日子，有的邻居对她们避之不及，母女三人进进出出也都低着头。春节临近，家家都忙里忙外，热热闹闹，唯独这家冷冷清清。在经济并不宽裕的情况下，春节前夕母亲还是熬夜给两个小女孩每人做了一件新衣服送去，我清清楚楚记得那两个小女孩看到新衣服露出的欣喜表情和女孩母亲感动的泪水。

我初中时发生了一件事情，母亲在下班回家的路上被一个年轻人骑车撞倒了，母亲头撞到马路边上，出了很多血，伤得不轻。火冒三丈的父亲原本想好好教训一下这个鲁莽的年轻人，但是父亲了解到那个年轻人家里很贫困，他是因为亲属去世，急着回家报信，所以才把车骑得飞快。清醒过来的母亲得知这个情况就告诉父亲不要难为这个年轻人，因为他"也不容易"，不仅拒绝了年轻人拿来的赔偿款，甚至年轻人送来的营养品她也没要，让年轻人带回去给家里老人补身体。我记得年轻人离开病房时给母亲深深地鞠了一躬。

上小学时，我就开始想学习母亲的样子帮助别人，听大人们说，住在我家楼上的一位老爷爷，孩子对他不好，吃的穿的都是剩下的，老爷爷腿脚不好，每天还要拄着拐杖吃力地用篮子提煤块上楼。听到这个情况，只要我见到老爷爷提着煤块，就会冲上去抢下篮子，帮他提到楼上的家门口，小小的我，大大的篮子，真是连吃奶的力气都使出来了。一次，老爷爷颤颤巍巍地说，闺女谢谢你，可惜我没有钱，我要是能给你买点玩意儿就好了。我听了简直比收到什么礼物都开心，这是我第一次体会到"赠人玫瑰手有余香"。直到长大成人后的今天，我一直觉得在力所能及的范围内帮助别人是件快乐的事情，"在别人需要帮助的时候，有能力伸出援手就不要转过身去"是我对自己的要求。

我的母亲，没有成就什么轰轰烈烈的事业，甚至在前不久，因为前面文中提到的脑部受伤的缘故，又患上了阿尔茨海默症，但是她已经把"利他之心"深深植根在我心中。每个人都是一棵生命树，有了母亲的温暖和滋养，树木必定根深叶茂。

人品一定要优秀

中国环境报社　陈文

"人这一生，人品一定要优秀。"这是我日常教育儿子的时候常常挂在嘴边上的一句话。我是这样教育孩子的，更是这样做的。而儿子在我的带动下，也交上了一份优秀的答卷。

儿子现在是一名教自闭症儿童的老师，教自闭症儿童不仅要具备专业知识，更要有耐心和爱心。每每跟儿子聊起这些患自闭症的孩子，我常对他说，"对这些特殊的孩子，你要视如己出。你现在虽然没有孩子，但可以想一想父母是如何疼爱你的。当你在课堂上叫学生的名字时，他越是无动于衷，越说明他病情的严重性，你就越要给他更多的关爱。"在儿子悉心的陪伴下，他的学生不仅自闭症症状有所缓解，还在国际比赛上获得了奖项。每当儿子与我分享这些美好的时刻时，我都由衷地为他高兴。

很多成人认为孩子小，不懂事，其实成人的言行早已被孩子看在眼里。

你今天在孩子面前怎么做，明天孩子就照你的做。比如很小的一件事：在大街上，你把冰棍儿纸扔到垃圾箱，小孩在你屁股后面也会跟着把冰棍儿纸扔进垃圾桶；在家或在外和爷爷奶奶一起吃饭时，爷爷奶奶不动筷子，你不动，小孩在旁看着，他也不会先动筷子。父母的行为举止就是孩子学习的样板。

2018 年 5 月，儿子和同学开车路过三里屯时，看到现场有数百人围在自行车道上，两名 40 多岁的醉汉，正一人抬头一人抬脚，把一位 80 多岁的老人往道旁的树坑里扔。原来是他们骑电动车将老人撞到了，想弃老人于树坑中再逃跑。他俩上前拦阻时，两名醉汉不仅没有收敛，反而抄起凶器和他俩打了起来。当时，围观的人越聚越多，多数在拍照录像，却没有一人伸出援手。所幸的是二十几分钟后，警察赶到把俩醉汉带回了派出所。儿子和同学都为此受了伤。

在北京市举办的 2018 年度见义勇为人员表彰会上，受到表彰的儿子也只淡淡地说了一句："每家都有老人，我们都会老，当发生这种事时，站出来的人越多，这个社会就会越美好。"儿子的表现，我想，正是我家家风熏陶的结果，希望这种家风一代代传承下去。

老妈的小习惯

中国环境报社　台桂花

时间如白驹过隙，距离那件事转眼已经过去 20 年。这 20 年间，我身边的很多人很多事儿都发生了很大变化，而我老妈却依然保持着她的那个小习惯——出门遛弯时看到路上有小石头、小砖头、小树枝之类的，必将它们捡到一边，或者丢到垃圾桶中。问其这是为何？她笑笑答曰："万一有人不小心碰上了，危险。"

要说起老妈的这一习惯，还要将时间倒退到1999年的某一天。那天，天刚擦黑，我老爸骑车外出回家的路上，不小心压到路上的一块砖头摔伤了膝盖。伤筋动骨一百天。这让平时"闲不住"的老爸，着实难过了好一阵子，天天躺在床上不能下地的日子可真是度日如年。逢人来看他时，他就忍不住叨叨："也不知是谁将块砖头扔马路上，那天天黑也没看清楚……"也就是从那时起，老妈凡出去遛弯，就多了项捡石块的"任务"。没想到，这个习惯一坚持就过去了20年。

有时，我也开老妈的玩笑："你这样做累不累？人家还以为你是干啥的呢！""累啥，举手之劳而已。"老妈很认真地回答。"如果当年有人能够将那块砖头拿到一边去，你爸也不会摔伤。"

这20年里，陪老妈上街时，我已经习惯了老妈的这个习惯。受她影响，我也习惯性地会将遇到的小石头、小砖头捡到一边去。因为我知道，这个小小的举动，虽然看似不起眼，看上去也无关紧要，但是它或许有一天，就帮助了那些曾经与我老爸一样不小心碰上的人。而老妈的这个小举动，也对我的思维方式、行为习惯产生了影响。每当在工作生活中遇到需要我帮忙时，无论事儿再小，只要我能做，我都不会嫌麻烦。用我老妈的那句话来说："举手之劳而已"。

这20年里，我也成了一个孩子的妈妈。而我相信，我的小习惯也一定会潜移默化地影响孩子的成长。愿这"举手之劳"的小习惯，让我们的生活变得更加美好！

凳子没有错

中国环境报社　黄婷婷

　　孩子玩得很高兴，在屋里跑着，突然被一个小凳子绊了一下，摔倒了，哭了起来。按照老家的习俗，老人通常会说："这个凳子真讨厌，我们打它一下，不要哭了。"这种方式对孩子来说很管用，因为一下子找到了一个撒气的对象。

　　但是，凳子没有错，你经过或者不经过，它都待在那里，没有动，是孩子乱跑自己绊倒的。把孩子哄好了容易，但是如果长期用这样的办法，就会让孩子认识不到自己的错误，也会养成凡事都埋怨他人的习惯。所以我跟老人们达成共识，孩子要是因为自己的原因摔倒了，不要用这种方式安慰他们。

　　埋怨他人是容易的，反思自己是难的。对于成人来说，也是如此。怎样去安慰一个摔倒的孩子，看起来是小事，其实是基本的是非观的问题。到底是凳子错了，还是自己错了？自己错在哪里？如果不能正确理解这样一个小问题，以后遇到挫折就会从别人身上找原因，认为自己永远是对的，也就很难进步。所以我要说："孩子，凳子没有错，是你自己不小心摔倒了，下次记得要看好周围的环境，不要乱跑。"

　　家里的客厅有一个很大的飘窗，外面的风景很美，孩子和小伙伴们想站在上面玩。一个大点的孩子说，飘窗已经安装了护栏，站在上面是没问题的，只要不靠着窗口打闹就可以。但是在我们家，这是不可以的。我对孩子们说，今天我家的飘窗安装了护栏，窗户也很坚固。但是如果养成在飘窗上打闹的习惯，以后去别人家做客，不能保证他们的窗户都是安全的，就可能有危险，所以不能在这里玩耍。从小有了风险意识，以后面对类似的问题就会本能地预防风险。

能不能站在飘窗上玩，其实是个习惯问题，是孩子风险意识的培养问题。孩子虽小，却是独立的个体，有自己的思维和逻辑。让他们自己培养正确的思维习惯，就会免去家长一次次的管教和担心。

明辨是非，可以从一个小凳子开始；预防风险，可以从一扇飘窗开始。

为人母亲，时间并不长，也在很多方面做得不好。孩子，让我们共同成长。

"一封家书"话责任

中国环境报社　黄冀军

期末语文考试的第二天，上小学的孩子早上看到我，兴奋地说："妈妈，这次语文考试的作文是写'……最可爱'，我写的是'敬业最可爱'，写的就是您。"那一刻，心是暖暖的。

由于工作性质的原因，加班于我是常态。当孩子班上的同学抱怨自己的妈妈总是唠叨时，孩子却羡慕她可以随时跟妈妈聊天；当爸爸出差、妈妈加班，深夜里因为害怕一直哭到睡着了时，孩子心里萌生了不理解，为

什么自己的妈妈不能和别人的妈妈一样，多陪陪自己。

前不久，学校组织了"一封家书"的活动，孩子在信中向我发问："妈妈，你能不能少加点班，多陪陪我？"看到孩子的信，作为一个当妈的，也难免心酸和不安，同时也觉得应该和孩子谈一谈妈妈为什么这么做。

在回信中，我告诉孩子："作为一位母亲，妈妈有一份责任，应该在你需要陪伴的时候多陪陪你。但妈妈还有一份工作，一个岗位。每一个岗位也有一份责任，也是必须要做好的。妈妈的工作虽然不是在一线冲锋陷阵，也未必能取得让人瞩目的成就，但你看到的每年越来越多的蓝天、越来越清的小河、旅行中见过的美丽风景，都有妈妈在自己工作岗位上做出的努力。"

在信的最后，我写下了对孩子的期许："妈妈也希望，不管你长大之后从事什么样的工作，一定要做个有担当、负责任的人，做一个对社会有用的人。"

年幼的孩子不一定能完全理解妈妈在两份责任之间的艰难平衡，但她慢慢地理解了妈妈的另一份责任，潜移默化地在成长中学会责任与担当。

最好的教育是以身作则

中国环境报社　王一博

有一次，女儿问我："妈妈，我什么时候才能长大啊！长大了就不用学习，不用写作业了！"我说："俏俏，妈妈告诉你，有一句话叫'活到老学到老',你看妈妈 30 多岁了也一直在学习,爷爷 60 多岁了也每天看书啊!所以我们不管长到多大都要坚持学习!"孩子认同地点点头。

家庭是孩子的第一课堂,家长是孩子的第一任老师。孩子将来成为一个什么样的人,在某种程度上,取决于父母是什么样的人。所谓以身作则,就是用自己的实际行动对孩子进行最直接的影响,这是家庭教育中的一种最不起眼,却也是最重要的教育形式。

大道理说起来容易,做起来难,大人是如此,更何况是小孩儿。我出生在普通的工人家庭,爸爸是货车司机,妈妈是出纳,他们都没有很高的文化水平,也从来没有给我讲过什么大道理,我的童年没有一二三四、综上所述,也没有唐诗宋词、之乎者也,但他们用实际行动教会了我诚实、善良、勤劳和脚踏实地!现在我也为人母,每当想到有一个小孩儿处处以我为榜样,我便感受到了自己肩上的担子,我必须要更加努力认真地生活,为孩子做好表率!

以身作则不是口号,不是在孩子面前装样子,而是发自内心的、自然而然的、由内而外展现出来的。我们不用天天教育孩子要讲礼貌,当我们自己做到讲礼貌,说话时常常带着"请""您好""谢谢",孩子自然就学会了有礼貌地讲话。

以身作则便是最好的教育,愿我们和孩子能一起成长,成为更好的自己!

父爱如山

中国环境出版集团　王付瑜

　　父亲离开我们已经 3 年了。每每回想起父亲对我人生的教导，少有言语的表达，多是身行的示范。父亲为祖国的国防科技事业奋斗了一辈子，虽然很少表达他的爱，可是我已经感受到他的爱无处不在。

　　父亲忠爱事业。听母亲说，父亲年轻时一次做实验，需要将水银从容器中吸出，由于当时国家实验条件有限，他义无反顾，冒着生命危险，用嘴一口口吸出水银。我吃惊地问："您不怕吗？"父亲只平淡地说："工作需要"。后来，父亲调到机关工作。那时，我还很小，总觉得他有写不完的材料，经常通宵达旦赶稿子，台灯下的伏案身影便是我儿时半夜醒来的定格画面，然而第二天一大早父亲又活力满满地去上班。我曾经一直不解，父亲这么辛苦，脸上的笑容从何而来？

　　父亲热爱生活。父亲响应国家三线建设号召，几乎一辈子生活在大山沟里，物质和精神生活极度贫乏。然而，印象中我家的生活却充满生机。父亲是一个闲不住的人，每隔一段时间就要把家里的家具挪动一番，重新摆放，好像搬进了新居。父亲还利用单位集体放电影时间，在不影响邻居休息的情况下，自己设计、自己动手，打制了我家第一件大件家具——大衣柜，成为我们炫耀多年的谈资。父亲兴趣点颇多，琴棋书画、文艺体育信手拈来，时不时给我们"自编自导自演"一番。我一直对父亲这种快乐生活的态度佩服不已。

父亲关爱亲人。他想方设法为我们改善生活，早年间单位食堂食品单调，他就摸索着给我们炸油条。每年六一、春节，亲自给 3 个子女剪裁缝纫一身样式新颖的新衣，增添节日的喜庆。晚年的父亲病了，半身不遂，最后 3 年在医院 ICU 中度过，不能说话，他就用眼神和手势传递着对亲人的关心和问候。就连照顾他的护士有什么不开心的事，都愿意跟他说一说。护士对我们说："爷爷能懂，他能用他的方式安慰我们。"我一直在想，是什么精神力量使父亲如此强大。

现在，步入中年的我渐渐明白，父亲在工作生活中以苦为乐、苦中求乐、施乐于人的缘由只有一个字，那就是"爱"，是对工作的忠爱、对生活的热爱、对亲人的关爱。这种"爱"就是我们家最为宝贵的家风。父爱像一座巍峨高大的山，沉默无言，却极为厚重，将伴我一生。父爱如山，父爱无疆。

写给宏儿的一封家书

中国环境出版集团　曹玮

宏儿：

今天妈妈想跟你聊聊姥爷的故事，就是恨不得每天都跟你视频、很爱你也很爱妈妈的姥爷。虽然我们跟姥爷聚少离多，但姥爷身上有种大爱，我希望你能慢慢体会到，让它们伴你一生，有担当、得幸福。

爱岗敬业，以校为家。姥爷在中学任职，在妈妈读书的几年里，虽然是走读生每天能回家，但是一日三餐都见不到姥爷的身影，反而只能在学校里匆匆擦肩而过。那时候，姥爷几乎把全部的心思和时间放在学校和学生身上，早出晚归，而妈妈作为他的亲闺女难免有些"吃醋"，有时甚至会偷偷抹眼泪。可是看到姥爷把学校管理好了，学生家长啧啧称赞，学校的软硬实力稳步提升，身为学校的一名学生，妈妈也是倍感骄傲和自豪。宏儿，在你日后的漫漫人生路上，你会逐渐体会到，每个人不是一个独立的个体，也不只担任家庭角色，我们终将成为社会人，有责任、有使命，为社会、为国家贡献你的力量，愿你也有姥爷这样的胸怀和格局，有热爱的那份事业，干一行爱一行！

舍己为人，吃亏是福。姥爷是个热心肠，朋友也是遍天下。每当亲戚朋友遇到难处，总是第一时间求助姥爷。姥爷呢，典型的实在人，无论对谁都会尽心尽力地帮忙。按照世俗的眼光来评判，姥爷似乎带点"傻"气，总是为难自己，成全别人。可是在他看来，这却是快乐生活的法宝，他总把"吃亏是福"挂在嘴上。远亲近邻一提起姥爷也是一致点赞。宏儿，有句话叫"予人玫瑰，手留余香"，当你力所能及地帮助了别人，也是给自己积累福报。人总会有需要帮助的那一刻，爱出者爱返，福往者福来。

教育有方，字字用心。姥爷是一名教育工作者，很多时候，通过文字来影响妈妈。上小学时，姥爷在铅笔盒上写了四句话鼓励妈妈，妈妈现在依然历历在目——"刻苦认真，勤学好问，一丝不苟，精益求精"。上中学时，铅笔盒上的座右铭升级为"你永远无法超越别人，你只能超越昨天的自己。"此外，每逢新学期的第一件事就是包书皮，而妈妈最期待的就是姥爷给书皮"题字"，语文、数学、英语……有了姥爷的"加工"，这些书仿佛有了魔力。这些儿时的文字时刻伴随着妈妈成长，妈妈也很感激这些文字的力量，它们像一盏明灯，照亮了心里的路。宏儿，虽然妈妈小时候没有昂贵的学区房，也没有顶级的硬件配置，但是在姥爷的一路指引下，今天也成了一名有用之才，所以妈妈也会把姥爷的教育理念传递给你，让你在精神富足的环境下快乐成长。

愿你勤奋、善良、有担当，像姥爷一样成为一名真正的男子汉！

爱你的妈妈

2019 年 9 月

身教最为贵

中国环境出版集团　赵茂才

我的家是一个普通的家庭，祖辈生活在湘中资水岸边的一个小山村，每年都闹水灾，世代清贫。我的爷爷在我大哥出生当年就离开人世，两年后我的奶奶双目失明，也无法下地干活了，生活的重担压在作为农民的父母身上。

父母识字不多，不会讲大道理，父母的行动如润物细无声、潜移默化地浸润、教诲我，正如教育学家叶圣陶先生说的"身教最为重，行知不可分"。父母的身教不知不觉地也形成了我的家风：对子女从小要严格管教，自己要好学、勤劳、孝顺、乐观、自强，对他人要和谐、友爱，做事要认真、敢担当……父母留给我美好的家风财富，指引着我的工作和生活。家风就像一盏明灯，已照亮我的心田，我也用自己的方式传承家风。

我记得儿子出生后，白天父母看，晚上自己带，我们夫妻每天坚持在儿子身边读书、讲故事。上幼儿园后，父母就回老家了，要求儿子按时睡觉、按时起床，自己能做的事自己做。我记得儿子上小学五年级时，由于晚上参加国庆"七色光鼓乐队"排练，导致作业没能及时完成，儿子恳求我，能否明天早上起来再写，我说："今日事今日毕"。儿子虽然很困，但还是坚持写完作业再睡觉。通过锻炼，儿子养成了积极向上、学习自觉、热爱集体、关心他人、自律守规矩、乐于贡献的品德。小学毕业后，考上了十一学校直升班，初中、高中、大学都较优秀，也不要我们操心。

"身教最为重，行知不可分"的家风传承，不同的年代讲究不同的方法，用自己的行动去影响子女，让家风世代传承。

年轻的爷爷

生态环境部核与辐射安全中心　王京

"孙子好，爷爷建议你买一本《习近平新时代中国特色社会主义思想三十讲》深入学习一下好么？建议你多学习下政治的书籍，以增加你对新时代的一些认识。这是我的一点希望。"这是爷爷发给我的朋友圈评论。

我的爷爷生于 20 世纪 20 年代，15 岁时，因为家乡发大水无法生存，闯关东到吉林延吉讨生活。那时的延吉处于日本侵略者的统治下，中国人如同亡国奴般深受压迫和欺凌，爷爷感受到了深深的民族危机感。回到家乡后不久，爷爷就参加了地下党的抵抗日本侵略军的活动，并于 1943 年初加入中国共产党。在革命队伍里，受到了党的教育，坚定了跟党走的信念和意志，积极参加到打倒日本帝国主义的各项战斗中。日本侵略者投降后，我的爷爷一直在家乡县政府工作，积极开展解放区革命斗争，发动群众反匪反霸，打击地主武装还乡团，组织担架队支援前线。1947年10月，我党提出"打过长江去，解放全中国"，号召干部报名南下，我的爷爷积极响应报了名，被编入冀鲁豫南进支队。淮海战役胜利后，我的爷爷就留在安徽，一直工作到70岁高龄才离休。

爷爷一直很严肃，始终保持着一丝不苟的生活作风，还经常教育我要不忘党恩，要把全部身心献给祖国献给党。爷爷自己也以身作则，实时关注党的动向。2015年习近平总书记在纪念中国人民抗日战争暨世界反法西斯战争胜利70周年大会上作重要讲话后，爷爷还亲手执笔写下了"正义必胜！和平必胜！人民必胜！"

自我第一次提交入党申请书至今，已有几个年头，但还没正式入党。今年春节，爷爷把一本他做了笔记的《习近平的七年知青岁月》送给我，告诉我习近平同志当初因为他父亲习仲勋的问题当不成党员，但他坚持不懈地递交申请书，同时表现优异，终于打动了所有人，成了光荣的共产党员。爷爷说，能否入党，是组织在考验你，你自己不能停止向组织靠拢的脚步。于是我又一次提交了入党申请书，终于在今年成为积极分子。

如今，爷爷和奶奶都已经是90多岁的高龄，但他们依然没有懈怠，坚持锻炼身体，看新闻看报纸，爷爷甚至学会了看公众号、发朋友圈。每天傍晚，如果你走在合肥天鹅湖畔，一定能看到两个挺拔的身影相偕于石阶之上。

这就是所谓的革命人永远是年轻的吧！

温柔的力量

生态环境部核与辐射安全中心　倪曼

从上大学离家，到步入社会、参加工作、成立家庭，和父母之间似乎渐行渐远。可实际上，我们除了眉宇间带着他们的模样，脾气秉性中也藏着他们的影子，不经意之间，你会发现，原来无形之中，父母已对你产生了许多潜移默化的影响。这里，我想讲的是，父亲让我感受到的阅读和书籍的力量。

父亲大我两轮，我们同一属相。作为一名"60后"，那个年代轰轰烈烈的运动，一穷二白的生活，作为整个时代的烙印，也同样印在他身上。可是，和大多数同龄人有所不同的是，即使在下乡，他仍然没舍弃的，是书本。1977年恢复高考，父亲考入河北大学外语系，我想，正是这纯粹的对知识和学习的热爱，让他在困苦的生活中依旧充满热情地坚持了下来。

小时候，家里房子并不大，可依旧有很大的书架塞满了书，从各类英文词典到古典、通俗类小说，包罗万象。那时候父亲很爱买书，我依然清楚记得他从新华书店拎回厚厚的《辞海》、到北京出差买回阿加莎·克里斯蒂的英文原版小说。所以，读书对小时候的我来说，好像自然而然就开始了。印象最深的场景之一，是父亲带着我坐在窗边的桌子前，捧着书一句一句给我讲解《俞伯牙摔琴谢知音》，现在回想起来，文章的具体内容早已模糊，可是所感受到的纯粹直接的乐趣却一直停留在记忆中。后来，从路遥的《平凡的世界》到柯南·道尔的《福尔摩斯探案集》，从巴金的《随想录》到老舍的《四世同堂》，父亲带着我感受着藏在书本中的那个广阔宇宙。那时候他好像并没有完全当我是个小孩子，也并没有担心我能不能看得懂，就像朋友一般，看到好书、好句，迫不及待和我一起分享。

所以，我从学生时期到现在，阅读的习惯一直保留了下来。我想，这很大程度上应该归功于父亲的言传和身教。阅读，有时使我像充满好奇心的孩子进入了一个光怪陆离的世界；有时又好像轻拂时间的尘埃，让我和作者进行一场穿越时空的对话，更重要的是，有了书本的陪伴，能给予你很多勇气和力量去面对未知的境地和挑战，我想，这种温柔的力量，也是家庭赐予我最好的礼物。

尽己之心而厚重不迁

生态环境部南京环境科学研究所　李红兵

自己很小的时候就隐约知道父亲是一位小有名气的语文老师，可是到了 20 世纪 70 年代后期，父亲却改行教起了地理。自己曾疑惑不解地问父亲为什么？父亲只是笑呵呵地对我说，爸爸大学就是地理专业，前些年想教地理无用武之地，现在是回归本行。自那之后，父亲就在县城里那所最好的高中教高三年级的地理，当班主任，直至退休，一年也没有中断。

小时候总感觉日复一日、年复一年，记忆中除了一成不变的日子，还有每天早出晚归的父亲。除了假期外，父亲总是一早就去学校，很晚才回到家。随着年龄的增长，我才知道父亲每天基本都是第一个到办公室，打扫卫生之后再到教室迎接上早读的学生；每天晚自习下课后，再到办公室整理一番，然后下班回家，早已习惯成自然。

即便是有一年因病昏倒在讲台上，也丝毫没有影响他的习惯。偶然有一次，自己还听到过父亲和别人的对话。那人问，"李老师，您教地理那么多年，早已熟能生巧，哪里还用那么认真地准备教案？"父亲只是平淡地回答，每年高考都有新题型、新要求，自己也有新体会，备课越仔细自己心里越踏实，学生才能学得更充分。

记忆中，父亲从没有训斥过我，但又无时无刻不在用他的一言一行，润物无声地影响我。踏实、敬业、好学，正是父亲给予我的最好家产。工作后，自己远离了故乡。

每次回家看望父亲，免不了会聊起自己的工作。即便是在父亲退休后生病行动不便的日子，对我嘱咐最多的还是，对待工作要尽己之心，待人接物要持心近厚，空闲时读书思考烛微虑远。父亲离开我已经 11 年了，他身材清瘦，但淡泊、厚重的形象却像山一样深深刻在我的心间，也在我身上打上了永远的印记。

现在，自己的孩子越来越大，上了初中。这两年自己一直在京外工作，不能朝夕陪伴。偶尔回家的日子，自己会和孩子分享工作学习的感悟，鼓励孩子做做家务，带着孩子锻炼锻炼身体，再有时间就看看书，在家里营造一个学习的氛围，尽量用父亲曾经影响自己的方式去影响孩子。

最近，孩子有一门课成绩很不稳定，而且孩子是这门课的课代表。爱人通过微信和老师沟通，老师说，孩子做课代表特别尽职尽责，如果能把这份认真劲儿用到课业的学习上，成绩一定能稳定起来。这个答案有些出人意料，似乎却也令人欣慰。

用"对子"传承的家训

生态环境部南京环境科学研究所　李维新

　　光景不待人，须臾发成丝。从 1983 年离开家乡，我已在外漂泊了 36 个年头。今年的农历年春节，我又回到了已有几年未回的苏北农村老家过年，见到了勤劳淳朴的父老乡亲，见到了一家家贴满"对子"冒着炊烟的农舍。

　　从儿时记事起，每逢过年，早晨一睁开眼睛，我家房子和院子大门里里外外都被父亲贴满了"对子"，也就是春联。在全村老一辈当中，父亲是为数不多上过几年私塾的"知识分子"，而且他还能写一手好字。快过年了，乡亲们送来一摞摞的红纸，让父亲帮忙写"对子"。父亲写的"对子"大多取自于民间家训家规，且都很有针对性，如果家里是种地的，就写"耕读传家，勤劳致富"予以鼓励；如果家里是做生意的，便写"君子爱财，取之有道"给予提醒；但写得最多一副 16 字的"对子"："敬德修业，兴我家邦；诗书共读，翰墨传香"。听父亲讲，这是取自留传百年的李氏"80 字"家训中的句子，虽对仗不甚工整，但立意很好，是他特别喜欢写的对子。我们李氏家族非常崇尚读书，虽为农人，不舍书香，不管家境如何，不管男孩女孩，都会在教育方面不遗余力支持。这些年来，已先后有 20 多人通过考大学走出了农家，成为不同领域的专家、干部和企业家，整个家族也以重教尚文享誉乡里。

记得 15 岁那年，我考上了离家 40 多里外的县重点高中，是村子里第一个上县重点高中的人。父亲特地把担任初中校长的堂叔请到家里，认认真真地给我上了一堂"政治课"。堂叔说："你能考上重点高中很不容易，要好好珍惜，按咱们祖上的教诲，做到忠诚孝顺，认真读书，踏实做人。"我家离镇上汽车站有 6 里多路，为不耽误我坐长途汽车去上学，母亲凌晨 3 点就起床给我做带到学校的煎饼和咸菜。当我背起行囊走出村子的时候，月亮还在村西头的树上挂着，父亲紧紧跟在我的后面，一直送到村外，边走边在嘴里念叨："二叔说的话一定要记住啊，这是咱祖宗为人处事的根本。"我说："记住了！您放心吧！"

30 多年来，这个家训就一直伴随着我从高中到大学，从走上工作岗位到现在。时至今日，父母双亲和堂叔虽已作古，但当年父亲写的读书做人的对子，堂叔对家训的解读总是时常在耳边萦绕。从一名农家子弟到一名环保战线的党员干部，特别是近几年走上管理岗位后，什么是对的，什么是错的；什么可以做，什么不能做……这个"对子"在我心里扎着一条的"红线"，每时每刻都在提醒我：要做到敬德修业，干净做人！

自从双亲去世后，老家已经变成一种哀思和怀念。如今我站在老房子前，看着新贴的对子，当年父亲写"对子"的情景仿佛就在昨天。我在堂侄的陪伴下到本族叔伯家中去拜年，长辈们指着门上新贴的春联，叮嘱我们这些长年在外面工作的公家人，一定要牢记祖宗留下的家规家教。一串串欢声笑语，一句句严肃叮咛，让这条以"对子"方式传承的家训铭刻在场的每个人心里，相信一定还会以这种方式长久地传承下去。

鳊鱼的味道

生态环境部华南环境科学研究所　汪海洋

鳊鱼肉质细嫩，价格亲民，是一家老小都爱吃的河鲜。我下班回家，如果看到餐桌上有一盘色泽鲜亮、香气扑鼻的红烧鳊鱼，一天的疲惫立即被赶跑了大半，恨不得马上大快朵颐一番。坐定端碗、手执竹筷的同时，初中毕业那年夏天，跟着父亲在乡下钓鱼的场景，不禁又浮现在眼前。

父亲是共产党员，在县农业局工作，主要从事茶叶技术推广和茶树优良品种选育，平时不是在乡下试验田蹲点，就是在单位工作加班。中考后暑假里的一天，父亲笑着对我说："明天周末，带你去张伯伯家钓鱼吧。""太好了！"我高兴地跳了起来，"您有空了，这可真是太难得啦。"

第二天一早，父子俩各骑一辆自行车，带上毛竹做的简易鱼竿，背着水壶就上路了。出县城往北，先是起起伏伏的柏油马路，接着拐进坑坑洼洼的乡间小路，蹚过一条浅浅的小河，伴着不绝于耳的蝉鸣和野草泥土的清香，不出一个小时，我们到了目的地。一大片茶园中有一幢砖瓦大屋，张伯伯早就在门口等候了。张伯伯是父亲搞茶树新品种试验推广的合作农户，父亲与他寒暄着，我的心早就飞到鱼塘边去了。看到我心不在焉的样子，张伯伯笑了起来："小伙子，等不及了吧，走，我这就带你去！"

鱼塘在屋后，一亩见方，静静的水面如碧玉一般，水下不时泛起气泡，漾起浅浅的涟漪。来到鱼塘边，父亲帮我把红蚯蚓挂上钓钩，我忙不迭地

甩出鱼线，就地坐在塘边，开始垂钓。父亲跟张伯伯又谈论起了茶苗，说着说着，两人起身去了茶园。时间一分一秒地过去，我的鱼线却总不见动静。我觉得是位置不对，收杆移了几次地方，结果还是不行。这时父亲回来了，一看我一无所获，抱怨连连，打趣地说："还不错，至少还在坚持，没学'小猫钓鱼'。"父亲在我旁边坐下，接着说："钓鱼还是要耐得住性子，心浮气躁，手就不稳，鱼想咬钩也咬不准呀！"父亲跟我聊起他按照单位要求，为解决县里茶树低产的问题，从1978年开始牵头搞茶树新品种选育的经历，前后花了10年的功夫，通过了省里评委会的认定，这些年在搞推广试验，再过一段时间就可以去参加全国评委会的审评了。

虽然听得懵懵懂懂，但我明白了父亲的意思，做事情不要急于求成，看准了方向就要沉得住气，功夫不负有心人。说着说着，父亲忽然低声喊道："咬钩啦！"我一看，果然浮标沉了下去，赶忙提竿，一条大鳊鱼不情愿地被拉出水面，甩到了塘边草地上，不停地翻腾。我开心极了，将鱼竿一把塞给父亲，扑上去抓住鱼，手忙脚乱地套进准备好的袋子里。张伯伯闻讯赶来，帮忙舀了些塘水装进袋子。

弄好后，时间也临近中午了，父亲婉言谢绝了张伯伯留我们吃午饭的邀请，从裤子口袋里掏出三块钱。张伯伯一看，马上压住父亲的手，说："饭都不吃了，自己家的一条鱼，这里又没有外人，老汪你还拿什么钱啊，孩子高兴就好。这几年在你指导下，茶叶质量好了，挣了不少钱，还没来得及感谢你呐！"父亲不疾不徐地回答道："工作的事归工作，你也给了我很大支持。今天孩子很高兴，虽然只有我们三个人在，但这钱还是要给的，不然这鱼吃起来会卡着刺的。"来回推辞了几次，张伯伯拧不过父亲，只好收下了钱。

回到家后，大鳊鱼当仁不让成了餐桌上的主角，奶奶用了最拿手的红烧做法，全家人都说好吃。父亲说起了鱼的"价格"，妈妈笑着说："那还不如去市场买呢！"父亲接着说："自己劳动的果实，吃着更香啊！再说老张家孩子多，靠种地做茶不容易嘛。"我一边吃一边听，感觉似乎明白了什么，而这鳊鱼的味道，与父亲的话一起，成为我难以忘却的记忆。

让孩子在良好的家风环境中成长

随着二胎政策的放开，我也顺理成章地成了一个二孩父亲。周末听大女儿聊聊学校的奇闻轶事，陪小女儿在外跟小伙伴一起玩一玩，偶尔参加一下大女儿的家长会。在这个过程中，看到了不同的家长在对待孩子教育上的态度，以及不同孩子不同的表现，便越发深刻地感受到家风对孩子成长的重要性。

在陪伴孩子成长的过程中，我始终认为不能单纯地依靠学校的教育，良好的家风传承对孩子性格的养成、人格的形成更为重要，因为家风是在日积月累中潜移默化孩子的内心世界的。家风是什么呢？我也经常思考、回忆自己在成长过程中父母给我的教育和影响。慢慢地我发现，身为农民的父母从来没有语重心长地教过我什么，他们一直都用实际行动向我展示勤劳、朴实、节俭、诚信、孝顺、善良的农民形象。我突然茅塞顿开：家风是一个道德标准，这个标准不仅仅包含勤劳、朴实、节俭、诚信、孝顺、善良这几个方面，还有很多很多，而且这个标准一直都衡量和左右着孩子的成长。传承好这个家风，就是要坚持好这个道德标准。

记得有一段时间，大女儿总是向我们抱怨："爸爸，您再给我买一支笔

216

吧，您上次给我买的那支漂亮的笔又被某某拿走了。"于是我问她："你为什么不拒绝呢？"女儿回答："可是她很喜欢啊。"我又问道："这支笔那么漂亮，你自己喜欢吗？""我当然喜欢啊，要不然怎么会买呢。""那你为什么不拒绝呢？""我也想拒绝，但是她也非常喜欢那支笔啊，所以我只能给她，自己再重新买一支了。"这时候，我知道孩子已经传承了善良的习性，只是还不懂拒绝，我便开始引导她："孩子，这支笔是很漂亮，很多人都会喜欢，但如果不是自己的东西，我们不能随便拿走。假如以后别人有什么东西你非常喜欢，你可以找别人借过来看一下，但是不能把别人的东西占为己有，条件允许的话，我们可以自己去买。如果以后别人想要你的东西，你可以送给她，也可以告诉她在哪里可以买到，你要学会拒绝，这样还能帮助别人养成良好的习惯。"或许一次两次的教育孩子还不懂得拒绝的重要性，但是在她成长过程中她一定会慢慢明白，合理的拒绝不仅能让自己免于为难，更能够帮助别人形成良好的习惯。

从一件又一件的小事中，我发现，家风，就是一种无声的影响和教育，作为父母，自己首先要遵守好道德标准，然后才让孩子从良好的家风中受益，在良好的家风环境中健康成长。

母亲的传承

生态环境部环境规划院　牛浩博

像大多数人一样，我也从小受到母亲影响，她并没有特意表现什么，只是按照自己对世界的理解为人处事，作为孩童的我也只是一直用着小孩子特有的敏锐视角去感受。

幸运的是，现在看来，母亲对我的影响都是正面的、积极的，用现在的话说叫"正能量"，但这个词用到这里又有些过于坚硬——我相信那时候的我感受到了一种叫作温暖、善良、坚强的东西，就像春天的和风、夏日的细雨。

母亲在师范学校毕业后就在中学教书，我的童年就在那所中学里度过。在我成长、渐渐懂事的过程中，也听到了一些关于母亲的故事，有说她在周末冒着鹅毛大雪，步行几公里的山路，去给家里只有残疾父亲的小孩补课，然后事迹被写到书里。不知什么时候，家里吃饭突然多了一位姐姐，大概这样持续了三年，后来长大了才知道姐姐家里只剩一位年迈的爷爷，学费交不起，母亲就在学校带了她三年，生活学习她都负责，后来姐姐就叫母亲——娘。现在她已结婚生子，每隔一段时间就会带着丈夫和女儿来看母亲。在上中学的时候，了解到母亲在工作上也是成绩斐然，经常听说哪个班的语文成绩差，让她带一年后，就可以全镇第一，我知道那不是魔法，那是母亲对每一个孩子倾注的心血。

这样长大的我，一直在追寻着那种温暖、善良、坚强，我希望也可以像母亲一样找到能挥洒热情和汗水的地方，成为一个能发光发热，对社会有价值的人。后来我在大学成为党员，才知道母亲已经是有20年党龄的老党员了。

毕业参加工作后，有一段时间参加大气污染综合治理巡查、蓝天保卫战重点区域强化督查、黑臭水体整治环境保护专项行动等工作，有时忙起来忘记给家里打电话。在某一天，家里工作的同学给我发了一个微信的链接，题目是《感动巩义——最美女教师》，打开一看，赫然看到母亲拄着双拐上课的照片，脑袋"嗡"地一下，立刻给家里打电话，才知道母亲不慎崴脚，脚踝处竟然骨折了。我略带哭腔地问母亲为何不告诉我，电话那头

说："知道这段时间是环境保护工作的攻坚期，就没告诉你，我这没事，已经打过石膏啦"。我正准备说明天就请假回家，她直接告诉我不要现在请假回家，她已经没事了，把当下的工作做好最重要。后来记不清楚是怎么挂掉的电话，只记得有咸咸的东西流到喉咙里。

母亲从来没有跟我说过，做人要善良，工作要认真努力，做一个对社会有用的人。但我知道，在我成长过程中，确实有温暖、善良、坚强的东西在我心底生根发芽。

我相信，这就是一种传承吧。

做一个善良的人

生态环境部环境规划院　　冯燕

记忆中父亲很少对我们说怎么做人做事的大道理，而是以他自己的一言一行，以一种润物细无声的方式，教我们要做一个善良的人。

父亲是一名儿科医生，从医多年，他曾经说过，他最大的愿望就是能医治更多的患儿，让更多的家庭看到希望，更加幸福快乐。所以，每次治疗成功，看到患者家属脸上灿烂的笑容，父亲比什么都开心。针对一些疑难杂症，为了提高诊断的精准性和有效性，父亲潜心钻研，不知把一本本的医书都看了多少遍，说只有不断提高医术，才能药到病除，才能为更多的患者解决实际问题。

父亲总是很忙，在诊室里总是有很多慕名前来就诊的病人，有时还找到家里来看病。不管患者是什么身份，贫穷或富贵，父亲都一视同仁。记得有一次，一位从乡下急匆匆带着孩子来看病的村民，因为没赶上就诊时间，就跑到我的家里来了，鞋子上还沾满了泥土。父亲很耐心地看了病情，开了药方，多半是不太贵又有效果的药，然后反复叮嘱注意事项，直到把患者送走，父亲才安心吃上午饭。父亲总是记挂着患者的病情，即使自己不值夜班，有时还不放心也要去住院病房查房，往往到晚上11点后才回家。

父亲不是我们县城的当地人，他的家乡大概离我们的县城有300多公里。父亲在世的时候几乎每年都要回自己的老家给爷爷和祖辈扫墓，因路途远，在路上要换乘几次，奔波将近1天时间才能到村里。每次回去之前，父亲会买上好多药品，说村里人也不富裕，看病也不方便，自己回去一趟要多给大家看看，都是免费看病，免费提供药品。

医者仁心。父亲为人善良真诚，总是为患者考虑，赢得了大家的敬重，他也乐在其中。父亲离开我们已经6年多了，现在想想父亲对我们影响最深的可能就是父亲一辈子都在做一个善良的人，真诚帮助他人。我也是这么教育我的孩子，一定要做一个善良的人，帮助别人的同时也成就了自己。

家风代代传

生态环境部环境工程评估中心　　刘伟生

我从小在河南农村长大，"土里土气"是在骨子里的。

我的家族往上数五代没有人离开过河南，我是第一个离开家乡的人，也从此在外生活至今。最先变化的是口音，上大学后，我也学会了说普通话，但可以随时切换至河南频道。

不记得家里有祖训、格言，也没听说有族谱。只是听我母亲说，我爷爷三兄弟没分家时，她刚过门，家里有几十口人同时吃饭。我从小和其他孩子在村子里一起长大，上学前晚上我父亲教我识字，教材是《欧阳海之歌》，一寸多厚的黄纸书，以至于我现在对繁体字依然亲切，也仍能记得书中的片段。慢慢长大，知道我老家还叫"许慎故里"，离家不远就是"岳飞大破金兀术"的地方。

许慎作《说文》，病重时让儿子许冲把书送到洛阳，献给国家，以为传承，这就是"士不可以不弘毅"。人已病危，死而后已。许慎的做法，就是把传承文明当成自己的历史责任。这种责任感，留在了"许慎故里"。民族英雄岳飞的"精忠报国"，让少不更事的我，幻想过"马裹尸还"。这种精神一代一代地浸透在中华儿女的骨血中。

乡村自古是"养不教，父之过"。父亲教我读《欧阳海之歌》，让我记忆深处留下了一名年轻解放军战士舍身拦惊马的英雄壮举，也记住了欧阳海说过的话"我吃公家的，穿公家的，为人民做点事是完全应该的!"年过半百的我依然记得读过《欧阳海之歌》。九泉之下，父亲不知道我已成为党委书记，他更不会想到他讲的欧阳海故事，会对少不更事的我留下什么。这就是传承吧。

有人说："胃是有记忆的。"在我身上这一点特别明显，我喜欢吃馍，以至于所有的面食。我的胃拒绝一切洋食品。还有一点我也没有跟上时代。我拒绝孩子上补习班（兴趣班除外）。我偏执地认为：办补习班的唯一目的是为赚钱，副作用才是教孩子学习。那莫不如把孩子完全交给学校，尽管不是所有老师都是尽责的，但是中国公立学校办学的全部目的却是教育学生。

从牙牙学语，我就和女儿一起学习唐诗宋词。在家听父母的、在学校听老师的她，慢慢长大，小学获"北京市少年先锋奖章"，初中在普通班荣获"三帆奖"并被保送高中，她马上就要从英国帝国理工大学毕业回国。我想起了她指着柳枝稚嫩地说"千条万条绿丝绦"，想起了她指着楼下草坪感悟"草色遥看近却无"。这也是传承吧。

小事讲风度，大事讲原则

生态环境部环境工程评估中心　周鹏

小时候，父亲常对我讲："小事情要讲风度，大事情一定要讲原则。"他是这样说的，也是这样做的。

母亲爱唠叨，经常数落父亲的不是，但父亲从来都是呵呵一笑，既不争辩，也不反驳。

有时候我看不过眼了，问父亲为啥不解释几句。没想到，父亲竟然十分郑重地对我说道："我出差多，一年到头没几天在家，你母亲一个人操持家务，还要上班，对家庭付出比我大多了，她心里有情绪，当然只能跟我唠叨。儿子，你一定要记住，家从来就不是讲理的地方"。

父亲在单位主管化肥采购，在计划经济时代，这是个十足的肥缺。经常有下游经销商找上门来，请父亲帮忙多关照，并在送过来的"土特产"中捎带"真金白银"。对此，父亲一直都是一视同仁，立即予以回绝。父亲的做法引来了不少经销商们的不满，再加上不少眼红父亲职位的同事歪曲事实，单位主管领导将父亲调离现岗位。结果，父亲离开还不到半年，新上任的同志就因抵挡不住诱惑，多次违规收受"好处费"被人举报，父亲也因此再次回到原工作岗位。

如今，我也已经娶妻生子，组建起了自己的小家庭，所从事的工作也具有一定的廉政风险。但父亲的言传身教一直在我心中，使我的家庭生活充满欢声笑语，也让我的工作远离红线。

好家风为人生系好第一粒纽扣

生态环境部卫星环境应用中心　海颖

我的父母生长在山清水秀的江南水乡，20世纪70年代，他们响应国家"支援大西北"的号召，远离亲人奔赴西北小城，一扎根就整整工作了二十五个春秋。父母为我们的人生传授的第一课是无私奉献、乐观向上。

我家的家教非常严格，从小父母对我们的要求就很高。父亲说，做事一定要认真，"人一之我十之"是他的座右铭。父亲工作近40年，不论上班还是开会都坚持至少提前半小时到；他虽毕业于高分子化工专业，但分配到单位时从事汽车修理工作，后来又陆续从事不同的工作，每换一次岗位都要从头学起，但都能很快上手，还能做到业内权威；他从工作起开始写日记，坚持到今天，书架上写完的日记本已有40余本。

母亲的事业心也极强，在先后从事的工人、英语老师、科技情报和专利工作中都能很快转变角色，游刃有余。还记得我14岁那年，母亲单位有一个美国访问学者名额，有意愿者可报考。于是，已过不惑之年的母亲每天下班做完家务之后都会在台灯下读书到深夜，啃着厚厚的英汉大字典背单词、反复听磁带。最终母亲通过了考试，赴美国田纳西大学攻读图书情报专业。至今那本已经被翻烂的字典仍然静静立在我的书架上，它也是后来我们姐弟三人的学习工具书。

"自觉服从组织安排""干一行、爱一行，钻一行、精一行"，父母用他们的实际行动向我们灌输了这些理念，让我受益匪浅。受父母影响，在儿子的成长过程中，我也常常鼓励他，做事情要么不做，要做就做好；只要努力，都能做到极致。

君子爱财，取之有道。父亲经常对家人说，不能把公家的东西装进自己的腰包，不该拿的钱一分也不能要。母亲则是带头执行的那一个，虽然不是共产党员，但俨然是家中的"纪检干部"，对带着礼金上门求父亲办事的人，她会直接拒之门外。我还记得有一天告知父母自己转行做纪检工作后，他们很认真地对我进行了"廉政提醒谈话"，说要感恩组织的培养和同事的支持；正人要先正己，要求别人清正廉洁，自己就要以更高的标准要求自己。这样的家风值得我去珍惜和传承。

一封家书

生态环境部卫星环境应用中心　毛慧琴

一个阳光明媚的日子，收到父亲的来信，看到父亲那刚劲有力的笔迹，心里既温暖又宽慰。父亲已年逾八旬，退休后一直在家乡的小山村里劳作，过着他归田园居的自在日子。父亲的信一如既往先谈论天下时局，还让我一定给他买一套《习近平谈治国理政》寄给他，他要抽空学习学习。父亲一直强调要关心国家大事，说一个人如果不关心时政，就容易迷失方向。他在信里提到他为什么要80多岁还种玉米？因为他了解到世界上还有很多地方缺粮食，希望尽自己的微薄之力，为解决世界的粮食问题做点滴贡献。父亲的这份心意我懂，真的，这么多年来，他的博爱之心温暖了许多人。蹲队工作时，常常资助队里的乡亲；退休后，省吃俭用，捐钱给家乡修路修桥。父亲还传承了太爷爷的医术，医好了许多人的病。

父亲在信中嘱咐我在生活中一定要乐观向上。打小我就非常崇拜父亲，感觉这个世界好像没有什么事情能难倒他，不论是脑力活还是体力活，他总能迎刃而解。记得上初中时，为解我的一道几何难题，他想了一个通宵，第二天兴致勃勃地给我讲题；而我上大学的时候，父亲退休工资不够我的学费，他当机立断，和母亲连续四年在家养猪，最多的年份养了9头猪，卖了给我交了学费，父亲总是乐观中透着坚毅，在我们面前不露一丝的辛劳和疲惫。在我们这个家中，父亲就像一面迎风飘扬的旗帜，给人希望和梦想，也帮我们养成了积极乐观的品性。

父亲在信中一再嘱咐我要配合好丈夫，不要为琐碎小事争吵，要做一个贤惠的大女人；一定要教育好孩子，要学点心理学，引导孩子要讲究方法。父亲对我们姐妹既严厉又温暖，记得一次他让我和二姐下山去镇里买肥料，回家途中下起了滂沱大雨，在暴雨中我们挑着重担翻山越岭，回到家全身都湿透了，满腹委屈，满眼泪水；父亲让母亲烧好热水让我们冲澡，熬了姜汤给我们散寒，当晚还给我们写了一份长长的信，告诉我们劳动的意义，说我们做了一件让他骄傲的事情。当我们看到这封信时，那种心中的感动和温暖一辈子都刻在心里。现在我已为人母，很多时候也让孩子去经历各种困难和挑战，但是也不忘鼓励和温暖孩子们。记得有一次女儿和我说："妈妈，我就像风筝，你和爸爸就是放风筝的人，既给我自由，又让我知道有牵挂。"我想此时闺女的心境大概和我当年一样吧。

读罢父亲的信，感慨万千，在这个通信非常发达的年代，电话和微信早就取代了书信，而我却还能千里之外收到如此弥足珍贵的家书，人到中年，最大的幸福莫过如此。字里行间，父亲自强乐观充满精气神，仁慈温暖充满爱心，他的这些品质深深地感染了我们，也如基因一样刻在我们的血液里，如果说传承的话，这是我们最应该传承的瑰宝。

相互成就，忠诚于家与国

生态环境部卫星环境应用中心　吴传庆

我们的家庭是一个"四二一"家庭：我和爱人有一个现在上小学三年级的儿子，常年与四位老人生活在一起。我在环保行业工作已有 16 年了，一直从事卫星遥感环境保护工作，做技术研究与应用。爱人是一名记者，从事国际政治与文化方面的报道，经常需要出差。她很热爱自己的职业，希望将来能成为一位作家。

2016 年 7 月，我作为第八批援藏干部中的一员，前往拉萨开始援藏工作。身在高原，家里带小孩、赡养老人的重任全部交给了我爱人。爱人工作单位的工资体制性质是按劳计酬，多产出多收入，少产出少收入。为了支持我的援藏工作，能多照顾一些家庭，爱人带着孩子从北京搬回

226

她在成都的娘家，这样既能有父母帮手，也能离我近一些。我援藏期间她减少了出差次数和工作量，把尽量多的时间放在家里。文章写少了，收入也相应降低，但维持了"小家"的正常运转，让我能安心在西藏开展工作。

援藏条件虽然艰苦，但高寒缺氧其实不算什么，真正考验援藏干部的是家庭。家里老人孩子生病，需要有人看护照顾，我却远在高原爱莫能助；接送儿子上学、上辅导班、开家长会、参加集体活动、放学回家陪伴，每件具体的事都需要有人去做，我却远在高原无法承担作为一个丈夫和父亲的责任。我尽量每季度抽一两个周末回成都的家中探望他们母子俩，时常在两天短暂的团聚后即将分开的时候，都能感受到爱人和儿子目光中的依依不舍。对此，我不能不说有些歉疚。

还记得有一次爱人独自带着孩子出差工作，她的一篇长文章正值截稿期。调皮的儿子跑来跑去，绊倒了她电脑的电源线，电脑摔在地上，黑屏了。她不会修电脑，情急之中就给我打电话，在电话里无助地大哭，说自己的文章没有了，不知道该怎么办。我正在一个会议中，听到电话那头她的哭声，也很想能在她身边帮她修理电脑，但鞭长莫及，只能在电话中给她一些指导建议，最后还是得由她自己解决问题。放下电话，我回到工作中，全力以赴履行在工作上的责任。我知道此刻我无法扮演一个男人在家庭中的角色，但我相信爱人能够理解。她自然有抱怨和怨气，但她勤于思考，对于家与国的关系有与我相默契的理解。

援藏期间，我时常牵挂着家庭。即使无法身处家中，我也清楚地知道，事情是爱人一件件去做的，困难是她一个个去克服的。在我安心、专心地为国家效力时，是家庭给予了我理解和支持。在家庭的理解和支持下，我在藏负责的西藏环保信息化建设项目推进工作和西藏生态遥感中心筹建工作成绩显著。

援藏回来，也是我多支持爱人、多为家庭付出的时候了。在恢复自己身体和本职工作走上正轨的同时，让爱人重新进入她自己的工作状态。

人生在勤

生态环境部卫星环境应用中心　游代安

从我记事的时候起，就记得我们家陈旧简朴的灰黑色木门门楣上镌刻着正楷体的四个大字："人生在勤"。如今家里盖了新房子，这四个字却依然雕刻在大门正上方。据父亲讲，这是爷爷亲笔书写的，是他一生信奉的持家准则，因此父亲专门请了木匠师傅将其这份手书拓印下来，刻在自家大门门楣之上，以便后世子孙世代相传，时刻谨记。这四个字，影响了我的爷爷、父母亲、我们姊妹三人，同时也伴随着我的女儿的成长。

爷爷在旧社会算是个知识分子，有文化，一手毛笔字写得倍儿棒；小时候一到逢年过节，村里人就陆陆续续来我们家找爷爷写对联。听父亲说，新中国成立前爷爷是个私塾教书先生，周边几个村但凡上过学、有点文化的人，都听过爷爷教书，跟爷爷学过识字。按说在当时社会，当教书先生是很好的职业，收入应该很不错，但爷爷教的绝大多数是穷人家的孩子，别说交学费，肚子都吃不饱，爷爷教他们识字从来都是分文不取，因此我们家家境一直都是很贫寒。打记事时起，我就知道爷爷勤俭持家。爷爷一生都很勤劳，他经常给父亲和我们说：人生一定要勤劳，切不可好吃懒做，当'二流子'。"记得我三四岁的时候，爷爷奶奶本已是六十多快七十岁的人了，但一到农忙的时候，他们总是带头下地割麦子、拌稻子、掰玉米棒子，干起活来就像三四十岁的年轻人一样。父亲和母亲继承了爷爷"人生在勤"的家训，一直在土地上劳作，从我们姊妹三人出生开始，一直靠一双勤劳的手种庄稼供我们三个人上学直到大学毕业。这期间的 20 多年，他们顶住了村里人多少闲言碎语，默默无闻地劳苦耕作，把自己最宝贵、年轻的黄金时代都埋进了耕作了一辈子的土地里，奉献给了自己的三个子女。如今父母都已近古稀之年，本来应该过上丰裕生活，安享晚年的美好生活，但他们依然坚持俭朴生活，省吃俭用，每天粗茶淡饭，怎么劝也劝不过来。我想这可能就是勤俭的家风深深地刻在他们心底的缘故吧！女儿出生于 2006 年，清晰地记得自打认字以后，第一次回到老家她就问门楣上几个字是什么意思，当听爷爷说这是祖爷爷亲笔书写，是我们家的家训的时候，她也慢慢地将这几个字深深地刻在了自己的心中。从爷爷家回到北京以后，我发现女儿也在不断地受到潜移默化的影响，上幼儿园小班的她原来一点都不爱干活，之后竟然能主动地自己洗衣服、洗袜子了，最近晚上还主动帮爷爷奶奶打洗脚水。如今已经上初中的她，不管是读书还是干家务活，越来越勤奋，越来越勤快了，家风家训的影响已经深入她的内心。现在女儿已经 13 岁了，每次回到老家，她也会站在大门口，注视着这四个字，陷入静静的沉思。

家风是家庭教育的魂，是我们每个家庭的道德准则。良好的家风对于我们每一个人的成长至关重要，如果一个家庭的家风严谨、朴实，那么我们个人在成长的道路上就会受到家风的熏陶，养成良好的生活习惯，人也不会走上邪路。作为一名共产党员，更应该从我做起，从树立培养良好家风做起，不仅自己做勤于修身的表率，更要以头雁精神以上率下，用良好家风激励家里每个人积极传承，这样才能使我们良好的家风薪火相传。

决不能以权谋私

生态环境部固体废物与化学品管理技术中心　刘国正

　　1978 年我上高中时，父亲在县里一个乡（当时叫人民公社）任党委副书记。父亲分管城乡供销工作，手中有一定的购物券分配权。

　　当时学校的一位校长曾经也是父亲的同事，想通过父亲要一张购置自行车的凭证。当我周末回到家中向父亲提出此事时，遭到了父亲的严厉拒绝。母亲见状赶紧在一旁帮我说话："你们公社不是每年都有购买自行车的券，孩子在那里上学，这校长又是你的同事，还是想办法给孩子弄一张吧。""指标是有，但我占用了别人就没有了，这是以权谋私，这件事我办不了！"事情虽然过去 40 多年了，父亲说话时那斩钉截铁的样子至今还留在我的脑海里。

　　父亲对自身的严格要求，在我姐姐和哥哥的就业问题上体现得更加明显。姐姐和哥哥都是下乡知青，20 世纪 70 年代末 80 年代初全国出现上山下乡知青的返城潮，当时父亲已经调任距离县城很近的一个乡任党委书记，对父亲来说，想办法让姐姐和哥哥早日返城并安排一个好的单位并不是一件难事。但父亲从没有为姐姐哥哥返城做过任何事情，为此母亲还曾与父亲多次争吵，但父亲说得最多的一句话就是："我不能以权谋私，孩子应该靠自己。"

　　也正因为如此，姐姐成了同批下乡知青中最后一个返城的，回城后被安置在一家集体企业，不久厂子破产倒闭，姐姐就失业了。哥哥和我也都是靠自己的努力才考上了大学，工作是大学毕业后由国家统一分配的。对于父亲的做法，母亲很无奈，我理解母亲，但父亲的行为无疑是正确的，并深深影响我至今。

父母是最好的老师

生态环境部信息中心　　张嘉陵

家风是一个家庭的道德标准，好的家风是一代又一代人健康成长的保证，我们家是一个普通的家庭，没有什么特别的家风，父母的言行潜移默化地融入了我们身上，影响了我们一生。我的父母都是教师，从小到大，父母对我和妹妹的教育就是努力学习、严于律己宽以待人、清清白白做人、认认真真工作。父母一向以工作为重，为了不因为照看我们耽误工作，我和妹妹从上学起就是脖子上带钥匙的孩子，书包里时时都装着雨衣，放学回家先要打火做饭。

父亲是市委党校教政治经济学的老师，从我记事开始，回到家看到的都是父亲伏在书桌前备课的背影，书桌上堆满了一摞摞的教案和参考书。母亲有时候说，既是教同一门课，在原教案上修改一下不可以吗，还用重新备课重新写教案吗？父亲却说既然是教课就要认真教好，只有多查资料、补充最新的内容、结合当前经济情况针对学员实际备课才能把课讲好，让学员真正有所收获。

父母退休之后放弃了舒适的退休生活，来京帮我带孩子，经常对我说的话就是，你们好好工作，孩子的事不用管，我们给带好。在我去美国学习期间，父母出车祸住院，为了不影响我学习，直到出院后才让妹妹告诉我事情真相，一再叮嘱让我在外安心学习不用挂念他们。儿子上学后，父母才回家安度晚年。每次打电话的时候都会说，你们正当干事的年纪，工作最重要，不要因为家里的事耽误了工作，如果出差或者忙得顾不了孩子，需要帮助就打电话。每当我工作忙时，只要打一个电话，第二天父母就来京帮我们一段时间，从没让家里事耽误过工作。

　　这些年，父母的年龄越来越大，他们每次生病住院，因为不想让我因他们而影响工作，都是出院后才轻描淡写地告诉我。今年夏天80岁高龄的父亲突发脑出血住院，情况比较危急不得已才给我打电话，并且说如果工作离不开就不要回来了。我赶到医院时，父亲已脱离了危险，躺在医院的病床上见了我就说，他没事儿，挺好的，让我赶快回单位不要因为他耽误了工作。

　　都说父母是最好的老师，在父母的影响下，我和妹妹从小就是努力学习、认真工作，在不同的工作岗位上都做出了一些成绩，孩子也在我们的影响下自我管理、积极进取。我们也将会继续努力学习，认真工作，争取在工作岗位上做出更多的贡献！

爱国敬业，诗书传家

　　我的父亲是共和国同龄人，性格豪爽，交游广阔，尤其喜欢古典诗词，自大学时代起坚持写诗 50 余年，退休后将其整理成册。为了将父亲的这些诗歌保存并加以传承，我和两个表妹陆续将其录入电脑，我儿子献上自己画的十幅水墨荷花作为封面和章节插图。经过近两年的反复修改、排版、调整和定稿，这本全家齐上阵的《诗词拾录》终于在今年 9 月由云南省人民出版社正式出版了。家国同频共振，一本书既是我们家小辈送给父亲 70 岁生日的一份礼物，也是我们普通百姓同贺祖国 70 年华诞的一点心意。

　　《诗词拾录》共 780 余首诗词，按内容分为忆农家、军旅情、干事业、爱家庭、重情义、广游历、勤自省、善反讽、敏才思九章。全书时间跨度几十年，反映了一位农民的儿子在党的关怀下，参军入伍、提干上学、转业从政、敬业爱家的人生故事，折射了 70 年的时代变迁。

　　诗中记录了父亲在原北京军区总参通信团将近 20 年的军旅生涯，曾两次随军上昆仑山抢救战友、赴大兴安岭执行任务、参加唐山大地震救灾，原汁原味地记录了那个年代的军人把党和国家任务视作高于一切的精神面貌，读之令人动容。诗中更多记录了父亲在人生各阶段的思考，所识师友亲朋的际遇，所见社会变迁的讨论，其中关于立志、求学、工作、交友、婚姻的思考，值得我们晚辈反复体会和学习。

目前，这本《诗词拾录》出版还不到一个月，已经分发给了百余名亲朋好友，家族中的每个晚辈人手一本。我儿子也很爱读姥爷的诗，说将来也要传给他的孩子看。一本书胜过千言万语，我和孩子们都应传承家风，学习父亲和他的战友们为国奉献不讲条件、艰苦奋斗本分老实的敬业精神。无论时代如何进步，物质如何丰盈，都不能忘了家国一体，一代代人奋斗出来的成就更需一代代人加以传承和发扬。

母亲的品质

国家应对气候变化战略研究和国际合作中心　陈维江

我出生于吉林省白山市林区的一个普通工人家庭，父亲是林业工人，母亲是家庭妇女。我们兄弟姐妹一共四人，当时年纪尚小又在读书，家庭支出较大。父亲在林业设计队，常年在林子里跑，一个月左右才回家一次，平日主要是母亲照看我们。为贴补家用，母亲除做家务外也不断地打零工，在副业队种过种地，卖过自己烙的煎饼，还走街串巷卖过酱油等，直到我们长大成人才歇下来。母亲一直勤俭持家，按她的话讲，人穷不能志短，一块钱掰开花，家里从未断过钱，反倒有些条件好的邻居或亲戚来我家借钱。等我工作后，老人帮我们带孩子，一直就生活在一起。母亲依旧没有改变俭朴的生活习惯，洗碗时水龙头开得细细的，哪屋一会儿没人就急着把灯关掉，附近哪的东西便宜她准知道。对我干什么工作她不太关心，经常说能来北京就很好了，她很知足，叮嘱我千万不要贪公家的东西，过日子要知足、心安。有段时间我工作忙、经常加班，母亲就讲不要想着当官表现，身体最要紧。

母亲善良、纯朴、节俭、勤劳的品质，对我影响至深，对我的小家庭影响也很大。多年来，我和爱人在生活中保持着默契，在工作中相互支持，双胞胎女儿也在宽松的家庭氛围中自在成长。我先后在水利系统科研和管理单位工作，2011 年调入环境保护部人事司，2019 年到现岗位任职。无论在哪个工作岗位，我都牢记母亲的教诲，认真工作，真诚做人，干净做事，情趣健康。由于工作中需经常加班，妻子默默地承担起更多家务。对妻子的事业我也鼎力支持，她先后参加了我国第 28 次南极科考、第 5 次和第 8 次北极科考，在现场时间共计二百二十余天，主持多项国家自然基金项目，推动建立了极地海冰数值预报系统，在两次北极科考中，随船负责雪龙船海冰现场预报保障工作，圆满完成各项任务。在我家婆媳关系一直和谐，多年来一次也没红过脸。孩子们小时黏妈妈，为了让我爱人中午回来能休息，母亲提前背着一个抱着一个躲出去，生怕孩子们把妈妈"抓住"。妻子待婆婆如生母，经常给母亲买衣物，现在老人身体弱了，她常常给母亲买贵重的补品和中药进行调理。对孩子们我们很开明，尊重她们的选择、平等交流，没有违背意愿给她们报各类培训班，更注重孩子们人格的养成，让孩子们自然成长，促进心智协调发展。现在孩子们已经上高三了，进入了紧张的学习季，但从未出现青春叛逆。

我们依然行进在相互关爱、相依相伴的人生旅途上，不断演绎着平和快乐的家庭故事，这一切，都是得益于母亲所塑造家风的传承吧。

父爱无声

父亲是一位技术工人，共和国的同龄人。经历了物质匮乏、下乡劳动，造就了他勤朴忠诚的品质。回望过往，父亲的言传身教让我受益匪浅。

我上小学的时候，住在机电家属院，院子里邻里之间就像一个大家庭，谁家东西出毛病、缺盐少醋、孩子放学没饭吃，都能找邻居寻求帮助。父亲虽然在厂里是强电电工，但给邻居修理电视、冰箱甚至自行车也是得心应手，有求必应。那时候，我家有台小小的黑白电视机，是父亲自己攒的钱买的，为让我和我姐学习《许国璋电视英语》。当然，家里自然也成为父亲和院子里的叔叔伯伯聚会看足球比赛的地方，记忆中，比赛都要播放到凌晨，他们几个人聚在一间屋子里，虽压低声音怕打扰到我们娘三个休息，但仍显空间局促，但我心里感觉很开心。这些事情让我学会了"分享、助人"。

父亲就读的初中是一所如今已过 90 华诞的学校——天津耀华中学，他总会满怀自豪地给我们讲他的学校、他的校友，讲他们心怀赤诚、耀我中华的情怀。父亲是初中毕业，但在进入工厂后，利用业余时间完成了电大的全部课程，并成为当年机电系统最年轻的高级技师。母亲说，我出生那天，是她自己走到医院的，等我父亲从厂里赶到医院，我已呱呱坠地。父亲陪我们等到姥姥过来，就又去电大上课了。

父亲工作期间，钻研技术，参与完成多项专利。我上初中的时候，厂里技术更新，引进了不少国外的设备。40多岁的父亲，每天回家后，拿着英文字典，翻译英文产品说明书，供厂里其他技术人员参考。父亲说，国外的设备虽先进，但不一定能解决厂里的实际问题。他们成立技术攻关组，解剖设备电路，进行小改小革，最终做到为我所用。有时候，设备的电脑操作系统"罢工"，父亲就用最笨的办法，拿起电工的家伙什，一段线路、一段线路地排查，最终找到故障点。

当下，望着父母的丝丝白发，我不禁想，劳碌了大半生的他们是平凡的，他们是千千万万普通劳动者中的一员，而正是这样的劳动者撑起了一个个温馨有爱的小家庭，成就了伟大祖国的繁荣富强。我要不忘家风，诚实做人，踏实做事，让这朴实无华的精神代代传承。

红色家风，薪火相传

国家海洋环境监测中心　刘志华

我出生在一个温暖的四口之家，父母是中共党员，我和哥哥是中共党员，我的爱人和嫂子也是中共党员。在这样一个拥有6名党员的党员之家，定期召开家庭组织生活会，滋养家风、党风、作风，已然成了我家一道亮丽的风景。

父亲是一名拥有40年党龄的领导干部，在家庭组织生活会上，父亲常常谆谆教导我们："良好家风是我党长盛不衰的红色基因，是我们干事创业的重要软实力，坚持召开家庭组织生活会，坚持以规立家、修身齐家、以廉守家、文明传家，将红色家风，代代相传……"在作为老党员的父亲的教诲和引导下，家庭组织生活会已走过了 5 个春秋，并逐步规范化、制度化、常规化、特色化。

组织生活"唠家常"的好氛围。"幸福的家庭无不相同，不幸的家庭各有各的不幸。"这是俄国大作家托尔斯泰的一句名言。幸福家庭的相似之处，就是有一种子女经常围坐在父母身边唠唠家常、谈谈心事的好氛围。我家的组织生活就是要培养和发扬这种好的"家风"，在家庭团聚中抽出时间，所有党员围坐一圈，听一听老党员（父亲、母亲）讲故事，听一听支部书记（父亲）讲政策，听一听年轻党员（哥哥、嫂子、我和爱人）的思想状况，一家人开诚布公、坦诚相待，像"唠家常"一样自然轻松、走心畅谈，在交流各自"身边事"的氛围中，耳濡目染长知识、拓眼界、促进步，树立正确的价值观和人生观。

组织生活"干家务"的好习惯。家庭组织生活的主要功能是洗礼思想、祛除污垢，而贵在坚持和恒心。"干家务"看似平凡寻常，却在每天扫地、洗碗、做饭的平凡坚守中体现了对家庭的爱与责任，在日复一日的家务工作中坚定对家的信仰。我家的组织生活就是在培养这种"干家务"的好习惯，把它作为自我净化、自我完善、自我革新的重要手段，坚持扫除作风上的垃圾，祛除思想上的污垢，不能忙了就忘了，也不能不想就不做，须臾不放松，以"每日三省吾身"的标准要求自己，在长期坚持的仪式中对家庭组织生活养成一种敬畏之感，让"家庭党支部"越来越温馨，让党员越来越"干净"。

组织生活"回娘家"的好传统。没有娘就不会有儿，没有根就不会有枝，没有共产党就不会有现在的幸福美好生活。我家的组织生活经常紧密结合"不忘初心、牢记使命"主题教育，注入一种追根溯源的好传统，就像"回娘家"，既有母女重逢的喜悦，又有弘扬孝道的意义。父亲常常要求我们在思想上"回娘家"，就是要想清楚"我从哪里来，要到哪里去"的根本问题，经常一起品读交流革命先辈们的重要著作，去领悟习近平新时代中国特色社会主义思想；在行动上"回娘家"，就是节假日旅游多去革命基地、党性基地去感悟先辈、传承精神，不断地坚定理想信念，提升"四个自信"。

组织生活"走亲戚"的好风俗。我家的组织生活打破了"一亩三分地"的壁垒，就像平常"走亲戚"，在走一走、串一串中联络感情、互相慰问、帮困解疑，不仅能丰富生活乐趣，还能开展一次亲情大交流，运用好微信、党建网等媒体交流平台，相互借鉴好做法、学习好经验。父亲时常提醒我们既要走"富亲戚"更要走"穷亲戚"，倾听工作中基层声音，解决基层困难，赢得群众信任，把"亲戚"的事当作自己的事来办，在组织生活中践行群众路线。

党的十八大以来，习近平总书记高度重视家风建设问题，在许多场合作出一系列重要论述，他指出："家风是一个家庭的精神内核，也是一个社会的价值缩影。良好家风和家庭美德正是社会主义核心价值观在现实生活中的直观体现。"推动社会主义核心价值观落地生根，我的家在行动！通过家庭组织生活会这个抓手和阵地，做弘扬家庭美德、传承优秀文化的表率者、先行者，让这一弥足珍贵的"红色文化基因"绵延永续！

言传身教式的家风传承

国家海洋环境监测中心　张震宇

　　我的家乡在京畿之地，那是河北省的一个小村庄。儿童时代一直生活在那里，给我的记忆多是物质的匮乏与生活的艰辛，但想起来也有许多值得回味与留恋的往事。

　　那时候父亲在外地工作，母亲在家务农。家里虽然谈不上家徒四壁，却也如村里大多数人家一样简单，甚至是简陋。母亲一个人操持着家，春种秋收，缝缝补补，节衣缩食地撑过了一年又一年。后来我和母亲一同到了父亲单位生活，条件改善了许多，但母亲依然保留了很多勤俭节约的习惯。她常说"节约好比燕衔泥，浪费好比河决堤""常将有日思无日，莫待无时思有时"。家里的衣服破了补了又补，家里的板凳坏了钉了又钉。那时有因为缺钱舍不得换的被动成分，但是艰苦朴素的精神的确是值得我们现在秉承发扬。当前社会物质极大丰富，人们生活水平大幅度提高，有些人一味地追求奢侈浮华的生活，这不仅与当今倡导的绿色生活、绿色消费理念相悖，也让艰苦朴素失去了生命力。母亲勤俭节约的美德熏陶了我们全家，我孩子经常说的话是"这个别扔，我周末修一下还能用"，"补了又补""钜了又钜"的节约之风在我们小家实现了传承。

　　父亲是一名共产党员，也是一家小型国有企业的负责人。改革开放初期，他为了让企业扭亏增益，经常早出晚归，以厂为家。平日能看到父亲

240

的样子对我来说变成了一件奢侈的事情。常常早上我还没醒，父亲就已经出门上班了，晚上他回到家里时，我早已进入梦乡很久。只有在周日我不上学的时候才能见到他，我非常珍惜与他相处的短暂时光。他常常给我讲党的光荣传统和优良作风。他从不公款吃请，也不铺张浪费，经常把来厂检查工作的领导或来工厂办事的同事请到家中吃便饭。他们边吃边聊工作上的事，这也成为我了解中国各地风土人情的启蒙课堂。

父亲是个爱学习的人。看《人民日报》《新闻联播》是他的习惯，从不间断，还常常把重要的内容句子记录下来。他时常叮嘱我，任何时候都不要忘记学习，要了解国家的形势政策就要多看新闻、多读报纸，这样才能跟上国家发展的脚步。

回顾我的成长历程，受到了父母传统美德的良好教育，传承了母亲勤俭节约的风范，成为了一个艰苦朴素的人；传承了父亲公而忘私的品质，成长为一名廉洁奉公的纪检干部。

乡村里的天·地·人

国家海洋环境监测中心　马晓博

我出身农村家庭，祖祖辈辈过着面朝黄土背朝天的农耕生活。父亲是一个泥水匠，每天清晨趁着星星睡眼惺忪的时候，推着二八自行车出门，骑行半小时到县城开始一天的工作；晚上披着皎洁的月光，伴着丁零零的车铃声，结束一天的劳累。他很瘦，高挑，脸上的"年轮"也很多，爱好文艺，每逢正月，都会带着我，"伙同"他的搭档们，去城里演出：唱豫剧、拉曲剧，演须生、扮老旦，欢乐大家，娱乐自己。

父亲时常跟我说，农村孩子得要强，得像人，要望天，还要立地。后来我才慢慢理解，"像人"就是会做人，"望天"就是宏图、大志，"立地"就是要踏实、谦逊。他小学都没毕业就去参军，转业后又回老家，一辈子都守护着我们的家，守望着我们的地，盼望着我们的天。

人生中的第一次"心灵地震"发生在 2017 年上半年，父亲因长期接触石棉罹患间皮瘤，发现时已经是晚期，只能保守治疗。当时没告诉他，他也"很听话地"不知道了，在最后的几个月，母亲要强的性格支撑着她，父亲乐观的心态支撑着他。我知道，他们都在坚持，都在忍着。2017 年 9 月 6 日父亲仙逝，时间定格了，家里一下子安静了、沉默了，他再也守护不了母亲和我们的家了，母亲紧绷的悲伤防线彻底崩坍了。

他踏着祥云走了，把曾经的乐观留给我们，教会我苦中作乐，教会我踏实走路、抬头看天，更教会了我责任和担当。我不能哭，忍着悲痛，在父亲"二七"后返回工作岗位，继续前行。

我 2009 年到大连海事上大学，第一次离开河南，第一次离开父母；2013年读研究生，第一次接父母来游玩，第一次出公差；2015 年参加工作，第一次领到工资，第一次发压岁钱；2017 年跻身海洋中心，第一次接触人事，第一次走近海洋；2018 年年底单位转隶环境系统，第一次投身攻坚战，第一次参加政治巡视。

这么多的第一次，从懵懂、彷徨，到参悟、沉稳，从学习、模仿，到娴熟、超越，每一次都是淬炼"立地"，每一次都是拾级"望天"，每一次都是树己"像人"。我渐渐明白了父亲春忙里手抬肩扛时的高兴，懂得了母亲秋收季汗流浃背后的喜悦，那是责任，是希望，更是传承。

让好家风成为无言的教诲

国家海洋环境监测中心 张悦

《论语》中提到：不学礼，无以立。家国无小事，家风是中华文化的缩影，是一个家庭在世代传承中形成的一种较为稳定的道德规范、传统习惯、为人之道、生活作风和生活方式，是能引导个人积极向上的无形力量，并能潜移默化地影响着成家族成员个人的气质情操与理想志向。

记得小时候有一次，我在父亲的办公室玩耍，看见父亲办公桌上有一些非常漂亮的白纸，我就对父亲说："我想带回去打草稿演算和画画用。"可是父亲脸一沉，说："不行，这是公家的东西，如果你缺演算纸和画纸，爸爸下班给你买！"我当时心里还有点意见，认为父亲小题大做、古板老套。随着我一点一点长大懂事，从学校到社会，父亲的严苛始终如旧，经常给我讲一些"立世要慎独、做事要严谨、为人要谨微"等道理，从大事小情上不断提醒我"张端、张正、张直"。长大后，渐渐地我也明白了父亲的良苦用心，父亲是怕我"小树苗长歪了"会贻误终生。至今想来，父亲不是一个胆小怕事、行为古板的人，他给我留下了我们家族为人处世的"严谨"家风。这种家风，通过父亲的言传身教和絮叨式的教诲，使我养成了一种对待事业忠诚职守、对待家庭和顺亲诚、对待生活尚朴节俭、对待社会心善谨行的品格。

"家风正"，则"人格正"，能安居乐业；"家风正"则"社风正"，能政清人和；"家风正"则"国风正"，能兴国安邦。好的家风是家族繁荣、社会进步、国家兴盛的基石，是泽被世世代代、造福神州大地的民族力量。让好家风成为无言的教诲，为国家、社会铺就万千多彩祥云、留下满地温馨花香。

爱岗敬业有担当，环保工作家风扬

生态环境部土壤与农业农村生态环境监管技术中心　郇环

说到家风，我就想到我的爷爷。爷爷是一名老共产党员，他身上那些闪闪发光的优秀品质，潜移默化地影响着我的父辈和我，传承至今，依旧鲜活。爷爷本是山东临沂的一个放牛娃，但是他热爱学习，追求进步，积极投身革命解放和社会主义建设事业。爷爷在 14 岁那年参加了儿童团，16 岁开始担任民兵队长，20 岁入伍参加抗美援朝。后来，为了祖国发展建设的需要，爷爷脱下军装、穿上工装，从华东野战军步兵 99 师转业为建筑工程第五师（中国建筑前身），参建了中国第一汽车制造厂、中国第一重型机械厂、第二重型机械厂等一批新中国重点工程，成为工业建设的先锋、南征北战铁军的一员。

在我眼里，爷爷不只有在伟大解放战争和祖国建设中的传奇经历，更让我印象深刻的是一名老共产党员忠诚干净的政治品格。爷爷曾经跟我讲，自己在转业后，始终坚守一个理念，那就是工程项目在哪里，自己的家就在哪里。爷爷带着全家从白山黑水的吉林长春，到临近边疆的黑龙江富拉尔基，再到天府之国的四川德阳，最后是渤海之滨的辽宁盘锦。画面说起来轻快，可是南北辗转，各地奔波，一家老小饱受颠沛流离之苦和迁家安顿之难。面对妻儿，爷爷的心里曾经也是内疚和纠结的。有一次，爷爷有机会留在生活条件好、发展前景大的上海工作，但是想到作为一名老共产党员，要坚决跟党走，到祖国最需要的地方去，他毅然放弃了在上海安居乐业的工作机会，继续奔赴下一个"战场"。爷爷的这个选择深刻地诠释了一名共产党员应该怎样去"守初心、担使命"，让我倍受感动，也给我树立了榜样、立下了标杆。

爷爷爱岗敬业、勇于担当的品质在危难时刻更显可贵和高尚。1975年，遵照国家建委命令，爷爷跟随单位从四川德阳搬迁到辽宁盘锦，作为车间主任参加辽河化肥厂建设。当年2月14日，辽宁海城发生了7.3级地震，造成了严重的破坏和损失。那时，爷爷一家人住在农村生产队村民的家里，泥巴砌的房子已经倒塌，地面到处都是裂纹，脏水从水沟里滚涌出来。奶奶带着年幼的孩子不知所措，看着四处窜跑的人们和受惊后乱跑乱叫的牛马，心里十分害怕。可是爷爷没有陪在家人身边，而是第一时间去车间看望加班的同志有没有危险和困难。这个故事让我的思想备受洗礼，爷爷在危难时刻首先想到的是战友同事的安危和国家的建设事业，他用自己的行动告诉我什么叫爱岗、如何做到敬业。

爷爷养成的爱岗敬业、勇于担当、乐于奉献的优良家风代代相传，也熏陶和激励着我。作为一名生态环境保护工作者，我要把家风传承与当前工作结合起来，守环保初心，担保护使命，勇于扛起污染防治攻坚战的重担，争做生态环保铁军的一员。对我来说，认认真真做好本职工作，一心一意保护绿水青山，让天蓝水清地净的生态环境永驻人间，应该就是对家风最好的传承。

言必信，行必果

生态环境部土壤与农业农村生态环境监管技术中心　　史晨曦

　　家风是一个家庭的精神支柱，也是个人成长的精神食粮，每个家庭都有独特的家风，潜移默化地影响着家人的思想和行为，而我的家风也一直深深地影响着我。

　　谈到家风，不得不提起我的母亲，妈妈从小就给我讲"曾子杀彘"的故事。曾子的妻子为了哄骗大哭不止的儿子，随口答应了儿子说："你回去，等我回家后为你杀一头猪"。事后，曾子为了实现这个诺言真的杀了头猪给儿子吃。妻子不过是哄骗孩子的玩笑话，但是曾子依旧兑现了承诺。

　　起初，我只是把这当个故事听，对于母亲教育的"要向曾子学习，有所承诺，就要守信兑现"之类的话充耳不闻。直到上了中学以后，我逐渐改变了这个看法。那时，我的学习压力大，学习成绩一般，停滞不前，但是又不爱专心学习，总是喜欢玩游戏。妈妈对我承诺，只要能考进班级前五，就给我买一台游戏机。有了妈妈的承诺，我努力复习，取得了有史以来最优秀的成绩——班级第三。被喜悦冲昏头脑的我，完全忘记了妈妈答应我买台游戏机的事情，一心就只想着回家把好消息告诉父母。然而第二天放学，我就收到了妈妈给我买的游戏机，妈妈对我说我："儿子，妈妈答应你的事情办到了，以后你答应妈妈的事情也要信守诺言。"从那时起，我懂得了"做人要信守承诺，言而有信"。

都说家庭是人生的第一个课堂，父母是孩子的第一任老师，我的母亲能够以身作则，为我树立一个言而有信的好榜样，使我也一直坚持"言必信，行必果"的为人处世原则。

忠厚俭约

中国环境科学学会　陈永梅

今年国庆回家，赫然发现家里多了一幅字："忠厚俭约"。细问，原来是父亲找舅舅专门写的家风家训。挂在家里，既是对他个人的勉励，也是对我们晚辈的持续教育和提醒。回想起过去的日子，父亲虽然没有归纳总结出这几个字，但是却一直身体力行在践行这几个字，用他自身的行为，给我和弟弟树立榜样。

父亲身上最大的特点就是待人忠诚，宁可自己吃亏，不让别人吃亏。80年代初期，父亲经营一个蔬菜种子繁育基地，经常会有一些蔬菜要出售，儿时的我也会跟随父母到市场去销售，我看到他们的秤总是高高的，还不忘再送人一把青菜之类，从那时，我就耳濡目染了父母的忠厚。90年代初期，父亲投身市场，摸爬滚打这么多年，从没听说父亲欠了哪个工人工资、欠了哪个合作方的合作款项，反倒是父亲自己，被欠了不少，但是我从没见父亲抱怨过、埋怨过，正所谓吃亏是福，也正是他的这种待人处事的方式，赢得了合作伙伴和下属的认可。现在，家里日子好过了，按道理，父母应该享享清福了，但是父母依然是一日三餐的朴素饭食、简单的衣着，从不铺张浪费，俭约二字也是体现在生活的方方面面。

我工作以后，每次回家，父亲对我说的最多的话就是：最近工作怎么样？身体怎么样？不要比钱多少，不要比职位高低，更不要走歪门邪道，在单位要老老实实做人、踏踏实实做事。十几年的工作历练，我在中国环境科学学会成长为一名中共党员和中层干部，我经常扪心自问，靠的是什么？靠的是领导的关心、同事的帮助，但深入骨髓的是我的家风。

爱岗敬业

中国环境新闻工作者协会　牛珂

家风是一家的道德标准，如同粮食一般，是一个家必不可少的成分。而在我们家，也有家风，它就是爱岗敬业。

每当我去外地参加环保督查的时候，儿子问我，"爸爸能不能不要出差，在家里陪我玩？"看着他那依依不舍的小眼神，我都会很严肃地告诉他，"身为环保卫士的我们不去完成上级交给的任务，空气受到了污染，河水变得污浊，你以后再也听不到小鸟的叫声，闻不到花的香味，你说这样好不好啊？"

儿子听到我说的这些话，似懂非懂地点点头，告诉我，"爸爸，你好好地完成工作，我和妈妈在家里等你。"儿子每天早晨都会说他不想去上学，我们都会告诉他，"爱岗敬业是一种责任，不仅对自己的家要负责任，对自己的工作也要负责任。"

时间长了，儿子心里也慢慢形成了这种习惯，把每天老师布置给他课后作业认真完成。有一次我们从外面回来时间很晚了，儿子一回到家就拿起老师布置的作业做了起来，我告诉他"今天已经很晚了，明天再做吧。"儿子一本正经地告诉我，"完成今天的作业就是我的工作。"看着儿子一脸认真的样子，我不忍心再打断他。

如果说好的家风是一面镜子的话，爱岗敬业能让我们清楚地认识到自己的能力，确定自己的目标，坚定自己的方向，坚持自己的道路，何尝不是人生中最大的修行？想想的确是这样，不论在哪一个岗位，尽职尽责，做好本分工作，已然是最好的修行！

家风家教需要代代传承

国环北戴河环境技术交流中心　　王蕊

中华民族素有"礼仪之邦"的美誉，向来重视家教。历史上见诸典籍的家训并非鲜见，为后人称颂的也很多。历史上的"孟母三迁""岳母刺字"等，都展现着良好的家风。好的家风不但对自己有利、对子女和家人有利，也影响着大众的道德水平与社会的风气。

我的父亲是曾战斗在环境保护一线上的老职工，兢兢业业工作了30年。临近退休，他的心和他的魂却一直萦绕在他奋斗打拼几十年的环保事业上。每年开春，我都会带着父亲漫步海边、观景石河，他都会跟我讲起那些年他们沿着海岸线清理石油，带着水质监测设备在石河岸边蹲守的情形，那时石河边的道路两侧根本没有任何的植被，看不到绿色，风一吹，黄沙一起，眼睛根本睁不开。现在好了，街道变得宽阔整洁，路旁栽满了冬青和紫槐，还有很多叫不上名字的花花草草，空气中弥漫着香甜的味道，走在路上，既轻松又舒畅。说到这里，父亲总会感慨我们这些年轻人命好，赶上了好时候，但我也总能从他的话里感觉到担心。生活中，一直将勤俭作为生活习惯的他，总会"唠唠叨叨"说："你要记住，水资源是有限的，浪费这些水不光是浪费了家里的钱，更是对遗留给子孙后代的资源折损，你还要在世间生活几十年甚至一辈子，不要破坏环境！"

三十年的风雨征程，三十年的血火洗礼，三十年的理念坚守，造就了父亲这一辈的环保人。他们睿智、平和、处心有道、行己有方，他们乐观、豁达、积极向上、充满激情，他们意气风发、斗志昂扬地走过了几十年，成为了一代代环保人前进的路标。现在我已经成为了生态环境系统的一名工作者，这样的路我还要像他一样继续走好。

正如《易经》所说：积善之家必有余庆。好的家风家教可以帮助子孙后代懂得如何做人做事，有了好的家风家教我们才能成为社会上的有用之才，才能让自己走得更远，好的家风家教润物细无声地滋润着我们，潜移默化地影响着我们，父亲的工作实践和谆谆教导是我一生享用不尽的精神财富。

家风也指引着我以立足岗位、敬业奉献的实际行动践行对党的忠诚。正如歌中唱的那样，家是最小国，国是千万家，千万个家庭好的家风家教推动了中华民族的振兴，是实现中华民族伟大复兴的强劲动力，也是实现美丽中国的强劲动力。

不　争

北京市朝阳区生态环境局　张赟

今年休假时期，我陪着孩子还有爱人去了一趟安徽桐城，来到桐城，就不能不去这里名扬四海的文礼之地——六尺巷。手扶墙砖，我回味着古人的典故，心中暗自思量：从小父母就教导我要与邻为亲、与人为善、礼让不争，这不正好与张英对家人的劝导不谋而合吗！而且我也姓张，也许六尺巷体现出的礼让不争，正是我们无论走到哪里，都会继承的优良家风。

不争不是软弱，而是善良。俗话说远亲不如近邻，邻居不是敌人而是亲人。从我有记忆至今，父母带着我搬了好几次家，但是每搬到一处都有亲人朋友，这和父母与邻相处的原则分不开。平日生活中，父母对于邻居的一些出格行为都十分体谅。例如在过道中堆放杂物，这本是生活中司空见惯的现象，但是父母却体谅对方家中人多、面积小，没地方搁置东西，有时父母甚至还会帮助邻居把杂物码整齐。正因为如此，父母在邻里之中，一直人缘很好。推而广之，与同学、朋友相处亦是如此。因此在生活上，不争体现了人和人之间和睦相处。

不争不是屈服，而是大度。六尺巷的故事不光局限在张、吴两家的道德层面，更凸显了官员不与民争利的态度。步入工作后，我先后负责排污收费、信访检查、行政处罚等，每一个岗位都和普通老百姓打交道。但我一直坚持大事讲原则、小事讲风格，恰当地使用自由裁量权。凡是经过我处理的案件，既能对违法行为起到惩戒的作用，又不增加普通民众的负担。因此在工作上，不争体现了大度做人、克己处事的态度。

不争不是退缩，而是和谐。20 世纪，我们缺乏保护环境的概念，全社会都讲人定胜天，先发展后治理，向自然索要资源，但是这样做却对大自然造成了许多伤害。而 21 世纪以来，我们国家就从保护和改善生态环境的角度，提出要退耕还林、退耕还渔，这也体现了对待环境礼让不争的风气。不与自然争土地，让它三尺又何妨！长城万里今犹存，不见当年秦始皇。因此在环保上，不争体现了人与自然和谐发展，不与自然争夺空间。

家风是代代相传的优良传统，影响着家庭成员的一言一行。正所谓修身、治国、平天下，夫为不争，故天下莫能与之争！

我的父亲是党员

山东省青岛市生态环境局　夏睿宏

前些日子回家，与父亲闲聊，谈及工作、生活，忽然问道，"您现在也退休了，现在回想起来，觉得自己的前半生最大的收获是什么？"父亲一愣，可能没想到我会问这样的问题，沉思片刻，父亲缓缓说道，"我觉得自己最大的收获就是对得起'共产党员'四个字。"

夜深了，自己独处一室，回想起父亲白天说的话，总会有一些莫名的情绪萦绕在心间。自己深深浅浅走过 30 多个年头，从年少的懵懂渐至如今的稍识人情，竟发觉还是很难去明白父亲是怎样的一个人，在他的内心里又是怎样一种心绪或者情结。对于我来说，他是一个伟大和值得尊敬的人。我的每一点成长和进步，都有他的教导和鼓励；他既是我的父亲，也是我的老师和朋友。

父亲是一名军人，1958 年生人，1978 年入伍，部队里入的党。当时父亲刚入伍不到一年时间，就主动申请参加了对越自卫反击战，开赴前线前，父亲连遗书都写好了。在异国他乡，父亲历经枪林弹雨的战火考验、克服南方闷热潮湿的天气影响，圆满完成了作战任务。可与父亲一块奔赴战场的 100 多名战友，最后得以平安归来的也只 20 多人而已。曾经我问过他，"作为一个刚入伍不到一年的新兵，怎么就敢申请上前线了呢？"父亲听后，只是说，"你不去，我不去，那谁去保家卫国？"后来，在搬家时，我无意中看到了父亲当时写给爷爷、奶奶的遗书，"爸爸，妈妈，我不怕死！我不想死。"刹那间，我泪流满面。

由于父亲作战勇猛，上级拟授予他三等功，以表彰他的功绩。面对亮闪闪的军功章，父亲没有接受，只是平静地说，"我不要军功章，我只希望上级给我次机会，让我能够考军校。"当时考军校不是谁想考就可以考的，要有上级的推荐，更要保证自己考试成绩能够达标。

当时的父亲用立功受奖的荣誉换来一次报考军校的机会。于是，父亲在白天正常参加军事训练的同时，利用晚上时间，挑灯夜读，备考军校。备考的日子是单调而枯燥的，考上军校后竞争更是残酷而激烈的，仅有初中文化的父亲，一度跟不上课程的安排，跟不上训练的强度，成绩在班级下游徘徊。

于是，父亲急了，文化知识，一遍看不懂就看两遍，两遍看不懂就看三遍；军事训练，别人都休息了，父亲就披挂整齐，一遍一遍地加练，人晒黑了，手磕肿了，腿摔麻了，腰受伤了，这些都阻挡不住父亲成绩的提高。看着军校毕业照上英姿勃发的父亲，我明白了共产党员的含义。

1981 年父亲从军校毕业，分配至内蒙古驻防，在那一驻就是 7 年。为此，我问过父亲，为什么不申请调离？父亲说道，"都跑了，谁来站岗放哨？我是党员，组织需要我，就要坚守在岗位上。"在那一刻，我再次理解了共产党员的含义。

1987 年父亲脱下军装，转业到了地方，做了一名基层干部。而后直到现在，他还是在那个岗位上干着，不往上升是因了他军人的坚毅，不向后退还是因了那军人的坚毅。

年幼时的印象，父亲是很难有时间空闲在家的，当时的我总以为父亲是不大爱我。每天看他早出晚归，节假日无休时，我会悄悄地对妈妈说，"妈，爸爸是不是不爱我们？"对此，母亲总是会轻敲我的头，"傻孩子，爸爸是去忙工作了啊。"

当时的我还是不懂，直至我长大成人，我才知道，父亲负责土地拆迁补偿工作，可以说崂山区每一条道路、每一栋建筑、每一个广场都曾留下父亲的脚印，见证过父亲的汗水。为了确保每一次拆迁底清数明，群众利益得到保障，父亲总是在最前线与群众打交道，清点树苗，核算地面附着物，确定补偿，从没有因自己工作失误引发群众投诉，更不用说上访事件了。

虽然父亲负责的工作是纪检监察部门眼中的"高危"领域，可父亲愣是没有接受过开发商任何吃请与送礼，也没有因为亲情违规办过一件事，连年被评为"优秀共产党员"。其实，家里的日子一直是紧巴巴的，可父亲总是说"活得坦荡、问心无愧比什么都强。"时至今日，父亲已经退休，与母亲整天登山锻炼、养花弄草，颐养天年，可父亲的不少老领导却因土地问题锒铛入狱，形成鲜明对比。在那一刻，我明白了共产党员的含义。

2005 年我光荣地加入了中国共产党，2007 年我成为一名光荣的选调生分配至即墨乡镇工作，一向沉稳的父亲，竟一反常态拥抱了我，对我说，"好好干，做一名好党员，一名优秀的公务员！"

2011 年，通过基层遴选，我考入当时的环境保护局，现在从事执法监督工作。我们的工作上没有那么多轰轰烈烈的壮举，每天与各种法律法规、执法问题打交道，有些单调，甚至有时候有些枯燥，变的是工作岗位，不变的是忠诚与担当，是继续践行为人民服务的初心，是生态环境人践行打赢污染防治攻坚战的郑重承诺！

时至今日，我参加工作已十余个年头，我时刻牢记父亲的教导，好好工作，好好做人，同时我更为自己有这样一名信仰坚定、襟怀磊落、坚毅如山的父亲感到无比的自豪！我把他的故事写下来，只是为了自己不要忘却，父亲是我的图腾。不仅仅是因为他是我的父亲，更因为他是一名优秀的共产党员！

谨以此文，献给我的父亲，一名平凡的共产党员！

多干累不死，吃亏也是福

山东省济南市生态环境局　陈伟

20 世纪 70 年代初，我出生在成都平原一个普通的农民家庭，上有两个姐姐和一个哥哥，母亲常年体弱多病，全家就父亲一人是壮劳力。在那凭力气挣工分的年代，左邻右舍多少还能够勉强糊口，而我家却常常是"吃了上顿，没下顿"。

俗话说：穷人的孩子早当家。我们姐弟四人从很小开始就力所能及地帮父母干活，挑水、捡柴、烧火、刷碗、割猪草、洗衣服、喂鸡鸭鹅猪……

这些都是我们很早就学会干的事。那时，听父亲对我们说得最多的一句话就是：多干点活，累不死人。

顽皮是绝大多数男孩的天性，与哥哥相比我更加调皮。不仅时常把家里弄得乱七八糟，而且经常与别的孩子打架斗殴。每当打了败仗浑身是土甚至鼻青脸肿回家时，母亲既生气又心疼，总是一边问我疼不疼，一边安慰我说："孩子，吃亏也是福。"

读小学，上初中，念高中，父母那朴实的话语一直伴随我成长。特别是参军到山东后，我更是把父母教育我的这两句话当作了人生的座右铭，而我也顺利地实现了入党、立功、上学、提干……

2009年年底，我转业到济南市环境保护局后，便一直奋战在扬尘污染防治工作一线。除恶劣天气外，我们几乎每天都要出去检查，"夏天一身汗、冬天一身土"是我们工作的真实写照。为了取证，常常要靠近尘源去拍照，"吃扬尘"还是小事，稍有不慎摔个鼻青脸肿很正常。特别是晚上查渣土车，被盯梢、被辱骂、被恐吓那也是常有的事。虽然工作很苦也很累，但我从来没有叫过苦，转业10年几乎就没有休过假。尽管父亲早在我军校毕业前夕就永远地离开了我，但他教育我们姐弟的话，至今仍然清晰地萦绕在我的耳边。

2015年9月，我们与媒体记者一道跟着渣土车调查渣土运输过程中的扬尘污染，遭到一群不明身份人员的袭击。我手持执法证想阻止这起暴力抗法，结果被一群人围攻，头上缝了7针，鼻梁也被打断……在家休养不到一个月，我主动请缨参加了市里组织的大气污染防治"24小时巡查监督组"，工作也比以前更忙了，妻子多次质问我："你这样拼命工作值得吗？上次吃了那么大的亏，还是不长记性！"我从未正面回答妻子的质问，但每当此时我总会想起母亲对我说的话：吃亏也是福！

在山东工作近30年里，我始终牢记父母教导我的这两句话，它们也早已成为我立身做人、对待工作的原则。在举国上下共建小康社会新的历史

时期，我们更要发扬"不怕吃亏受累"的精神，撸起袖子加油干，为中国梦的早日实现尽个人的一份绵薄之力。

父亲的"微官之道"

山东省临沂市生态环境局莒南县分局　孙贵东

我的父亲已经 60 多岁，但是和同龄人相比却显得要年轻很多，特别是头上的白发要少得多。村里人对此很有疑问，对此母亲给出的答案是"心大，想法少"。父亲干过多年的生产队保管员，说起这个仓库保管员，可是当年村里很多人都想干的差事，官虽然不大甚至不能称之为"官"，但因为负责管理整个生产队粮食、种子、化肥、农具等家产，却是一个所谓的"有油水"的岗位。说起来村里有很多人都不信，父亲干了多年仓库保管员却没有从仓库里往家里拿过一粒粮食、一滴油、一根钉子，父亲常对我说的一句话就是"牵一头牛是从拿一根针开始的，公家的便宜一点也不要沾，靠这个过活走不长远。"这也许是他能成为村里在位时间最长也是最后一任保管员的原因所在吧。

在闲暇之余，想起父亲的"微官历史"，虽然事情小得不值一提甚至微不足道，但是当下很多人却因为没有恪守其中蕴含的一个千古不变的"为官之道"走上了人生歧途。事虽小，道理却很朴实、深刻，让我对"慎独、慎初、慎微"古训始终保持一个敬畏之心，时刻铭记"莫伸手伸手必被捉"的"铁律"，恪守"君子爱财取之有道"的"天道"。

257

就该这样做

山东省菏泽市生态环境局鄄城县分局　陈广存

　　刚参加工作时从事文秘工作，单位还没有电脑，全凭手写文稿。手写之后，修改数次，再抄写，然后报领导过目，批阅后再誊写，一份材料才算出炉。加上时常加班加点，久了，就觉得吃不消。周末回到乡下家里，向母亲表达了自己的不满和懈怠情绪，本以为会得到母亲的理解、认可或同情，没想到她却认真地说："做什么事情都不是处处顺利，你参加工作才多长时间啊，就打退堂鼓了，人家让你做事，自有人家的道理，你得想办法做完做好才行。"看着母亲坚定的表情，我思忖着……

　　半夜醒来，微弱的灯光从母亲房间门缝和窗子里透出来，隐隐听见均匀的纺车声。我悄悄进去，母亲毫无倦意，正摇着纺车。母亲见了，劝我快去休息。我劝她，她说："明天还有明天的事，天快冷了，宜早不宜晚，早早织布给你们做衣服。"我回到自己的房间，怎么也睡不着——无论家里农活再忙，只要哥哥姐姐们和我没有完成作业，她从来不让我们搭手。从我记事起，母亲一直在教育我们兄妹要做好自己分内的事情。

　　第二天，我早早起床准备上班。推开门，院子里，母亲正为我的自行车充气。厨房里冒着热气，她已将早饭做好。

　　从那以后，无论在家里还是单位，我感觉自己像变成了另外一个人，每天都保持着昂扬的精神状态。特别在单位，每天坚持早到办公室，提前

打扫好卫生，按计划做着当天的事，晚上认真总结一天的收获与不足，盘算着第二天该干的事情。遇到难题，主动想法解决，未曾气馁与退缩过。走过来的日子，每天都是异样的新鲜与充实。

随着时间的推移，我感觉到哥哥姐姐们和我一样同样受到母亲做事态度的"传染"，更加懂得了"天地生人，有一人应有一人之业；人生在世，生一日当尽一日之勤"的道理。

刚到生态环境系统不久，一天晚上便接到撰写乡村生态振兴汇报材料的任务，明天一早就用。时间紧，内容多，加上自己业务不熟，不由振奋起精神来，随即电话请教同事，翻阅家里的书籍，查阅互联网，了解了乡村生态振兴相关政策，写出了一些想法和建议，完成初稿夜已至深。一早上班前将文稿再次审阅，直至"穷尽所能"内心才感到踏实。

如今，除了我在机关工作外，哥哥姐姐们，有的务农，有的经商。无论平顺，还是坎坷，我们始终践行着母亲的教诲。也许如此，我们才能过着淡定平静的生活。喧嚣俗世，浮躁人心，这种良好家风教尤为可贵，怎不将其传承下去呢？

润物细无声

河南省安阳市生态环境局　眭晓康

家风有时是抽象的，有时又是具体的。每个家庭耳濡目染的生活环境都构成了性格养成的一部分。无论是谁，当回过头来，感念流失的岁月，生活中总有几个难忘的片段，这些片段就像春夜喜雨润物无声，影响着人的一生，或许这就是家风熏陶中晶莹的珠子吧。下面，我想与大家一道分享自己生命中有划痕的片段，这些片段在经常的温故与回放中渐渐成了有生命力的影像，温暖着我，也警示着我，让我在感恩父母、感悟人生的思绪中回望逝去的时光。

现在看来童年的岁月似乎是带着童话的色彩，温暖温馨。小时候，兄妹多，家里穷，但是我们姊妹五个都很少遭父母打骂，父母总是以他们自身的方式影响教育我们。有一次放学后，在地里拔草，发现老坟南边有几棵南瓜，看看四周无人，于是薅了一个放在篮子下边，那时家家都缺衣少食，能吃到南瓜也算是美味佳肴了。回家路上，还一直窃喜，心想父母肯定会夸我聪明懂事。回到家，我把草扒开，拿出南瓜。母亲问我南瓜从哪里来的，我兴致勃勃地把来龙去脉说了一遍。本来以为等下来就会是母亲的夸奖。可不曾想，母亲的脸色告诉我，哪里不对劲儿。"孩子，就是家里再穷，也不能随便薅别人家的东西。话说难听点，这就叫偷你知道吗。人穷志不能短，从今后再也不能在地里费力（费力为豫北方言，有捣乱、淘气、不懂事的意思，多用于小男孩），不经允许不准拿别人家的东西……"那一天，母亲还讲了很多……从此后，也就是从那件事起，我再也没有耍过小聪明。日子流水一样过去，但这件小事却在我的心里生根发芽，就像是经常打磨的石头一样，发出晶莹的亮泽。

上高中时，是家里经济最困难的一段时光。但对于上学的我来说根本没有感到过家里的拮据。每次周末回家时，母亲还会变着花样给我改善生活。临走时，把一周的生活费塞给我，从来没有听父母说过家里拮据。多年后的一个晚上，听母亲说起我上学的时候，那一年家里翻盖房子，借了不少外债。父亲为了能多挣些钱，走街串巷给人家安玻璃，也许是劳累时间长了，一不留神，从梯子上摔了下来，好长时间都不能翻身，家里一度

陷入困境。整个春天做饭都没有买过菜。所谓的菜就是辣椒。母亲吃辣椒得了咽炎。为了不影响我上学，父母都设法瞒着我。当我知道事情的原委，已是多年后的事了。但这件事，让我更感受到父母坚强与隐忍的性格。无论自己多么苦，都要供孩子们上学，给孩子们一个温暖、有安全感的家，而他们自己，则忍受了多少艰辛与苦难。

日子像小溪一样静静流淌，无论走到哪里，家风与家教都将成为恒久的基因，家庭的氛围促进了习惯养成。在生活中沉淀下来便能引导一个家庭的气场。

好的家庭氛围让人沉稳而宁静，励志而奋进，让人懂得感恩，懂得付出与奉献，在成长中熔炼自尊与自信。

附　录

2018 年"家风故事第一季"征文作品名单

作品名称	作者	单位
勿以善小而不为，勿以恶小而为之——小农家庭的家风传承	郦光梅	中央纪委国家监委驻生态环境部纪检监察组
战地婚礼	费　莹	中央纪委国家监委驻生态环境部纪检监察组
真诚	刘春龙	生态环境部自然生态保护司
良好家风　代代相传	付丽君	生态环境部机关服务中心
传承好家风　传播正能量	刘　迪	生态环境部机关服务中心
好家风是做合格党员的基础	何　毅	生态环境部华东督察局
我的家风故事	曹晓锐	生态环境部西北督察局
家风如金	党岳江	生态环境部西北督察局
家风故事：孝顺，炎黄子孙应有的文化传承	邓代举	生态环境部西北督察局
我的家风故事	樊江泉	生态环境部西北督察局
孝敬长辈　与人为善	韩海龙	生态环境部西北督察局
勤俭节约，守时惜时	郝　慧	生态环境部西北督察局
我的家风故事	李　刚	生态环境部西北督察局

作品名称	作者	单位
老老实实做人，踏踏实实干事	李幸福	生态环境部西北督察局
家风——一种无形的力量	梁惠斌	生态环境部西北督察局
家风：传承的力量	马红旗	生态环境部西北督察局
家风	宁 炳	生态环境部西北督察局
多一些换位思考	史 倩	生态环境部西北督察局
俗语中的家风	王迎春	生态环境部西北督察局
珍惜粮食，勤俭持家	杨 波	生态环境部西北督察局
诚信待人　踏实做事	杨小宁	生态环境部西北督察局
良好家风伴我成长	詹付玉	生态环境部西北督察局
你忙你的	张二科	生态环境部西北督察局
居家须有道　传承须有循	张国帅	生态环境部西北督察局
牢记"立品敬业"四个字	张 勇	生态环境部西北督察局
孝顺传家	周宇娟	生态环境部西北督察局
牢记家风，做新时代的幸福奋斗者	王 劲	生态环境部华东核与辐射安全监督站
爸爸的工作	王艺潇	生态环境部华东核与辐射安全监督站
家风家训记心间，传统美德伴我行	朱伟儒	生态环境部华东核与辐射安全监督站
外婆	钟雅洁	生态环境部西南核与辐射安全监督站
我的家风故事	李飞飞	中国环境科学研究院
谈谈我的家风	张博雅	中国环境科学研究院
踏踏实实做事，干干净净做人	张守斌	中国环境监测总站
父亲的叮嘱我执行	陈向东	中日友好环境保护中心

作品名称	作者	单位
好男儿 要担当	李心亮	中国环境出版集团
谈谈我的家风	李雪欣	中国环境出版集团
家风故事	孟亚莉	中国环境出版集团
让家成为港湾和加油站	沈 建	中国环境出版集团
长辈的有些话，永远也不能忘记	汪凯凡	中国环境出版集团
外公的松树盆景	王 荣	中国环境出版集团
自己的事自己操心，节奏由自己把握	王 焱	中国环境出版集团
认真做事	王宇洲	中国环境出版集团
吾家有严父	夏睿泽	中国环境出版集团
家风故事	易 萌	中国环境出版集团
爷爷的叮嘱	张石燕	中国环境出版集团
孝父母，和兄弟，训子孙 ——我的九字家训	郝丽娜	生态环境部核与辐射安全中心
红色家风 绿色传承	韩冬傲	生态环境部核与辐射安全中心
我与父亲的故事	曾 珍	生态环境部核与辐射安全中心
家风故事	张 盼	生态环境部核与辐射安全中心
父亲教我修身之道，母亲授我齐家之理	孟利利	生态环境部核与辐射安全中心
有志者立长志，无志者常立志	沈 伟	生态环境部核与辐射安全中心
妈妈的手	周晓蕊	生态环境部核与辐射安全中心
家风故事 ——为人正直，用心做事	刘兆香	生态环境部对外合作与交流中心
我的家风故事	李亚龙	生态环境部卫星环境应用中心

作品名称	作者	单位
传承好家风，弘扬正能量	吴 迪	生态环境部卫星环境应用中心
我的家风故事	张 雪	生态环境部卫星环境应用中心
勤俭持家，踏实做人，不忘初心——我的家风教育	王雪蕾	生态环境部卫星环境应用中心
我的父亲母亲	李志刚	生态环境部北京会议与培训基地
牢记革命家风	王琳琳	生态环境部北戴河环境技术交流中心
不计较	张 赟	北京市朝阳区生态环境局
五世其昌　厚德载福	杨新港	河北省生态环境厅
善美家风代代传	元庆彦	河北省邢台市生态环境局沙河市分局
父爱如山	秦红英	河北省邯郸市生态环境局鸡泽分局
父亲是一位尽职的好干部	薛东娥	山西省吕梁市柳林县环境保护监测站
妈妈给我树榜样	薛东娥	山西省吕梁市柳林县环境保护监测站
忠厚传家久　诗书继世长	王树鹏	辽宁省大连市生态环境局甘井子分局
家风故事	张萍萍	辽宁省大连市环境科学设计研究院
母亲教会我做人	周脉明	黑龙江省鹤岗市生态环境局
不孝有三，无后为大	李 睿	吉林省白城市洮水区生态环境局
浅谈我家的家风家训	夏宁宁	上海市环境科学研究院
家风故事	宋晓锋	上海市奉贤区环境监察支队
父亲的党课	张 进	江苏省生态环境厅
诚信待人	葛 勇	江苏省生态环境厅
让他三尺又何妨	操 庆	江苏省环境科学研究院
节俭家风代代传	曹鹏飞	江苏省苏州市吴江生态环境局
我与爷爷的故事	顾露兰	江苏省苏州市昆山生态环境局

作品名称	作者	单位
责任心滋养行动力	唐　琪	江苏省苏州市昆山生态环境局
家风影响人生航向	王华斌	江苏省苏州市昆山生态环境局
勤俭益于养德	崔祝进	江苏省南通市通州生态环境局
忠诚，体现在行动中	易欢东	江苏省南通市通州生态环境局
一个鸡蛋分成两餐吃	盛锦石	江苏省海门市生态环境局
我的家训故事——温柔就是对抗世间所有的坚硬	陈秋宇	江苏省启东市生态环境局
家风如雨，滋润心灵	筱　雨	江苏省如皋市生态环境局
一箱水果	赵顺平	江苏省淮安市洪泽生态环境局
听妈妈的话	支利民	江苏省淮安市涟水县生态环境局
"一封家书"激起千层浪	智　原	江苏省盐城市生态环境局
愿你既有前程可奔赴　更有岁月可回首——写给刚出校门初入职场的儿子	智　原	江苏省盐城市生态环境局
遗训家书	周　军	江苏省盐城市环境监测中心站
廉洁家风在身边	田东玮	江苏省泰州市生态环境局
浅谈家风	高卿芸	江苏省泰州市生态环境局
浅谈家规 ——"己所不欲　勿施于人"	李岑子	江苏省泰州市生态环境局
明道，所以道明；行善，所以善行	李　靓	江苏省泰州市生态环境局
做好家风传承	赵　赞	江苏省泰州市生态环境局
今日事今日毕 ——终身受益的家风	邱林倩	江苏省泰州市生态环境局
好家风助我成长	于仕荣	江苏省泰州市生态环境局

266

作品名称	作者	单位
风起于青蘋之末	许亚娟	江苏省泰州市生态环境局
廉洁家风助推社会风清气正	朱　玲	江苏省泰州市辐射环境监督站
以良好的家风促廉洁的作风	孙　亮	江苏省泰州市环境应急与事故调查中心
家风故事	张　伟	江苏省泰州市科学研究所
家风家训小故事	卢晓燕	江苏省泰州市靖江生态环境局
家风之美，代代相传	顾玉燚	江苏省泰州市靖江生态环境局
家风建设是作风涵养之要	孔牧涛	江苏省泰州市泰兴生态环境局
良好的家风是成功的基础	顾　建	江苏省泰州市泰兴生态环境局
传承以勤养德，以廉养德 ——家风树立环保新风	万再峰	江苏省泰州市兴化生态环境局
家风正　民心顺　国家兴	梅　俊	江苏省泰州市海陵生态环境局
积善之家必有余庆	张　磊	江苏省泰州市高港生态环境局
家风伴我成长	李　莹	江苏省泰州市高港生态环境局
筑牢思想防线　远离法纪红线 恪守良知底线	朱　力	江苏省泰州市姜堰生态环境局
传承良好的家风	张　驰	江苏省泰州市生态环境局
整理好自己的小书包	周　斌	浙江省环境监测中心
钱财短人面长	洪钦宝	浙江省温州市生态环境局苍南分局
厚德载物——三代人传承好家风	刘　瑜	福建省厦门市环境科学研究院
父亲的叮嘱	王德成	安徽省六安市舒城县生态环境分局
清贫耐得始求官	邱在亮	江西省上饶市纪委市监委驻市生态环境局纪检监察组
家风——忠厚孝顺	陈一凡	河南省安阳市生态环境局
我不饿	李国成	河南省安阳市生态环境局

作品名称	作者	单位
我家的家风	任玉佩	河南省安阳市生态环境局
我的家风故事	王　静	河南省安阳市生态环境局
夹竹桃　四季常青	张继雪	河南省安阳市生态环境局
家风影响人生　家教代代相传	祁玉兴	河南省安阳市环境监察支队
我的家风故事	丁金杰	河南省安阳市环境保护监测中心站
言传身教的家风	黄小兰	河南省安阳市环境保护监测中心站
衣服是穿破的，不是被人"指破"的	马金霞	河南省安阳市生态环境局安阳县分局
"不靠谱"的师铁军	师铁军	河南省安阳市生态环境局安阳县分局
担当成就使命	李华杰	河南省安阳市生态环境局林州分局
言传身教，做孩子的好榜样 陪伴左右，做孩子的好朋友	刘红莉	河南省安阳市生态环境局殷都分局
孝的传承	刘　菁	河南省安阳市生态环境局滑县分局
你养我小，我养你老	任梦霞	河南省安阳市生态环境局龙安分局
"无字"家训	申腾飞	河南省安阳市生态环境局汤阴分局
"抠门"又"固执"的爷爷	周嫣娜	河南省安阳市生态环境局汤阴分局
我的好家风	施振山	河南省周口市扶沟县生态环境分局
手	伍　胜	湖北省武穴市生态环境局
一封廉政家书	茂　子	湖南省长沙环境监测中心
家风	蔡晓晴	广东省东莞市生态环境局望牛墩分局
踏实做事，清白做官	曹玉华	广东省东莞市生态环境局
勤俭节约	曾伟城	广东省东莞市环保产业促进中心
家庭和睦	陈柳萌	广东省东莞市生态环境局东坑分局

作品名称	作者	单位
我的家风故事	陈淑仪	广东省东莞市生态环境局黄江分局
传承良好家风　营造廉政氛围	陈树斌	广东省东莞市生态环境局沙田虎门港分局
家风故事	邓晓莹	广东省东莞市生态环境局桥头分局
家风故事	邓学彬	广东省东莞市生态环境局松山湖分局
家风故事	邓岳庭	广东省东莞市生态环境局凤岗分局
家风故事	邓志翔	广东省东莞市生态环境局环境监察分局
纯朴的家风家训	丁松活	广东省东莞市生态环境局东坑分局
留给自己	杜锦华	广东省东莞市生态环境局洪梅分局
家风故事	杜泽丽	广东省东莞市生态环境局环境监察分局
有好家风才有好党风	樊灿明	广东省东莞市生态环境局环境监察分局
传承好家风　营造好风气	房芷伊	广东省东莞市生态环境局道滘分局
父之言，心之训	冯家宝	广东省东莞市环保宣传教育中心
弘扬良好家风的重要性	冯世杰	广东省东莞市生态环境局南城分局
廉洁自律在我心中	冯晓静	广东省东莞市环保产业促进中心
廉政教育"四应"	冯晓静	广东省东莞市环保产业促进中心
你要一直记得一直努力	高文梅	广东省东莞市环保产业促进中心
家风伴我成长	郭日怀	广东省东莞市第二次全国污染源普查办公室
好的家风是无声的教诲	胡嘉欣	广东省东莞市生态环境局大朗分局
家风家规小故事	胡琼秀	广东省东莞市生态环境局环境监察分局
树良好家风　扬一身正气	黄瑞敏	广东省东莞市生态环境局石排分局
我的家风故事 ——牺牲小我　敬业奉献	黄玉荣	广东省东莞市环境信息中心
家是最小国　国是千万家	黄泽馨	广东省东莞市环境监测中心站

269

作品名称	作者	单位
家风——镰刀，回家吧	霍秋怡	广东省东莞市生态环境局洪梅分局
家风故事	邝诗欣	广东省东莞市生态环境局松山湖分局
家风，润物细无声	赖嘉明	广东省东莞市生态环境局南城分局
家风故事	赖俊锋	广东省东莞市生态环境局凤岗分局
言传身教好家风	黎惠圈	广东省东莞市生态环境局环境监察分局
说家风	李雪芳	广东省东莞市生态环境局中堂分局
加强家风建设	李燕鑫	广东省东莞市生态环境局黄江分局
家风	李梓艳	广东省东莞市生态环境局高埗分局
以身教传承家教	梁均乐	广东省东莞市生态环境局环境监察分局
家风故事	梁正曦	广东省东莞市环保产业促进中心
一个人成熟的标志是懂得感恩	梁志江	广东省东莞市生态环境局中堂分局
家风故事	廖珊珊	广东省东莞市机动车排气污染监督管理所
我的家风故事	林佩芳	广东省东莞市生态环境局环境监察分局
百行孝为先——我的家风故事	林若芝	广东省东莞市生态环境局
我对廉政的认识	刘创胜	广东省东莞市生态环境局莞城分局
好家风，永传承	刘春玲	广东省东莞市生态环境局
家风如春雨，润物细无声	刘靖贤	广东省东莞市生态环境局大朗分局
家风故事	刘晓霞	广东省东莞市生态环境局松山湖分局
规矩成方圆，家风修身心	楼淑文	广东省东莞市生态环境局环境监察分局
家风，滋润我成长	卢洁柳	广东省东莞市生态环境局环境监察分局
好家风，福终生	卢 珊	广东省东莞市环境监测中心站
卢家风，男儿气	卢煜权	广东省东莞市生态环境局东坑分局
家风故事	麦巧芳	广东省东莞市生态环境局企石分局

作品名称	作者	单位
反腐倡廉从心立起	莫少彬	广东省东莞市环保产业促进中心
我的家风故事	莫燕飞	广东省东莞市生态环境局
百善孝为先	彭 悦	广东省东莞市生态环境局高埗分局
坚定思想信信念	祁 威	广东省东莞市生态环境局莞城分局
家风故事	申露文	广东省东莞市环保产业促进中心
家风	舒振华	广东省东莞市环境监测中心站
家风故事	苏浩根	广东省东莞市生态环境局东坑分局
关于家风	苏沛康	广东省东莞市生态环境局环境监察分局
家风故事	谭嘉星	广东省东莞市生态环境局环境监察分局
家风伴我行	唐宵宵	广东省东莞市生态环境局环境监察分局
家风故事	王焯威	广东省东莞市环保产业促进中心
廉洁家风，从自身做起	王晓豪	广东省东莞市生态环境局沙田虎门港分局
放羊	王延民	广东省东莞市生态环境局松山湖分局
家风故事——老大学生	吴育霖	广东省东莞市生态环境局环境监察分局
家风故事	吴竹君	广东省东莞市生态环境局环境监察分局
家风家训故事	萧沛堂	广东省东莞市生态环境局环境监察分局
家风故事	萧婉莹	广东省东莞市生态环境局麻涌分局
我的家风故事	谢婉美	广东省东莞市生态环境局企石分局
家风	谢雯菲	广东省东莞市生态环境局高埗分局
我的家风——勤、俭、善、慈	谢学超	广东省东莞市生态环境局望牛墩分局
家风	熊晓晴	广东省东莞市生态环境局高埗分局
我的家风故事	徐佩茹	广东省东莞市生态环境局桥头分局
家风故事	杨超岚	广东省东莞市环保产业促进中心

作品名称	作者	单位
家风故事	叶俊杰	广东省东莞市生态环境局环境监察分局
我的父亲	叶凯欣	广东省东莞市环保宣传教育中心
家风传承	叶丽飞	广东省东莞市生态环境局大岭山分局
家风故事	叶瑞安	广东省东莞市生态环境局道滘分局
修身、齐家、治国、平天下	叶婉仪	广东省东莞市生态环境局石碣分局
一屋不扫，何以扫天下	叶婉仪	广东省东莞市生态环境局石碣分局
继承传扬好家风，正心明志做表率	叶伟强	广东省东莞市生态环境局环境监察分局
一个廉政故事的启发	叶旭钊	广东省东莞市环保产业促进中心
传承家风　弘扬国风	叶颖欣	广东省东莞市生态环境局大岭山分局
家风故事	余海兵	广东省东莞市生态环境局
家风	袁伟军	广东省东莞市机动车排气污染监督管理所
家风伴我成长	张静玉	广东省东莞市环保产业促进中心
我的家风故事	张诗雅	广东省东莞市生态环境局
勤俭节约　诚信对人　爱老敬友	张艺仪	广东省东莞市生态环境局
爷爷的事	赵元元	广东省东莞市环境监测中心站
食鱼者说	周文柱	广东省东莞市生态环境局麻涌分局
家风正气润物无声	周紫荆	广东省东莞市生态环境局石排分局
良好家风的重要性	朱莉敏	广东省东莞市环保产业促进中心
字里行间	朱文波	广东省东莞市生态环境局
家风故事	祝　欣	广东省东莞市生态环境局谢岗分局
无声教诲历历在目，家国情怀代代相传	蔡斯敏	广东省揭阳市生态环境局
无怨无悔　爱国奉献	李铭裕	广东省揭阳市环境监测站

作品名称	作者	单位
以良好家风带动良好政风	赵梦莹	广东省揭阳市生态环境局
做像父亲那样的男人	徐 政	广东省湛江市生态环境局湛江市环境保护监测站
自鞭的母亲	黄山松	广西壮族自治区环境保护科学研究院
人生在勤，不索何获	葛丽妮	广西壮族自治区环境保护科学研究院
借其力量，传其精髓	廖 洁	广西壮族自治区环境保护科学研究院
家风传承正能量 春风化雨育新芽	李宛霞	广西壮族自治区北海市生态环境局
良好家风，让我一生受益匪浅	张清明	重庆市万州区生态环境局
感恩党情 忠诚卫国	孟昌盛	四川省环境监察执法局
传承优良家风、注重家风建设	陈 兴	四川省成都市环境监测中心站
我的父亲	罗 勇	四川省成都市温江区生态环境局纪检组
父母的言传身教	刘 怡	四川省宜宾市长宁生态环境局
父亲的"以和为贵，亏者是福"	刘玉全	四川省巴中市生态环境局恩阳区分局
追梦文明	肖连启	四川省泸州市生态环境局
一位老部长的家风	段绪兰	四川省达州市开江县生态环境局
孩子需要好家风	瞿春桃	四川省遂宁市船山区生态环境局
谢谢您，爸爸！	代清东	四川省内江市生态环境局
我的家风故事	吕莉娜	陕西省生态环境厅
我的家风故事	赵 倩	陕西省生态环境厅

2019 年"家风故事第二季"征文作品名单

作品名称	作者	单位
家风滋润我成长	张 蕾	生态环境部办公厅
俭	李树森	生态环境部办公厅
开明的爸妈	马宇飞	生态环境部办公厅
母亲的叮嘱	李 辉	生态环境部办公厅
永远不会忘记的家风	夏 昭	生态环境部办公厅
我的严格家风	李 赛	生态环境部中央生态环境保护督察办公室
做慎独的卖瓜人	马 喆	生态环境部中央生态环境保护督察办公室
有为有不为，有争有不争	许海倩	生态环境部中央生态环境保护督察办公室
勤俭节约是一种美德	岳子明	生态环境部科技与财务司
大爱无声，默默传承	张 哲	生态环境部自然生态保护司
责任重如泰山	李春雨	生态环境部水生态环境司
节俭环保	熊燕娜	生态环境部土壤生态环境司
一句话，影响三代人	孔令雅	生态环境部土壤生态环境司
家风是一种力量	陈 婧	生态环境部土壤生态环境司
感恩	柯 琪	生态环境部土壤生态环境司
家风故事	张家利	生态环境部核设施安全监管司
"7分"的震撼	叶荷瑞	生态环境部核设施安全监管司
戒尺之痛	朱亚胜	生态环境部核设施安全监管司
严管立家规，厚爱显真情	郝晓峰	生态环境部核电安全监管司

作品名称	作者	单位
妈妈留的晚餐	白 璐	生态环境部环境影响评价与排放管理司
家风传承·寸草春晖	潘坤尧	生态环境部国际合作司
我的家风故事	傅钰琳	生态环境部国际合作司
坚定的信仰，坚强的意志	杨小玲	生态环境部宣传教育司
"功"与"我"	孙 雷	生态环境部机关党委
家是一片森林	赖晓东	生态环境部机关党委
公家的东西拿不得	赵 柯	生态环境部机关党委
我的家风故事——勤俭节约	施寿朋	生态环境部环境应急与事故调查中心
家风的传承	孙 伟	生态环境部环境应急与事故调查中心
我的家风小故事	张高硕	生态环境部环境应急与事故调查中心
淳朴的家风代代相传	崔 革	生态环境部机关服务中心
集体的鱼	陶文敏	生态环境部机关服务中心
小家风彰显大品格	杨凤琳	生态环境部机关服务中心
良好家风　伴我成长	朱桂英	生态环境部机关服务中心
"一粥一饭"当思来之不易	曹京新	生态环境部机关服务中心
规矩意识的潜在力量	施筱红	生态环境部机关服务中心
诚以养德，信以立身	王瑷珲	生态环境部机关服务中心
好家风造福后代	马玉昆	生态环境部机关服务中心
儿时的回忆	刘 航	生态环境部机关服务中心
幸福家庭和谐之美	孙志萍	生态环境部机关服务中心
我的家风故事	左玉海	生态环境部机关服务中心
我家的故事	张 洁	生态环境部机关服务中心
诚信是最大的财富	杨 腾	生态环境部华北督察局

作品名称	作者	单位
踏实人生路	张风波	生态环境部华北督察局
心中有一盏灯	张文路	生态环境部华北督察局
我带女儿一起观看《榜样》	曲艳明	生态环境部华北督察局
换位思考方能长久	余 美	生态环境部华北督察局
有声的期盼，无怨的陪伴	蒋 萍	生态环境部华北督察局
淡泊名利才能活的坦然	吕盛扬	生态环境部华东督察局
行走的榜样	李 信	生态环境部华东督察局
人生中的第一张火车票	沃 飞	生态环境部华东督察局
与时代同行　传勤俭家风	张素娟	生态环境部华东督察局
家风	赵 刚	生态环境部西南督察局
家风促我成长	杨丰铭	生态环境部西南督察局
以赌为诚、踏实做人	旷 力	生态环境部西南督察局
阅读习惯的传承	蓝 皓	生态环境部西南督察局
言传身教，实干为民	刘 敏	生态环境部华南督察局
父亲的党员情结	龚成刚	生态环境部华南督察局
传承良好家风，做清正廉洁的环保督察干部	李旭君	生态环境部华南督察局
严以待己、宽以待人	谢 成	生态环境部华南督察局
家父不好客	周乐昕	生态环境部华南督察局
岳母的退休生活	陈 伟	生态环境部华南督察局
爸妈说	程 欢	生态环境部华南督察局
诚恳与和善——我家的家风	邓仁昌	生态环境部华南督察局
培养一颗直面困难的"勇敢的心"	丁利军	生态环境部华南督察局

作品名称	作者	单位
父亲的春联	李晓菊	生态环境部华南督察局
家风的故事	骆武山	生态环境部华南督察局
勤俭持家　倡导读书	施立仁	生态环境部华南督察局
我的家风小故事	薛丽娜	生态环境部华南督察局
一种信念的传承	杨　超	生态环境部华南督察局
奶奶外婆的幸福生活	马洋明	生态环境部华南督察局
妈妈的愧疚	宁　安	生态环境部华南督察局
孝顺，炎黄子孙应有的文化传承	邓代举	生态环境部西北督察局
勤恳做事，诚恳待人	王迎春	生态环境部西北督察局
良好家风伴我成长	詹付玉	生态环境部西北督察局
孝顺传家	周宇娟	生态环境部西北督察局
珍惜粮食，勤俭持家	杨　波	生态环境部西北督察局
家风故事	李　刚	生态环境部西北督察局
我的家风故事	张卫涛	生态环境部西北督察局
父爱如山　母爱似水	郭松军	生态环境部东北核与辐射安全监督站
父母教我好好上班	叶荷瑞	生态环境部华北核与辐射安全监督站
心术不可得罪于天地，言行要留好样与儿孙	杨德麾	生态环境部华北核与辐射安全监督站
屋后的山丁子树	赵鹏宇	生态环境部华北核与辐射安全监督站
母亲的笑容	王　平	生态环境部华北核与辐射安全监督站
家风故事	李　宁	生态环境部华北核与辐射安全监督站
记忆中的父亲	弋红卫	生态环境部华北核与辐射安全监督站

作品名称	作者	单位
好家风，教育我成长	张 晓	生态环境部华北核与辐射安全监督站
好家风促我成长	刘艳阳	生态环境部华北核与辐射安全监督站
我家的家风	靳占元	生态环境部华北核与辐射安全监督站
建立良好家庭生态 言传身教以德育人	朱瑞辉	生态环境部华北核与辐射安全监督站
我的家风：上善若水	王晓卿	生态环境部华北核与辐射安全监督站
传承红色基因	高 军	生态环境部华北核与辐射安全监督站
传承孝道，涵养家风	吕高尚	生态环境部华北核与辐射安全监督站
感恩我是我，谢谢你是你	李艳芹	生态环境部华北核与辐射安全监督站
环保小卫士养成记	周云军	生态环境部华北核与辐射安全监督站
谨记祖训，慎独慎行	韩国利	生态环境部华北核与辐射安全监督站
勤劳孝顺	程 瑜	生态环境部华北核与辐射安全监督站
一双千层底的故事	程 瑜	生态环境部华北核与辐射安全监督站
桃李不言，下自成蹊	别 超	生态环境部华北核与辐射安全监督站
我的爸爸	段敏杰	生态环境部华北核与辐射安全监督站
拥军爱民一家人	王占永	生态环境部华北核与辐射安全监督站
永远听党召唤，响应国家号召	高润生	生态环境部华北核与辐射安全监督站
一只小竹篮	赵令收	生态环境部华北核与辐射安全监督站
父亲教书的两三小事	申小辉	生态环境部华东核与辐射安全监督站
传承良好家风家训，筑牢党员廉洁防线	朱伟儒	生态环境部华东核与辐射安全监督站
坚定的支持就是最坚强的后盾	李小恒	生态环境部华东核与辐射安全监督站
做人守规矩则正，做事守规矩则成	刘 坤	生态环境部华东核与辐射安全监督站

作品名称	作者	单位
家风传承，大道至简	廖云华	生态环境部华东核与辐射安全监督站
家中的两三事	宁方寅	生态环境部华东核与辐射安全监督站
精气神	汤冠军	生态环境部华东核与辐射安全监督站
越是困难，越要坚持，越要咬紧牙关向前走	王 劲	生态环境部华东核与辐射安全监督站
我的家风故事：热心肠的外婆	张恩博	生态环境部华东核与辐射安全监督站
寻找我的家风	张 江	生态环境部华东核与辐射安全监督站
我的家风故事——孝顺	司永杰	生态环境部华东核与辐射安全监督站
母亲的经验	张天祝	生态环境部华南核与辐射安全监督站
我的家风故事	葛 岩	生态环境部华南核与辐射安全监督站
忠诚善良——我家的家风	彭瑞英	生态环境部华南核与辐射安全监督站
传承良好家风、争做核安全卫士	周剑波	生态环境部华南核与辐射安全监督站
做善良勤劳的人	杨 俊	生态环境部华南核与辐射安全监督站
立家训　重传承	莽 媛	生态环境部华南核与辐射安全监督站
"勤"字家风	刘雄海	生态环境部华南核与辐射安全监督站
节俭点滴	杨掌众	生态环境部西北核与辐射安全监督站
勤俭是个传家宝	丁华杰	生态环境部西北核与辐射安全监督站
我的家风故事	刘 波	生态环境部西北核与辐射安全监督站
身边的"小老师"	顾杰兵	生态环境部西北核与辐射安全监督站
无声的力量	张树丛	生态环境部西北核与辐射安全监督站
我的家风	刘 勇	生态环境部西北核与辐射安全监督站
自立自强是我家的品格	王福权	生态环境部西北核与辐射安全监督站
孝敬	雷富安	生态环境部西北核与辐射安全监督站

作品名称	作者	单位
我的父亲	姚永奎	生态环境部西北核与辐射安全监督站
驴粪蛋里的口粮	金显玺	生态环境部西北核与辐射安全监督站
朴素语言大道理，家是最好的实践教育课堂	杨海峰	生态环境部西南核与辐射安全监督站
忠于职责，服务大局	石 林	生态环境部西南核与辐射安全监督站
我家的孝顺之风	马骎骎	生态环境部西南核与辐射安全监督站
百善孝为先	王 兰	生态环境部西南核与辐射安全监督站
忠于职守 无问东西	张 阁	生态环境部长江流域生态环境监督管理局
吃亏是福	陈 珊	生态环境部长江流域生态环境监督管理局
忆外婆，话家风	张 蓓	生态环境部黄河流域生态环境监督管理局
"80后"的家风家训	李泓露	生态环境部黄河流域生态环境监督管理局
致闻先生的一封信	刘 哲	生态环境部黄河流域生态环境监督管理局
只怕不够时间看你到白头	张海荣	生态环境部黄河流域生态环境监督管理局
婆婆的家风	梁向锋	生态环境部黄河流域生态环境监督管理局
父亲的家训	李向阳	生态环境部黄河流域生态环境监督管理局
十元帛金	郭纯子	生态环境部海河流域北海海域生态环境监督管理局
珍惜水资源	何佳吉	生态环境部松辽流域生态环境监督管理局
"家风"持续催生正能量	刘 巍	生态环境部松辽流域生态环境监督管理局
我珍惜共产党员这个称号	张长占	生态环境部松辽流域生态环境监督管理局
在父亲的战斗故事中成长	宿 华	生态环境部松辽流域生态环境监督管理局
我和我的祖国	苗 莹	生态环境部松辽流域生态环境监督管理局
朴素传家风	戴 欣	生态环境部松辽流域生态环境监督管理局

作品名称	作者	单位
良好家风代代传	章元明	生态环境部太湖流域东海海域生态环境监督管理局
抠门的父亲	陈 炜	中国环境科学研究院
父之爱子，教以义方	刘海燕	中国环境科学研究院
红色教育传承党风家风，绿色工作培育家国情怀	段平洲	中国环境科学研究院
红色教育传承党风家风，绿色工作培育家国情怀	刘 颖	中国环境科学研究院
家风故事	刘 嘉	中国环境科学研究院
勤奋奉献伴我一路前行	侯春飞	中国环境科学研究院
"两实"指引我前行	李 爽	中国环境科学研究院
"较真"的爷爷	赵 果	中国环境科学研究院
乡情　孝亲	陈金融	中国环境监测总站
善良向上	温香彩	中国环境监测总站
回家团圆	王 强	中国环境监测总站
我有这样一个家	何立环	中国环境监测总站
家的港湾	狄世英	中国环境监测总站
勤奋做事，正直为人	王 超	中国环境监测总站
润物无声的传承	李宪同	中国环境监测总站
认真做事，踏实做人	林兰钰	中国环境监测总站
鸡汤的故事	蒙发俊	中日友好环境保护中心
书香伴我成长	马晓萌	中日友好环境保护中心
好家风指引我前行	赵亚娴	中日友好环境保护中心
给你尝一尝	杨 静	中日友好环境保护中心

作品名称	作者	单位
迟到的通知书	刘海萍	中日友好环境保护中心
成长路上的"烦恼"	张　颖	中日友好环境保护中心
传承奉献精神，小家大家皆为家	许鹏军	中日友好环境保护中心
传承家风　做一名像爷爷一样的共产党员	赵　芳	中日友好环境保护中心
平凡的人，不平凡的事	刘尊文	中日友好环境保护中心
我的家风故事——孝顺父母天降福	邢红霞	中日友好环境保护中心
家风助我成长	赵一玮	中日友好环境保护中心
守家风初心　担环保使命	周志广	中日友好环境保护中心
在良好家风中成长	胡　军	生态环境部环境与经济政策研究中心
家风故事——您的精神在传递	陈　煌	生态环境部环境与经济政策研究中心
责任与奉献——军人家庭的家风故事	高颖楠	生态环境部环境与经济政策研究中心
我的母亲	王　萌	生态环境部环境与经济政策研究中心
家风故事——做一个正直、善良、热爱生活的女子	贾　蕾	生态环境部环境与经济政策研究中心
我的家风故事	王建生	生态环境部环境与经济政策研究中心
让阅读成为好习惯传承下去	韦正峥	生态环境部环境与经济政策研究中心
党员精神的传承	杜晓林	生态环境部环境与经济政策研究中心
有些习惯，我们小时候叫做美德	孙飞翔	生态环境部环境与经济政策研究中心
家风家教，用行动传递下去	宋旭娜	生态环境部环境与经济政策研究中心
尽忠职守的应有之义	张媠姮	生态环境部环境与经济政策研究中心

作品名称	作者	单位
严管就是厚爱	赵 莹	中国环境报社
我为人人，人人为我	邓 玥	中国环境报社
"不要担心，你已经很棒了"	胡秀芳	中国环境报社
妈妈的自然课堂	李 莹	中国环境报社
规矩和家风	李 维	中国环境报社
长大后的我，像极了您	雷英杰	中国环境报社
传承家训，树家风	焦崴崴	中国环境报社
百善孝为先，家和万事兴	卢 珊	中国环境报社
我的家风故事	龙 姮	中国环境报社
言传身教传家风	聂靖非	中国环境报社
学"铁人"树家风	屠 锐	中国环境报社
父辈的求学精神	张春燕	中国环境报社
人，要学会珍惜现在的一切	李贤义	中国环境报社
家有二老，如有两宝	徐卫星	中国环境报社
心存大爱　正道直行	杨奕萍	中国环境报社
我的姥爷	文 雯	中国环境报社
困难面前岂能退缩	原二军	中国环境报社
我的老革命父母	方 勤	中国环境报社
妈妈的手	张 黎	中国环境报社
家人的理解支持是我最坚强的后盾	童克难	中国环境报社
家风故事	刘 焱	中国环境出版集团
我家的绿色环保之风	钱冬昀	中国环境出版集团

作品名称	作者	单位
我的家风小故事	侯华华	中国环境出版集团
贫困村里的家风故事	孟亚莉	中国环境出版集团
爱岗敬业，最大的受益人就是你自己	许思佳	中国环境出版集团
家风	雷 杨	中国环境出版集团
我的国，我的家	陶克菲	中国环境出版集团
家风故事——闲谈莫论人非	段舒雅	中国环境出版集团
自强不息，厚德载物	董 强	中国环境出版集团
那座山给我力量 那支歌催我前行	张京星	中国环境出版集团
家风故事	黄 颖	中国环境出版集团
我的家风故事——百善孝为先	赵 艳	中国环境出版集团
红色传承 勇于担当	陈阳阳	生态环境部核与辐射安全中心
自行车	张 阳	生态环境部核与辐射安全中心
优良家风，树人之本	孙丽萍	生态环境部核与辐射安全中心
做事求实，待人以诚	吴 鹏	生态环境部核与辐射安全中心
堂堂正正做人 踏踏实实做事	郑洁莹	生态环境部核与辐射安全中心
我的父亲	岳 峰	生态环境部核与辐射安全中心
一个核二代的小年鉴	徐雨婷	生态环境部核与辐射安全中心
以名为镜守初心	谭一达	生态环境部核与辐射安全中心
家风故事	姜述杰	生态环境部核与辐射安全中心
我家的马列主义老太太	董毅漫	生态环境部核与辐射安全中心
绿色传承	杨承刚	生态环境部核与辐射安全中心

作品名称	作者	单位
我的外公	刘明庆	生态环境部南京环境科学研究所
我的家风故事——与人为善	孙 丽	生态环境部南京环境科学研究所
传承家风，做美好生活的传递者和服务者	田万敏	生态环境部南京环境科学研究所
"己所不欲，勿施于人"——家风小故事	丁程成	生态环境部南京环境科学研究所
给儿子的一封信	王 霞	生态环境部南京环境科学研究所
忠厚传家久，诗书济世长	游广永	生态环境部南京环境科学研究所
踏踏实实做人，勤勤恳恳做事	徐坷坷	生态环境部南京环境科学研究所
善待身边的每一个人	徐德琳	生态环境部南京环境科学研究所
母亲的三句话	邹长新	生态环境部南京环境科学研究所
生命中最宝贵的财富	华 晶	生态环境部南京环境科学研究所
我的家风传承	朱 琳	生态环境部南京环境科学研究所
仪式感与形式主义	张胜田	生态环境部南京环境科学研究所
办法总会有的	芮菡艺	生态环境部南京环境科学研究所
弘扬传统文化，传承良好家风	王莉莉	生态环境部南京环境科学研究所
以史为鉴、以山水为鉴	苏珊珊	生态环境部南京环境科学研究所
家风故事	曹 洁	生态环境部南京环境科学研究所
没有规矩，不成方圆	张明珠	生态环境部南京环境科学研究所
我的哥哥	王邢平	生态环境部南京环境科学研究所
源于平淡　归于平凡	胡飞龙	生态环境部南京环境科学研究所
保家卫国·刻苦学习·勇挑重担·忠于革命	续卫利	生态环境部南京环境科学研究所
家风家训无大小——"教育为本"	谭丽超	生态环境部南京环境科学研究所

作品名称	作者	单位
家风故事 ——不忘初心，艰苦奋斗	周林军	生态环境部南京环境科学研究所
怀念家风	王　祥	生态环境部南京环境科学研究所
父亲的礼物	张爱国	生态环境部南京环境科学研究所
我的家风故事	范鲁宁	生态环境部南京环境科学研究所
我的家风故事	钱者东	生态环境部南京环境科学研究所
爷爷的家训：忠厚传家远	甘信宏	生态环境部南京环境科学研究所
我的家风家训故事	刘　畅	生态环境部南京环境科学研究所
家风故事	庄　巍	生态环境部南京环境科学研究所
传承好家风，涵养好作风	马孟枭	生态环境部南京环境科学研究所
家风故事	赵敏苏	生态环境部南京环境科学研究所
传承良好家风，汇聚社会正能量	李　强	生态环境部南京环境科学研究所
国与家	吉贵祥	生态环境部南京环境科学研究所
责任与奉献	李佳琦	生态环境部南京环境科学研究所
接过爷爷手中的那杆"枪"	胡哲伟	生态环境部南京环境科学研究所
生活就要神采奕奕	揣泽尧	生态环境部华南环境科学研究所
父亲引来的新东西	卢加伟	生态环境部华南环境科学研究所
传承	刘晓伟	生态环境部华南环境科学研究所
诚信为本	邹维欢	生态环境部华南环境科学研究所
最宝贵的财富	周亚楠	生态环境部华南环境科学研究所
家和万事兴	丁逸宁	生态环境部华南环境科学研究所
一个小小的举动	余晓东	生态环境部华南环境科学研究所

作品名称	作者	单位
勤	王运芳	生态环境部华南环境科学研究所
家风，似曾相识，却又似素昧相逢	肖　香	生态环境部华南环境科学研究所
家无甚风，踏实做人	赖后伟	生态环境部华南环境科学研究所
踏踏实实做人，认认真真做事	苏耀明	生态环境部华南环境科学研究所
天道酬勤	赵　迪	生态环境部华南环境科学研究所
善良淳朴伴我成长	张音波	生态环境部华南环境科学研究所
勤俭节约	黄献华	生态环境部华南环境科学研究所
常怀一颗节俭之心	刘昌明	生态环境部华南环境科学研究所
但行好事，莫问前程	刘谞承	生态环境部华南环境科学研究所
父亲对"人间正道是沧桑"的特殊理解	吴　竞	生态环境部华南环境科学研究所
党员之家	梁文钟	生态环境部华南环境科学研究所
爱管闲事的春老师	周玲莉	生态环境部华南环境科学研究所
老实做人，勤恳做事，百善孝为先	孙梦强	生态环境部华南环境科学研究所
孝亲为做人根本，读书为立业基础	董家华	生态环境部华南环境科学研究所
身体力行见家风	孙家仁	生态环境部华南环境科学研究所
光荣之家育初心，琴瑟和鸣唱忠诚	黄志伟	生态环境部华南环境科学研究所
我的外婆	王一舒	生态环境部华南环境科学研究所
家风的故事	曾　东	生态环境部华南环境科学研究所
沟通架起心灵的桥梁	陆　鹏	生态环境部华南环境科学研究所

作品名称	作者	单位
将"细心"二字贯穿人生始终	陈冬瑶	生态环境部华南环境科学研究所
润物细无声	许莉佳	生态环境部华南环境科学研究所
"头雁"爸爸	雷伟香	生态环境部华南环境科学研究所
重情义	杨慧珠	生态环境部华南环境科学研究所
诚实做人，勤俭持家	邓德珩	生态环境部华南环境科学研究所
互敬互爱，和谐为家	陈思莉	生态环境部华南环境科学研究所
不成明文，却深刻如斯	黄沅清	生态环境部华南环境科学研究所
家里的路	吴明亮	生态环境部华南环境科学研究所
两个沙堆	贾文超	生态环境部华南环境科学研究所
爷爷的拐弯抹角	聂　鹏	生态环境部华南环境科学研究所
特殊的一课	唐子君	生态环境部华南环境科学研究所
路要靠自己走	赵　成	生态环境部华南环境科学研究所
一个婆婆妈妈的老党员	李　宇	生态环境部华南环境科学研究所
公与私	于锡军	生态环境部华南环境科学研究所
家风伴我成长	陈　琛	生态环境部华南环境科学研究所
故乡的小院	魏东洋	生态环境部华南环境科学研究所
奶奶的叮嘱	许榕发	生态环境部华南环境科学研究所
家风贵以诚	蔡　彬	生态环境部华南环境科学研究所
诚实芬芳代代传	龙颖贤	生态环境部华南环境科学研究所
笑对生活的一切，尽力做好每一件事	王　倩	生态环境部环境规划院
我有个懂环保的父亲	赵　越	生态环境部环境规划院
我的家风故事：平凡而朴素的做人之道	牟雪洁	生态环境部环境规划院

作品名称	作者	单位
家，教我"生"也教我"活"的地方	贾　真	生态环境部环境规划院
正直勤奋　甘于奉献	陈潇君	生态环境部环境规划院
忠于使命，甘于奉献	郝春旭	生态环境部环境规划院
汗水的味道	路　瑞	生态环境部环境规划院
坚强勤奋是我最宝贵的财富	田　超	生态环境部环境规划院
家的脊梁	尹惠林	生态环境部环境规划院
母亲的处世哲学	李　新	生态环境部环境规划院
我的家风	杨　勇	生态环境部环境规划院
我的家风故事：幸福都是奋斗出来的	马皓伟	生态环境部环境规划院
家风故事	王　怡	生态环境部环境规划院
一个普通家庭的家风	杨玄道	生态环境部环境工程评估中心
把家风家训挂在墙上	吕　巍	生态环境部环境工程评估中心
那些年，爷爷对我说的话	帅　韦	生态环境部环境工程评估中心
润物细无声	马德彭	生态环境部环境工程评估中心
铁军精神的传承	李秀宇	生态环境部环境工程评估中心
我的家风故事	蔡　梅	生态环境部环境工程评估中心
我的家风故事	何健东	生态环境部环境工程评估中心
我的家风故事	乔　皎	生态环境部环境工程评估中心
我的家风故事	沙克昌	生态环境部环境工程评估中心
我的家风故事踏实做事	李　佳	生态环境部环境工程评估中心
我的家风	李赋鑫	生态环境部环境工程评估中心

作品名称	作者	单位
我的家风	刘 为	生态环境部环境工程评估中心
我家的言传身教	张 宇	生态环境部环境工程评估中心
用双手创造幸福	隆 重	生态环境部环境工程评估中心
在良好的家风中成长	孙 捷	生态环境部环境工程评估中心
父母的叮嘱——我的家风故事	洪运富	生态环境部卫星环境应用中心
母亲的"故事"到"唠叨"牢记在心——我的家风故事	谷书贤	生态环境部卫星环境应用中心
勤俭持家，踏实做人，坚守初心——我的家风教育	王雪蕾	生态环境部卫星环境应用中心
善良、节俭的故事——我的家风故事	屈 冉	生态环境部卫星环境应用中心
父母的言传身教	王 晨	生态环境部卫星环境应用中心
诚信是金——我的家风故事	杨 旭	生态环境部卫星环境应用中心
听话——我的家风故事	贾 兴	生态环境部卫星环境应用中心
传承优良家风——我的家风故事	孙建欣	生态环境部卫星环境应用中心
家有"宝藏"，受益于我——我的家风故事	尹艺洁	生态环境部卫星环境应用中心
传承优良家风，勇担社会责任	胡华龙	生态环境部固体废物与化学品管理技术中心
勤劳伴我成长	李仓敏	生态环境部固体废物与化学品管理技术中心
忠诚勤俭，与人为善	刘纯新	生态环境部固体废物与化学品管理技术中心
写给父母	李 冬	生态环境部固体废物与化学品管理技术中心
爱是凝聚家的力量	胡 楠	生态环境部固体废物与化学品管理技术中心
做个诚实自律的人	葛海虹	生态环境部固体废物与化学品管理技术中心

作品名称	作者	单位
我家的家风故事	周　红	生态环境部固体废物与化学品管理技术中心
家庭是人生的第一课堂	李淑媛	生态环境部固体废物与化学品管理技术中心
家风是一代代的传承和延续	王　芳	生态环境部固体废物与化学品管理技术中心
家风是人生路上永不灭的一盏指路明灯	张瀚心	生态环境部固体废物与化学品管理技术中心
踏踏实实做人，老老实实做事	侯贵光	生态环境部固体废物与化学品管理技术中心
如果喜欢的话，你就不会后悔	林　军	生态环境部固体废物与化学品管理技术中心
乐于奉献　无悔坚守	卢　玲	生态环境部固体废物与化学品管理技术中心
传承家风　长情怀念	丁文娟	生态环境部固体废物与化学品管理技术中心
良好家风是最珍贵的财富传承	刘　洋	生态环境部固体废物与化学品管理技术中心
家风如春雨，润物细无声	贾　佳	生态环境部固体废物与化学品管理技术中心
感知冷暖，坚强向上	郝千婷	生态环境部信息中心
家风——记忆中"老物件"	徐昭远	生态环境部信息中心
风雪映背影，桃李自成蹊	张孟奇	生态环境部信息中心
凡事全力以赴，而后顺其自然	范丽娜	生态环境部信息中心
爱的家风	刘　鑫	生态环境部信息中心
我家的家风　——尊老爱幼、爱岗敬业、勤俭持家	王丽新	生态环境部信息中心
严于律己，持之以恒	王利强	生态环境部信息中心
家风故事——持之以恒	何佳迪	生态环境部信息中心
绿色生活　从身边事做起	吕　品	生态环境部信息中心
勤能补拙	韩季奇	生态环境部信息中心
家风故事——坚强、坚持	郝　莹	生态环境部信息中心

作品名称	作者	单位
奶奶的生活道理	何 娇	生态环境部信息中心
以实际行动诠释良好家风	孙淑艳	国家海洋环境监测中心
家风	毛 竹	国家海洋环境监测中心
做最好的我们	王传珺	国家海洋环境监测中心
遵守社会公德，从小家做起	付元宾	国家海洋环境监测中心
我的家风故事	隋伟娜	国家海洋环境监测中心
我的家风故事	李滨勇	国家海洋环境监测中心
踏实做事 心怀"大家"	许 宁	国家海洋环境监测中心
普通家庭的家教就是家风	李 晴	国家海洋环境监测中心
平凡岗位的责任与担当	杨 帆	国家海洋环境监测中心
学习"家风建设"有感	张鹏骥	国家海洋环境监测中心
嘿，黑爸爸	方海超	国家海洋环境监测中心
家风	靖 泽	国家海洋环境监测中心
我的父亲	温 欣	国家海洋环境监测中心
干工作要对得起自己的这份工资	王卫平	国家海洋环境监测中心
守信	王 祥	国家海洋环境监测中心
修身，齐家，治国而后平天下	于丹竹	国家海洋环境监测中心
家和万事兴 植树传家风	田振萍	国家海洋环境监测中心
我的家风故事	许道艳	国家海洋环境监测中心
我的家风故事	费 杨	生态环境部土壤与农业农村生态环境监管技术中心
我的姥爷	赵蓓蓓	生态环境部土壤与农业农村生态环境监管技术中心

作品名称	作者	单位
我的家风故事	李　政	生态环境部土壤与农业农村生态环境监管技术中心
家风的传承	陈晓龙	生态环境部土壤与农业农村生态环境监管技术中心
勤俭节约是立身之本	陈　盛	生态环境部土壤与农业农村生态环境监管技术中心
百善孝为先	尚玉梅	生态环境部土壤与农业农村生态环境监管技术中心
家风让我爱岗敬业有责任	崔冠男	生态环境部土壤与农业农村生态环境监管技术中心
做一个乐观坚强的人	史庆敏	生态环境部土壤与农业农村生态环境监管技术中心
姥爷的眼睛	高　芳	生态环境部宣传教育中心
学习传统文化，传承良好家风	李欢欢	生态环境部宣传教育中心
家风，是一个人行走世间的底气	郭姝慧	生态环境部对外合作中心
一种血脉的传承，一种文化的延续	曹鸿伟	生态环境部对外合作中心
家风故事——勤俭厚道	唐艳冬	生态环境部对外合作中心
薪火相传的家风家教	费伟良	生态环境部对外合作中心
传承家风，铸骨塑魂，弘扬正气	杨　铭	生态环境部对外合作中心
严格家风，助力成长	史庆敏	生态环境部土壤与农业农村生态环境监管技术中心
以孝传家　如有至宝	丁问微	中国环境科学学会
以好的家风滋养祖国的花朵	朱泓宇	中国环境科学学会
烛光	张静蓉	中国环境科学学会

作品名称	作者	单位
好家风是孩子行为规范的"调节器"	李 力	中华环境保护基金会
人勤天下无难事	蒋绍辉	安徽省徐州新沂市生态环境局
良好家风 传世之宝	陈寿宏	广东省梅州市梅县区生态环境局
做事就当尽职尽责，不争眼前得失	朱建军	河北省廊坊市环境保护局执法支队
厚德家风让我常怀律己之心	杨新港	河北省生态环境厅
学会自我调整 不要倒在路上	郭运洲	河北省石家庄市生态环境局
我家的"环保生活"	元庆彦	河北省邢台市生态环境局沙河市分局
餐桌上的礼教	曹国选	湖南省郴州市生态环境局
传承教子经	曹国选	湖南省郴州市生态环境局
养成"现在就做"的习惯	王冠楠	江苏省苏州生态环境局
情系端午	周业锋	江西省吉安市生态环境局
我家三代的环保情缘	韩立达	辽宁省大连生态环境监测中心
初心不变有传承	张格平	山东省济宁市生态环境局汶上县分局
家风兴国运	雷军红	陕西省合阳县环境保护局
吃亏是福	江晓琼	上海市青浦区环境监察支队
一件"珍贵"的新衣服	张厚美	四川省广元市生态环境局
勤俭持家的好传统不能丢	张厚美	四川省广元市生态环境局
对联传承好家风	许 兵	四川省乐山马边县迎接中央环保督察综合组办公室
家风激励我当好滇管人	赵铁元	云南省昆明市滇池管理局
从中华民族良好的文化传统想到	万加华	浙江省嘉兴市环保联合会

作品名称	作者	单位
钱财短人面长	洪钦宝	浙江省温州市生态环境局苍南分局
母亲的哲学	许　霞	浙江省镇江市句容生态环境局
苦当做伴好营生	徐世刚	山东省烟台生态环境局
北疆环保卫士	武　宁	内蒙古自治区乌兰察布市生态环境局

后　记

　　为了弘扬优良家风，助力打好污染防治攻坚战，在生态环境部党组书记、部长李干杰同志的亲切关怀下，在中央纪委国家监委驻生态环境部纪检监察组组长、生态环境部党组成员吴海英同志的部署推动下，驻生态环境部纪检监察组联合生态环境部宣教司、机关党委和中国环境报社，连续两年面向全国生态环境系统开展了家风故事征文活动。

　　活动以注重家风建设、传承良好家风为主题，讲述生态环境系统党员干部自己的家风故事，以及如何把良好家风传给子女、如何在工作中弘扬良好家风的心路历程。

　　两年来，活动得到了全国生态环境系统的大力支持，部机关相关司局、派出机构、直属单位以及地方生态环境部门高度重视、精心组织，投来了近千篇优秀稿件，在此表示衷心感谢。很多部门和单位还组织了丰富多彩的活动，有的举办家风故事会，有的开展家风故事写作比赛，有的临时党支部在强化监督帮扶一线组织党员干部交流家风家教故事，营造了探索家风、弘扬家风的浓厚氛围。

　　本书集萃了两年来的获奖作品 168 篇，其余作品也将在中央纪委国家监委驻生态环境部纪检监察组网站（http://jjjcz.mee.gov.cn）、中国环境网（http://www.cenews.com.cn）陆续刊发，以真人真事真情真意打动人、感染人，激励更多的人从自身做起，从现在做起，自觉做良好自然生态和政治生态的建设者、促进者、守护者，为打好打胜污染防治攻坚战、建设美丽中国作出新贡献。

　　由于时间和水平所限，不妥之处，敬请批评指正。

本书编委会

2020 年 1 月